蒋勋说文学

从《诗经》到陶渊明

蒋勋◎著

中信出版集团 · 北京

目 录

第三讲　汉乐府：田陌市井的歌声

第四讲　《古诗十九首》：文人的忧思

第五讲　魏晋文学：多元时代的归宿

第六讲　陶渊明：生命的出走

第一讲

《诗经》：初民的情怀

从“诗”到《诗经》

我们通常所说的“语言”，是指人发出的声音，而我们所说的“文字”，是指记录语言的一种符号。大家对语言和文字都非常熟悉，你与人交谈，或者拿着笔做记录，你交谈时用的就是汉语，你记录下来的就是汉字。

之前，我曾去过马来西亚八九个小城镇，和那里所有的华裔后代有过交流，他们有的已经是第七代或第八代移民了，可现在仍然使用汉语和汉字。他们讲的是闽南话，因为祖辈大多都是福建一带的移民。

由此，我强烈感受到汉语这个语言系统和汉字这个文字系统在世界范围内的巨大影响力。也许因为我自己一直比较关心语言和文字，所以会有意识地在这个系统里寻找某种秩序。有时候你会发现，在街头，甚至在很糟糕的大会上，人们所使用的是同一种语言。这种语言可以非常粗糙、混乱、没有秩序，可是它同样能产生非常动人的音韵、节奏和情感。

有趣的是，我们这里所谈的《诗经》，它的创作者不是今天我们所说的知识分子，而是来自民间的人。我勉强选了一首，是《诗经》中有一点儿像是知识分子传述的诗——《绵》，它讲的是周朝如何迁徙、如何移民、如何拓荒，属于“雅”的部分。

可是《诗经》里大部分内容都是十五国风。这个“风”字不太好理解。在今天的中文系统或者说国学系统中，在大学的中文系，《诗经》已经变成了非常高雅的古典作品，一定有很多老师比我还要熟悉这个领域。

从西汉开始，“诗”被奉为了“经”。其实，《诗经》最早并不是一本书，它是人们在桑树底下唱的歌，然后被记录下来，称为“诗”。就像我们今天在某个渔港小镇听到的《补破网》之类的民间小调，当时没有谁把它看成一个不得了的文学经典。西汉时，人们认为“诗”里面的情感对人有很大的教化作用，所以称之为“经”。自此，《诗经》才开始和《周易》、《礼记》、《尚书》、《春秋》放在一起，被称为“五经”。

我们今天可能不太能意识到这个“经”字加到“诗”后面，“诗”所面临的巨大压力，其实我不太喜欢这个“经”字。什么叫“经”？说白了，就是文化的正统、主流。用更粗浅的话讲，就是教科书。所谓的五经，就是五种教科书。所有的知识分子在读书的过程中都要接受这五本教科书的熏陶。孔子说“不读《诗》，无以言”，意思是你如果不读《诗经》，连开口讲话的资格都没有，所以“经”有很强的文化意义，它是被官方规定成范本的东西。

我的解释，可能和一般国学或中文系的解释不一样。有朋友会觉得，你这样是不是试图把《诗经》从“经”的位置上拉下来？我不是想把它拉下来，而是不希望它只是中文系的教科书，更希望《诗经》成为那些连字都不识，即被我们称为“文盲”的男男女女都能传唱的东西。“诗”原本就产生于这些人当中，也是从这些人的口中传唱开来的。比如《氓》，可能就是一个从来没有进过学校的女子，在讲她一生的感情故事。

诗无达诂

不少注解中说《氓》是一首关于“弃妇”的诗。但我不觉得这首诗里有个弃妇，它其实就是一个女子对自己一生的回忆，回忆里有喜悦，有哀伤，有向往，有忧愁。仔细想想，我们哪个人的恋爱不是如此？

当我们简单地用“弃妇”这两个字来界定这首诗的时候，这首诗的含义就变得非常狭窄。闽南话歌曲《望春风》中，也有一个女子对青春的期待，对自己心爱之人的期待。我们听了，肯定不会觉得她是弃妇，或是旷男怨女，相反，听出的是她对爱的向往。

文学史上一般认为《黍离》是周平王迁都以后的亡国之诗，因为其中有“知我者谓我心忧，不知我者谓我何求”的诗句。这非常悲哀。以前的文人都不敢随便吟诵或抄写这首诗，因为它被定义为亡国之诗，很可能招来杀身之祸。显然这样的界定是不贴切的，我希望我们能避开对《诗经》太过简单化的判断。当你抛开所有的界定去读这首诗的时候，你会看到一个人走过黍子田，看到黍子在发芽，联想到自己内心的哀伤和忧愁。有一天，他又经过黍子田，看到黍子在结穗，又联想到心里的忧伤和哀愁。再一天，他看见黍子已经结出粮食，心里依然非常忧伤、孤独。

我们都曾经有过这样的心情，不一定要亡国的时候才有。也许因为季节的转换就会产生，我去高雄港看落日，刹那间也会有天地苍茫的孤独感，这就是诗中所说的“行迈靡靡，中心如醉”的感觉，其实和亡国与否毫无关系。

所有对于诗的速食化的答案都不是真正读诗的方法，读诗最怕在诗里找答案。一个爱诗的人，是爱生活的。如果人用一两个字就能说出生命的答案，是会害人的。生命太丰富、太复杂了，以至于到最后连是忧愁还是喜悦都不一定能分清楚。人的心情更多的时候是混杂的。《氓》里的那个女子看到桑树的叶子变黄了，桑果掉落了，内心有一种对生命的感伤，因为她也老了。这是十几岁时谈恋爱的少女的青春过去了，她的心情也苍老了的转变，是《诗经》中最贴近生活的情感。

所以，说《氓》是“弃妇之诗”，或说《黍离》是“亡国之诗”，太笼统了。人们常说的“诗无达诂”，就是提醒我们，一首好诗是没有固定解释的。诗是很复杂、很丰富的东西，绝对不要试图给一首诗一个非常固定的答案，而把它限定在不能扩大的意义里。在五经当中，“诗”是最贴近事实的文体。

当一个人没有办法很清楚地描述生命情状时，他会选择用诗来描述，因为诗里有另外一种对生命的观照。在日常生活中我们解释生命现象，有些东西可能会很有哲学性，很有逻辑，但还有一些东西需要诗化的解释。这是一种更为宽阔的解释，它可能是一种安慰，一种鼓励，但肯定不是一个答案；也不要希望自己在读完一首诗后，能产生道德或者情感上的领悟。如果读完一首诗，一个人马上变得奋进起来，这就属于教化，诗肯定不是这样的，诗的作用是潜移默化的。它能让你更清楚地看到生命的状态，而不是马上对生命下个结论。

我们的教育总有一种速食的渴望，表现得很急切。岂不知很多东西一旦变成教科书，就变成了考试与答案。但是，人最终还是无法逃离对生命的真诚，所以幸好我们还存有《诗经》这样的东西，帮助人们去感受生命、思考生命、领悟生命，而这些感受、思考、领悟，并不是答案，当然也与考试无关。

《氓》：最初的欢愉，最后的哀怨

氓之蚩蚩，抱布贸丝。匪来贸丝，来即我谋。送子涉淇，至于顿丘。匪我愆期，子无良媒。将子无怒，秋以为期。

乘彼垝垣，以望复关。不见复关，泣涕涟涟。既见复关，载笑载言。尔卜尔筮，体无咎言。以尔车来，以我贿迁。

桑之未落，其叶沃若。于嗟鸠兮，无食桑葚。于嗟女兮，无与士耽。士之耽兮，犹可说也。女之耽兮，不可说也。

桑之落矣，其黄而陨。自我徂尔，三岁食贫。淇水汤汤，渐车帷裳。女也不爽，士贰其行。士也罔极，二三其德。

三岁为妇，靡室劳矣。夙兴夜寐，靡有朝矣。言既遂矣，至于暴矣。兄弟不知，咥其笑矣。静言思之，躬自悼矣。

及尔偕老，老使我怨。淇则有岸，隰则有泮。总角之宴，言笑晏晏。信誓旦旦，不思其反。反是不思，亦已焉哉！

《氓》是我个人非常喜欢的一首诗。大学的时候，我们几个来自不同大学的朋友组建了一个诗社，大约每周见一次面，每次每人都要讲一首诗，记得我当时讲的就是《氓》。但其实我根本没有讲，我只是画了一个傻傻的男孩子看到一个很漂亮的女孩子时发呆的样子。“氓之蚩蚩”的“蚩蚩”两个字实在很好，它是一个声音，可是当中有一种呆相，一个男孩子在爱一个美丽的少女时，肯定是发呆的。现在很多流行歌里也有这类东西，傻傻的，自己也不知道被什么东西迷住了，那就是正当青春时恋爱的感觉。“蚩蚩”没有办法翻译，它呈现的是人在看到令人陶醉的东西以后完全被吸引住了的感觉。

“氓”最初是指居无定所、跑来跑去的人，所以后来前面就加了个“流”字。可是，今天好像应该送到绿岛监狱去的才叫“流氓”，和《诗经》里的“氓”完全不同。我曾经在美术史课上讲过，《诗经》大约产生于公元前一千年到公元前六百年之间，也就是西周到春秋前期，当时中国的农业文明基本上趋于稳定。那些依靠农业生存的人，必须定居。因为农业是把一颗种子放到土里，再等它发芽、开花、结果，所以不能乱跑，从播种到收割，一年就过去了。那么，什么人在农业社会里还不定居呢？就是做生意的人。《氓》中“抱布贸丝”的“贸”是贸易、交换的意思，因为当时还没有大量通行的货币，就需要以物易物。没有货币的聚落，就是比较淳朴的村落形态。

老子非常喜欢这个时代，人与人之间很单纯，我有布，就换你的丝，而且多少换多少也不是那么确定，抓一把就换了。所以，“氓之蚩蚩，抱布贸丝”其实是一个时代的回忆，我当时很喜欢这个画面，就是一个很单纯的、傻傻的男子，大概十七八岁的样子，开始喜欢漂亮女孩子。

我们读到“抱布贸丝”的时候，已经感觉到眼前有一个画面：一个非常漂亮的养蚕的女孩子，每天在黎明时拿一大堆蚕丝到河边去漂洗。读诗最大的快乐是文字非常少，可能只是“氓之蚩蚩，抱布贸丝”八个字，可是整个时代的环境就呈现出来了。女孩子早上去采桑叶，然后把桑叶在河里一片片地洗干净，再用干净的布把它擦干。我们小时候养蚕都知道，如果桑叶沾了水，蚕吃了马上就会死掉，因此每片桑叶都必须很细心地吸干水分，再把这些翠绿的还冒着新鲜气味的桑叶拿去养蚕，等待蚕的成长。蚕结了茧，就用水把茧煮开来，变成蚕丝，再把丝拿到河里去漂洗……很长一段时间里，这就是中国古代女子所从事的最重要的劳动。你可以看到这个抱着布的男孩子走过河边，看到一个女孩子在漂洗蚕丝，他大概就有点昏了头，脑子里就在想，该唱首什么样的歌来给这个女孩子听。其实《诗经》最早就是这些人这样唱出来的歌，因为他心里有爱，想要追求，所以必须要用歌唱出来。

当年我带云门的舞者去台湾美浓的中学表演，那次我强烈地感觉到了《诗经》的真实性。当时云门的想法非常单纯，觉得美浓的客家人有一种生存的艰难、劳作的辛苦，我们应该去表演《薪传》。《薪传》不就是表现劳作的辛苦的吗？人们在土地上耕种，唱很忧伤的歌。

但是那天我突然有一个很大的觉悟，我发现知识分子心目中想象的农民和真正的农民差距非常大。那一天看表演时，从田里回来的男男女女脚上还带着泥土，他们就那样坐在学校的地板上，看到《薪传》里“哼嗨哼嗨”的表演时，觉得很奇怪，肯定在想：这些人为什么要这么用力？分明是在表演。真正的农民挖田、犁田、插秧都很认真，可是认真并不等于劳苦。插秧的人自有属于自己的快乐，《诗经》里就有很多和插秧有关的歌。插秧的时候正好是春天，把田里的水放满，让土地松软，再把秧苗插进去，要找到节奏。

我记得很清楚，小时候，插秧的时候，很多小朋友都会跑到附近的田里去看，发现人们在插秧时是有节奏的。唱歌，能让人们把一件很辛苦的工作变得很开心，常常是这边唱一句，那边和一句。

在美浓的第二天，因为跳了《薪传》，云门的舞者都筋疲力尽。我们不是住在旅馆，而是住在一个叫广善堂的庙里，大概是慈善机构提供给“氓”住的地方。当时我们正在那里聊天，忽然听到前一天看了云门表演的那些人开始唱采茶歌。采茶的歌和插秧的歌都是在劳动时唱的，有节奏，有韵律，而且很欢快，而且，插秧或采茶的歌里很少有表达辛苦的，大多是描述秧苗的漂亮，或者茶叶刚刚冒出来的嫩芽。唱的时候，如果旁边有漂亮的女孩子，他们就工作得更加起劲。这有点类似于调情，让人感觉到万物的生长复苏，也感觉到人的生命中的某些追求。

那天，当地客家人请我们吃饭，所有的老太太都站起来唱客家山歌，我忽然觉得那才是真正的《诗经》，那才是《诗经》产生的真正根基。后来我跟几个以前一起办诗社的朋友说，其实以后应该把《诗经》课带到乡下去上，比如美浓。

后来我在桃园的文昌公园遇见退休的采茶工人，他们直到现在还保持着一种习惯，在每个星期天的早上九点，大家聚集在文昌公园唱采茶歌，而且是拿着麦克风唱。那时，我所在的报社有个关于民歌的专栏，我去采访的时候，发现他们全部是文盲，可是唱出来的东西全是古诗的风格，七个字一句，全部押韵。那时我开始意识到，语言和文字的教育靠的是口口相传，与学院系统无关。

在学院系统里，“诗”可能会被定位为“经”，作为一个伟大的教科书典范，甚至最后成为考试的标准。可是在民间，人们是用它来生活的。诗让我们单调、辛苦、艰难的生活有了很多乐趣。这话听起来很简单对不对？可是我觉得文学艺术最大的功能其实就在这里。最好的文学并不是拿来做教科书的，也不是拿来做考试范本的，而是使人觉得活着有意义，让人感觉活着是幸福的。《诗经》直到现在都是人们最喜欢的文学，就因为它产生于民间，而且从来都没有中断过。

也许我们今天到夜市去找那个“氓”，他还在那里，他一直在民间活着。当你走在街上，看到那些嘴里嚼着槟榔、看上去有点吊儿郎当的男孩子，看到一个漂亮女孩子就用眼睛不断地瞄，“蚩蚩”大概就是说的这种瞄来瞄去的眼神。难道那个女孩子就没有瞄吗？当然也在瞄，所以千万不要认为她一开始就是个弃妇。

恋爱中的雄性与雌性非常不同。雌性是被动的、被诱惑的状态，雄性是直接的攻击状态。这首诗很好玩，一开始的时候，完全是那个女子抛出来的诱惑，“氓”很急，女孩子反而不急。如果用简单的“弃妇”来形容，前面这一段“氓之蚩蚩，抱布贸丝”应该算什么？这个女孩子太聪明了，“匪来贸丝，来即我谋”，她知道他是个做生意的男孩子，可她更知道他今天要来谈的不是生意，是专门来搭讪的。有时候你到便利店去买东西，明明知道优酪乳在哪里，却偏要问那个便利店的小妹：“优酪乳在哪里？”我们高中时常做这种游戏。小妹当然知道你为什么要问她，就没好脸色地说：“你不知道啊？就在那边！”这其实是一对少男少女间非常有趣的关系。“来即我谋”，这个女子太清楚了，你看“谋”字用得多好——你来就是想打我的主意。

所以，《氓》的故事有很丰富的过程，如果你一开始就认为这是一个弃妇的故事，读下去就一点味道都没有了。《诗经》产生于民间，但我们根本不知道它的创作者是谁。《氓》是一首非常精彩的诗，它用女子作为第一人称，但这首诗的创作者不一定是女子。唐朝有很多诗都以女子为第一人称，但不一定是女子写的，比如“长相思，在长安”，“长相思，摧心肝”，以女子为第一人称，但是李白写的。还有金昌绪的《春怨》：“打起黄莺儿，莫教枝上啼，啼时惊妾梦，不得到辽西。”一个女子早上拿一只鞋子去打树上的黄莺：“你干吗叫？”因为她正在做梦，梦到了在辽西打仗的丈夫，但是关键时刻被黄莺吵醒，所以很生气。这么好的一首诗，是男子写的。

诗可以虚拟和转化，比如性别，比如年龄。所以如果你读诗的时候还是平常的样子，这首诗一定读不好。我上美术史的时候曾提到过张籍的一首非常有名的诗。很不幸，那首诗也被定了一个很糟的名字：《节妇吟》。开头是“君知妾有夫，赠妾双明珠”，最后是“还君明珠双泪垂，恨不相逢未嫁时”。张籍也是一个男性诗人，可是他用了女子的心情来写。所以诗是非常通达的，在诗中可以体会生命的各个面向，你可以忽然苍老，忽然年轻，忽然喜悦，忽然忧伤，忽然是男性，忽然是女性，忽然主动，忽然被动，所有的角色都可以转化。如果一首诗使你变得更狭小，更拘束，更能意识到自己平常的状态，绝不是一首好诗，或者是你没有找到好的读诗的方法。一首好诗，一定能让平常的“我”不见了，把你变成另外一个人。

很多描写女子细腻情感的诗，并不是女子写的。《红楼梦》里曹雪芹写的林黛玉真的存在吗？完全是曹雪芹这样一位男性作者，在体会那么细腻的女人心思。文学是非常有趣的，使你平常的角色完全转化掉，你可以去爱世间每一种不同样子的人。最粗俗浅陋的焦大，最精致细腻的林黛玉，都是曹雪芹创造的。也就是说，焦大或者林黛玉，都是曹雪芹生命里的一部分，生命就是可以如此丰富。

读完《氓》这首诗，如果你一头钻进这个女子心里，觉得她好可怜、好悲伤，那你已经上当了。其实有时候你自己就是那个“氓”，有那么一丁点儿坏，想要去谈一场恋爱。

“氓”的意思后来为什么会变成流氓，变得有贬义了呢？因为在中国这种农业社会里，认为定居的才会是好人。现在户籍还很重要对不对？那种没有户籍的“黑户”，大家都会对他有点怀疑。为什么会这样？因为在农业社会，你固定住在一个地方，你做什么大家都知道。“流”这个字本来没有贬意，只是移动。可是一个人如果总是居无定所，大家谁都不太清楚他的职业是什么，就会觉得他不太对劲，这是典型的农业社会的观点。在我看来，流动的人比定居的农民聪明，因为他做生意要跑很多地方，见识广，头脑比较灵活。台湾有很多休闲文化和色情文化，其实都和早期白手起家的中小企业主们有关。

在台湾经济急剧变迁的时代，全社会从以农业人口和手工业人口为主，慢慢变成商业人口占很大比重，于是“氓”就产生了。他是流动的，从不定居于某个社区，他的人际关系也不再是传统的农业村落中的关系。中国传统社会里为什么没有个人？这是因为农业社会里没有个人，每个个人都是别人监视的对象。我们的法律一直不发达，是因为我们觉得有道德就足够了。道德可以让一个人死。以前村里的所谓淫妇，不需要经过法律的判定，最后只能选择绳子、刀子，或者跳河。鲁迅的很多小说描写了村落里的这类故事。鲁迅认识到礼教吃人，是因为他已经体验了日本这种工商业发达的社会的自由和解放，看到了中国农业社会的可怕。

我很喜欢沈从文的小说，他是湘西苗族人，没有像汉族这样强烈的道德意识。他在一部小说里写道，清朝时，朝廷派了一个汉族的官吏来治湘西，这个官特别讲道德，是那种饱读诗书的人。他觉得民风一定要朴素，所以就传令下去，凡是在光天化日下调情的男女，都要抓来见官。有一天风和日丽，山坡上有一对男女牵着手走路，而且还你一句我一句地对唱，他们就被抓去见官，可是最后发现人家是夫妻。这是沈从文非常精彩的一篇小说。

《诗经》读到最后如果竟然变成这样，是非常可怕的。“关关雎鸠，在河之洲”被解释为“听到这样的声音就要想到女子的贞节”，但我想很多朋友都知道，多么明显，这是一首男女在河边求爱的情诗。可是后来它被解释成是在讲后妃之德，一听到那个鸟的叫声，立刻就要很端庄严正，就要想到不可以有外遇，不可以有邪念。

两千年间，《诗经》一直被奉为官方的正统，每字每句都被扭曲了，鲁迅对此非常痛恨。我没想到有一天我会给大家讲《诗经》。我中学时偷偷读鲁迅，非常喜欢他。鲁迅认为《关雎》是民间非常直接地表现性爱的一首诗。《诗经》变成教科书的范本之后，本来的意思已经严重地被掩盖、被扭曲，鲁迅是故意在反讽。

今天我们必须要把这个大传统推翻，才能进入诗的本身。我自己的方法是依靠现存文字的力量，比如再一次直接去感受“氓”这个字的力量。它是一个声音，也是一个形状，是“亡”和“民”的叠加，表示他是人民，可他又是流动的（“亡”有流动的意思）。“蚩蚩”有发呆、陶醉的意味，表示沉溺其中，觉得对方美得不得了。一个男子在路边看到一个女子在采桑叶，袖子往下掉，用非常灵巧的手指把一片片桑叶采下来放在竹篓中，光这个动作就可以看上一天。从《诗经》中的《氓》到汉乐府，有很多诗在形容采桑女子的美。“桑”字的三个“又”在文字学中表示三只手，其实是很多只手在树上采叶子，想象一下那个画面有多漂亮。汉代很多砖画里也有漂亮的桑叶，十几岁少女的细白手臂和灵巧手指，被绿色的叶子衬托出来。

我很喜欢《毛诗序》里的文字，把诗回复到它本质上的美学意义，就是“情动于中，而形于言”。你想唱一首歌，你想写一首诗，你想画一张画，你想写一部小说，第一个条件都是“情动于中”。你热爱一个女子，热爱一个水果，热爱一片风景，都是“情动于中”，不考虑后果的，这一切和道德无关。“情动于中”就会“形于言”，“言”就是用语言、文字来表达。“诗”是文字或语言的形式，可是它的先决条件是“情动于中”，所以凡是违反“情动于中”这个基本规律的诗，文字和语言再华丽都没有用，这也就是我们通常所说的内容先于形式。

“形于言”是形式，“情动于中”是内容。所以《氓》这首诗，我们最该关心的是这份情感从头到尾是不是真实的。从少男少女刚开始恋爱，到慢慢开始追求，恋爱变成婚姻本身是无可奈何的。恋爱与婚姻不一样，恋爱是“情动于中”，而婚姻是一种形式，接受形式就必须接受这个形式的优点跟缺点。《氓》到了最后根本不再是讲恋爱，而是讲婚姻了。当年那个爱上男孩子的女孩子要和男孩子的整个家庭相处，当然会吵架。你会觉得当初那些东西现在都不对了，恋爱的时候是看电影、喝咖啡、看西子湾的黄昏，结婚以后却是柴米油盐酱醋茶，二者本身就是截然不同的东西。所以这首诗不是讲一个女子从恋爱到被遗弃的过程，而是每个人都会经历的感伤。只要婚姻制度还在，这种感伤是无法调整的。读完这首诗，你也许会有更多领悟。当然，不同的人读它，结论可能不同，如果你自己被遗弃过，或者是一个女性主义者，读这首诗的时候可能会觉得好恨：“你看，自古以来女人都是被遗弃的。”可是我们也可以领会到一种智慧。“情动于中”的每一个阶段都是真实的，我们会感觉到婚姻与恋爱的矛盾，也会思考如何在婚姻中保持最初的快乐，我想那应该是一种大智慧。

我认识一对老夫妇，已近九十岁，可是他们每天的状态都像《诗经》里写的一样，两个人会各写一个东西贴在对方的门上以表达感情。我觉得那是智慧，都九十岁了他们还在调情。我们最大的悲哀是一到婚姻阶段就认为不再需要调情了。“调情”这个词听上去感觉很肤浅，可是它能让你感受到对方很在意你，觉得你是重要的。其实婚姻可能是更真实的在意，因为两个人要更亲密地在一起，当恋爱的迷障拿掉之后，你看到的东西是恋爱的时候看不到的，这个时候能吸引你的东西其实更重要。

一首诗没有“情动于中”，就不是好诗，不管形式有多美。一份婚姻如果没有“情动于中”，形式再完美也是空洞的。究竟什么叫婚姻？是那张证书吗？还是大家称呼你某太太或者某先生？那些都只是形式而已。

虽然不知道作者是谁，可是我非常喜欢《毛诗序》，喜欢它所说的“情动于中，而形于言”。刚开始你到便利店和小妹搭讪，后来就觉得不够。第二天去的时候就总是找不到优酪乳，“唉”——那就是嗟叹，就会有情感出来。小妹当然知道你为什么叹一口气，所谓“言之不足，故嗟叹之”。你要加情绪进去，有很多感叹要出来，那“嗟叹之不足，故永歌之”，你就开始要唱了。你去找优酪乳的时候哼两句歌，感情就从那首歌里唱出来。小妹在那边说你神经病，找个优酪乳还要唱歌。

“情动于中，而行于言；言之不足，故嗟叹之。”你会发现关于恋爱的诗里常常有很多“啊”之类的感叹词，最俗气的是“你是我冬天的太阳，夏天的冰激凌”，这就是嗟叹。“情动于中”的意义太丰富、太饱满，就要夸张了。“嗟叹之不足，故永歌之”，就是要把音乐性的东西带进来。因为人们发现唉声叹气可能不够好听，才把这种情感修饰成比较美的韵律和节奏。

有一次，我们去贵州一个非常穷的地方听当地人唱民歌，他们叫“花子”，在当地是聚在一起唱歌的意思。那个场景很特别，人们跋山涉水，从很远的地方走几天几夜来看上万人唱歌。一个男声刚起来，一个女声就追上去，彼此一直这样对唱，没有安排，完全即兴，而且他们全都是文盲。

只有在这种时候，你才会感觉到所谓“永歌”在生活中有多么重要。他们告诉我们，如果不这样唱就娶不到老婆，他们就是这样连唱几天几夜，最后带一个女人回家。女人当然会挑选，她们可以从歌声里了解一个男人的机智和性情。

大家读一下沈从文的小说，很多都是在写这类东西。还有一部二十世纪六十年代很有名的电影《刘三姐》，也是在讲这类故事。今天我们到云南和贵州，还可以看到这种场景。台湾很多原住民也是用歌声来表达情感追求的。

不同的社会有不同的追求情感的方式，我们今天可能是聘礼，或者是学位、经历，可人类社会早期就是用歌声作为评价体系。这种评价体系淳朴又直接，不会唱歌的生命是没有活力的，当你有足够强烈的追求愿望时，就会努力地把“情动于中”的情感修饰成美丽的语言，然后咏歌出来。如果还不够，就“手之舞之，足之蹈之”，全身都动起来了。所以到便利店去的那个男孩子，头发也染了，走路简直是连蹦带跳的，那表明他的生命在“情动于中”的过程里在形式上一步步演变。我们今天读到“氓之蚩蚩，抱布贸丝”，就知道它最初是在田陌间唱出来的歌，而且唱的人是有动作的。所以《诗经》既是文学的起源，也是音乐的起源、表演艺术的起源和戏剧的起源。

但我们今天读《氓》的时候，没有声音，也没有动作，只有文字。我曾经尝试着把它变成歌。现在有很多学者整理出了《诗经》的唱法，我听了以后全身直起鸡皮疙瘩。当然，我没有嘲讽的意思，只是认为我们对《诗经》的理解有问题。

《氓》的白话译文就很让人起鸡皮疙瘩：“流浪小伙笑嘻嘻，抱着布匹来换丝，不是真心来换丝，找我商量婚姻事……”这是一种非常迂腐的形式。七言诗要到东汉以后才出来，我们用七言的东西来比四言，会显得很做作。四言的“氓之蚩蚩，抱布贸丝。匪来贸丝，来即我谋”这么简洁，一读翻译就变得没了味道。内容可能没有什么变化，但文字所传达的信息却不同了。“氓之蚩蚩”和“流浪小伙笑嘻嘻”是两个多么不同的景象，后者读上去好粗俗。所以，诗是没办法翻译的。

在闽南语歌谣里其实保有更多《诗经》的感觉，比如《月夜愁》。月亮照在中山北路，歌者的心情很落寞，觉得月亮跟着他，这种感觉很像《诗经》。

风、雅、颂与赋、比、兴

《诗经》的内容分为三部分：风、雅、颂。“风”是主体，是流行在民间的民歌。古代专门有采诗官，这个官不能坐在办公室里，他的工作是每天到民间去，听百姓们在唱什么，然后记录下来给皇帝听，皇帝听了以后就可以知道民风如何。“十五国风”是指十五个诸侯国的民风（民歌）。我们之前听过“郑声淫”，“淫”这个字其实有“夸张”、“浪漫”的意思，并不见得是我们现在讲的色情，是说这个地方特别夸张，情感起伏特别大。很多人认为孔子不太喜欢郑声，就是因为郑国的音乐太不理性。

可是我们要注意的是，十五国风里保留了郑国的音乐。一般人认为孔子删诗删得很厉害，其实恐怕也没有我们想象得那么严重。据说《诗经》原来有三千多首，孔子删到现在我们能见到的305篇。可是也有很多人认为孔子删诗只是整理而已，并不一定真删了那么多，至少不像我们今天所想的从卫道之士的角度把所谓的色情诗删掉。孔子读诗的品位很高，对文学的理解也很透彻，今天我们看到的《氓》就是孔子留下来的，他并不因为这里有男子对不起女子的内容就把它删掉。十五国风构成了《诗经》里最重要，也是最美的部分。

《诗经》的第二部分是“雅”，可以说是士大夫阶层也就是当时的读书人所写的诗。我们今天还讲“登大雅之堂”。大雅和小雅都属于雅，那二者怎么区分呢?

小雅是知识分子宴享时所奏的音乐，大雅是会朝时所奏的音乐。用今天的话形容，雅就是艺术歌曲，风就是卡拉OK里的东西。我有时候和学生到卡拉OK去唱歌，发现找不到我要唱的，一方面是流行期已经过了，另一方面我想唱的很多艺术歌曲歌厅里没有。雅有雅的好处，可是也有它的局限，一个国家如果到处都是艺术歌曲，大概也很无趣。

风非常活泼，其中“情动于中”的内容特别多，特别自由。雅的形式虽然特别完美，可是对一般人而言理解起来有难度。“下里巴人”这种比较民间的东西，与“阳春白雪”的音乐不太一样。就像今天无论我们如何去推广威尔第的歌剧，它在民间也不一定能生存，因为民间的感情和威尔第是有距离的。你不能叫一个嚼着槟榔、爱槟榔西施的人去听《蝴蝶夫人》，无论《蝴蝶夫人》的形式和音乐有多么完美，可是不能忘记它和“情动于中”是有差距的。对民间来讲，张惠妹或者伍佰的歌可能更直接。

我们在中学里学了英文以后，就开始唱英文歌，可是这样就和台湾的民风拉开了距离。所以二十世纪七十年代才会有所谓的“乡土运动”或者“民歌运动”，目的就是想要把这种距离拉近。为什么在读中学的时候，你会觉得鲍勃·迪伦的歌才是高级的，《望春风》或者《补破网》就是低级的?这其实就是“情动于中”发生了问题。所以我一直说，“情动于中”是所有艺术里最重要的内容。

形式好不一定就是艺术好，我那么喜欢马勒的《大地之歌》，可是我知道它与民间的距离，那是日耳曼系统下十九世纪末、二十世纪初犹太民族的“情动于中”，和我们是有差距的。为什么风才是《诗经》里最重要的部分?因为雅是知识分子创造的东西，而知识分子身上常常有一种奇怪的自负，他总想用知识去影响民间。比如俄罗斯曾经有一个“到民间去”的运动，所有写诗的、画画的全部到民间去，后来被农民赶走。农民觉得这些人好烦，人家明明有自己的文化，知识分子却硬要把他们的东西加到人家身上去。

“文化大革命”初期，有一个从罗马回来的著名声乐家，到陕北去给那里的农民唱威尔第的歌剧，台底下笑成一团。他们从没听过这么奇怪的声音，他们有自己的秦腔，有黄土地里的歌谣。我们常常忽略真实的感情，但“情动于中”才是诗中最重要的元素。

我在这里把风和雅做一个对比，是希望大家了解雅也有它的好处。比如，它比较有叙事性，“绵绵瓜瓞”，“自土沮漆”，叙述的是一个民族迁移的过程，比较像史诗。大家有没有发现，我们的文学当中史诗形态的文字非常少？我所说的史诗是指对于事件的叙述，而《氓》、《黍离》，还有后面要讲到的《蒹葭》，却把事件全部抽离了。所以我不觉得《黍离》一定是在讲亡国，因为诗中并没有叙述亡国那件事，他讲的只是一个人经过黍子地时的心情，这个心情可以扩大。中国的诗从这样的形式出来，很简洁，甚至有点无头无尾的感觉。

《荷马史诗》中的《伊利亚特》和《奥德赛》可以几天几夜只讲一个故事。比如木马屠城记，你会非常清楚其中的主角是谁、配角是谁，年、月、日也有，这是典型的叙事。可是我们的文学中叙事诗并不发达，因为我们雅的比例没有超过风，无论什么国家、什么年代，大家表达的都是心情，而这个心情几千年来没有太大的改变。

各位可以看看陈凯歌的电影《黄土地》。那个生在黄土地上的女孩子翠巧，每天的工作就是走过颠簸起伏的山路，担着担子到黄河边去打水，这完全像《诗经》里的风景。有一天，她非常辛苦地担了两担水回来，发现家里来了一个男人，是个穿着军装的知识分子。那人拿出一个笔记本说：“你可不可以唱民歌给我听？我是来采集民歌的。”翠巧的父亲坐在炕上说：“也不悲，也不喜，唱什么？”这表明他们是不随便唱歌的，悲哀的时候唱，快乐的时候唱，可是你今天来采集民歌，我不悲，又不喜，唱什么歌？那一段非常动人。

这些知识分子下乡的时候其实很做作，可是这个女孩子慢慢爱上了这个男人。那个村里的村民都是文盲，过年的时候，他们虽然不识字，却认为一定要贴春联，就把红纸裁成两条贴在门上，在两边的纸上各画了七个圈圈。就是这么一群底层的农民，让人感觉到几千年来老百姓还那样活在《诗经》里。

这个知识分子最后要走了，翠巧送他。他走在前面，翠巧跟在后面，两个人隔得很远，有点像《氓》那样在展现风景，两个人都不说话。最后告别的时候，军人回头说："回去吧，路很远。"镜头就停在一个小山丘上，军人的身影越来越远，就这样一直拍一直拍，好沉默的电影。身影到最远的时候，翠巧惊人的歌声出来了："黄河九十九道弯……"她这个时候要唱歌了，她知道自己再也不能见到这个男人了。其实这份感情根本就没有发生过，她也知道这个军人不会爱她，自己不可能嫁给这样一个知识分子，将来大概就随便嫁给一个种田的人，可这是她一生唯一的一次恋爱经验，所以她开口唱歌了。《诗经》就是在这样的时刻、这样的环境里产生的。

当年我到陕西时，还能看到这样的情景，民歌就是在这种生活中慢慢产生的。这也是为什么我们说雅永远超越不了风的原因。风才是我们文学的主体，雅只是知识分子创作出来的一种艺术形式，它并没有那么大的影响力。

第三种形式是"颂"，它的影响力更小了。颂就是国歌，你非唱不可，因为它是歌功颂德的，在国家大典时必须要唱。那部分内容都很假，就算你不爱国，也必须唱。大家去看一下《诗经》里的颂，就会感觉到它有多空洞，就是用很多词句堆砌起来，堆到让你觉得帝王伟大、国家伟大，但内容是空洞的。

风、雅、颂是《诗经》的三种文体，雅和颂都无法超过风，风是真正的民风。在台湾，真正在民间流传的东西，都是一些很简单的情感，像《雨夜花》、《补破网》，都是在民间口口相传的情感与力量，那才是接地气的民风。

所谓"《诗经》六艺"，在风、雅、颂之外，还有赋、比、兴。过去把风、雅、颂和赋、比、兴合在一起，其实是种误解，风、雅、颂是三种文体，赋、比、兴是三种写诗的方法。赋非常像叙事诗，直陈其事，比如我们这次选的《绵》，就是赋体。到了汉朝的时候，赋变成官方文学中很重要的文体。

可是民间用比和兴比较多，这二者很难分。比是比喻，比如《雨夜花》，讲的不是雨夜花，而是自己生命的状态。下雨的夜晚掉落的花，很美，可是不被眷顾，有掉落在土中的哀伤和无人照顾的孤独之感，其实是借雨夜花讲作者自己。兴是看到一个东西，引发了心情上的变化，可是并不是直接比喻。比如我看到黍子会想到自己心里的哀伤，为什么看到黍子会哀伤？这就是兴。人看到晚霞，看到下雨，都可以引发情感的变化。

农业时代的静美与乡愁

《诗经》里这种悠长的情感，不仅是当时的人可以体会的，也可以变成今天的某种美学，所以我建议大家要从不同角度去阅读《诗经》。我之前提到台湾现在有一些学者试图恢复歌唱《诗经》的方式，他们为此动用了宋元以后的很多资料，但你会感觉到乐器的形式、歌唱的形式太繁复，反而不能接近《诗经》。

当初唱《氓》的时候如果有乐器伴奏，会是什么乐器？这是个很有趣的问题。那个时候还没有琵琶，很可能是一种很简单的乐器——埙，或者是笛，甚至是打猎射箭用的弓（可以摩擦产生声音）。动作也非常简单，如果是《天鹅湖》里那样王子把公主举起来，这样的动作就很不像《诗经》。日本受唐代雅乐的影响，舞蹈动作也非常简单，就是把脚抬起来，手再移动一下。这种舞姿其实是仪式性或典礼性的东西，我想用它来提一下如果我们今天要把《诗经》恢复成乐舞的形式，用什么方法比较好。

《荷马史诗》里有一系列的古代英雄，还有美女海伦，可是《诗经》里的主角是谁？是一个连名字都没有的“氓”，是一个在中老年时会对自己的生命有一点感伤的农家采桑女子。《诗经》的主角一直活在土地上。为什么我看陈凯歌的《黄土地》会想到《诗经》？因为这些人活在黄土地上，与农业的联系非常紧密。只有在农业社会，人才能谦卑得像土地一样，在土地里生长，最后又回到土地中去，感情特别朴素、平实。如果大家想感受《诗经》的情感，不仅要阅读《诗经》，还要把《诗经》当成一种在当代延续的美学来看。

我建议大家去看伊朗导演阿巴斯的电影，他有一部电影叫《生生长流》，还有一部非常有名的《何处是我朋友的家》。我过去不知道伊朗是个这样的地方，想到伊朗就想到霍梅尼那类政治符号。可是《何处是我朋友的家》里呈现了伊朗农村的一所学校，完全像我小时候读书的学校一样，学生很少有穿鞋子的，需要翻山越岭去上学。整部电影几乎没有故事，就是在讲一个小男孩有一天不小心把同学的作业本放到自己的书包里了，老师恐吓他说如果下一次作业再不做，就不要来上课了。小孩子听到老师的话非常紧张，一天都忐忑不安，可是又不敢对妈妈讲。他想办法偷偷溜出去，把作业本还给自己的同学。整部电影带出了伊朗的风景——安静的田地，辽阔的山野。

可是他不知道他的朋友具体住在哪里，只知道住在哪一个村，还有他的朋友的名字叫阿里，他就跑去一家家地问。伊朗有很多人名字都叫阿里，他一问，人家说我们这个村子有好多叫阿里的。整部电影节奏非常缓慢，在谈人与人之间非常简单的情感。在小孩子成长的过程里，情感就是这么单纯、朴素。

我觉得阿巴斯电影里的东西非常符合《诗经》美学。《诗经》里的人都不是英雄，没有“木马屠城”那种轰轰烈烈的大事件，大部分都是走过一块玉米地时心里那种哀伤，或者在河边想到自己心爱的女子却不知道如何去追求的惆怅，全是淡淡的东西，这就是农业社会的诗。农业社会里具有与大自然同期性的循环，农业本身会变成一种美学。游牧民族的情感则比较强烈，内蒙古或新疆的民歌情感都比较热烈、泼辣。农业民族学会了把种子埋在土里，等待它发芽、开花、结果，天生有一种长久的耐心，所以《诗经》是典型的农业美学产生的作品。

印度也有一位大导演雷伊，已经过世了，他拍过一部讲印度农民生活的电影叫《大河之歌》。他和阿巴斯的电影至今还在被全世界讨论，是因为农业文明还没有完全消失。

进入工商业社会以后，《诗经》的情感就会慢慢淡下去。今天的高雄不晓得有多少“氓”，大概每个便利店里都有，但没有那种感伤，也不会变成民歌的形式。我们在《雨夜花》、《月夜愁》里听到的情感是非常像《诗经》的，因为里面有农业背景。到了繁忙的工商业社会，连那种月夜里走在三岔路的情感也会消失。

还有一个像阿巴斯和雷伊一样被全世界讨论的导演，是台湾的侯孝贤。他的电影表达的是真正的农业社会里的情感，大家可以在侯孝贤的电影里体会到非常明显的《诗经》情感。

在他的电影《悲情城市》里，女主角辛树芬走向九份的山路，两边是秋天里刚刚发白的芒草，画外音叙述了她的幸福感。那大概是侯孝贤电影里最美的片断，完全像《诗经》。侯孝贤电影中的人物都不是英雄，全是些微不足道的小人物，比如小毕，比如《冬冬的假期》中的角色，又比如《风柜来的人》里那个早年打棒球，后来头被棒球打到，从此就坐在澎湖海边看晚霞的中年男子。这类小人物是属于农业社会的，具有悠远、朴素的情感。一直到他后期的电影《南国再见，南国》里面，半黑道的小混混儿骑着摩托车在阿里山的山路上行走，也非常像《诗经》。

所以，我希望大家能够把《诗经》的情感扩大。我之前谈过，大学中文系讲《诗经》的方法和我非常不同，我不是要注解它，只希望《诗经》在今天仍然是被珍惜的人类情感，虽然农业社会已渐渐远去。如今，侯孝贤的日本粉丝团甚至会专门来台湾看九份小镇。随着工商业社会的来临，人在土地里那种深厚的经验，那种悠远、朴素的情感，正在慢慢丧失，但农业社会的文明却已经变成了一种美学，在艺术领域里弥足珍贵。

还有一位非常能代表《诗经》情感的导演——日本的小津安二郎。大家去看他的《早安》、《晚春》和《东京物语》，可以看到东方农业美学所产生的那种诗一般的情感，非常稳定。这就是《诗经》所代表的审美，在整个亚洲都具有很大的影响力。发源于古希腊的欧洲文化是偏向于游牧和商业的（比如腓尼基人），它的农业没有亚洲这么稳定，亚洲很多民歌具有的共性，即《诗经》的这种审美，就这样一直延续下来。

有一年暑假，我在法国看到电影院里在放侯孝贤的电影。这不是说侯孝贤的电影多么重要，而是侯孝贤电影背后隐藏的农业时代的审美是今天的法国人非常怀念的，那里面也有他们的乡愁。工业革命之后，这种简单的、回到自然的、在土地里生存的情感已经慢慢消失了，对此，他们非常怀恋。

今天的台湾也同样面临着巨大的摇摆期。二十世纪七十年代，我们也有很多乡愁，因为那刚好是要进入工业革命的关口。歌里有阿伯说“繁华的都市路怎么走？”，其实是象征了一个社会的转型。在那样的歌曲中能感觉到农业社会里的人进入都市，成为工业社会的人的哀伤。《孤女的愿望》里所流露的状态，正是从《诗经》里延续到这个剧变的时代的，民歌运动中的许多歌曲都和这种情感有关。

如今，这样的情感好像已经完全消失，要进入另外一个快节奏的、所有情感都要被切断的社会，每个人都以自我为中心。流行歌几乎都是用嘶叫的方式诉说自己的寂寞和孤独，没有了那份悠远、深长的爱。可是我们在《氓》里，至少可以看到这个“氓”和这个女子的情感是绵长的，诗中讲桑树叶子青翠肥硕，讲桑叶黄了以后的掉落，它是有季节的。

我从《诗经》里选的这几首诗其实有很强的代表性，每个人物在处理情感时，都与大自然中的某一种植物有关。女孩子常常用桑叶来形容自己的情感，因为她在农业社会里能体会到桑叶从青绿，到变黄，再到掉落，这就是季节。人的悲秋之情其实是农业社会里隐藏着的对青春逝去的忧伤，这也就是我们常说的比兴手法。

女子在讲“桑之未落，其叶沃若”时，是在用桑叶形容自己，曾经青春过，鲜丽过，也曾引得那个“氓”蚩蚩地笑。可是下面一段就是“桑之落矣，其黄而陨”，是说桑树发黄了，枯萎了，凋零了，其中有非常明显的农业社会中的情感。

香港导演王家卫的电影里几乎没有自然，因为香港已经是一个没有自然的都市。电影《重庆森林》里的男主角爱上一个人，他会到超级市场去买一个凤梨罐头，罐头上写着二十八号到期，因为二十八号那天他认识了一个女孩子。这也是比兴，可是王家卫的比兴与《诗经》的比兴完全不同，他是在一个商品里找到一个有意义的号码。

我曾有个同学喜欢坐某号的车，因为那个号码是他女朋友的生日。在工业社会或者商业社会来临以后，人们会在商品里寄托情感，可是《诗经》里的情感寄托非常悠远，因为大自然是长久不变的。雷伊的《大河之歌》和阿巴斯的《生生长流》，讲的都是永恒的情感。当然，这种永恒可能是我们的一厢情愿，因为农业社会在人类的大历史中不一定是永恒的。但是，人类迄今为止至少已经有一万年的农业经验了，因此，它变成了我们的巨大乡愁。我们在唱《雨夜花》或者吕泉生的歌的时候，会发现里面用土地及很多自然界的东西来做比兴，因为这些还是农业社会的产物。但接下来不一样了，有些联系被切断了。

《诗经》是彻底的农业审美，站在土地上的人相信有稳定的自然周期，他的情感周期与自然周期会合在一起。所以说《诗经》“哀而不伤”，无论多么悲哀，最后都不会绝望。因为农业社会里的人们相信循环，冬天万物都会枯萎、死去，可是大家知道万物复苏的春天一定会来。当孔子讲“哀而不伤”的时候，其实是知道大自然有平衡，有节奏，人们的希望可以投注在里面。

在读这几首诗的时候，大家可以感觉到其中有一种自然的韵律和节奏。但是有些翻译会把一首很好的诗窄化，所以我建议大家直接读原诗。很多人不相信自己有读原诗的能力，总是要去找各种注解本，可是注解会使你离诗越来越远。其实，原诗里的文字我们都能读懂，我们不必去注解它们，而是在若即若离中去感觉它们。

《诗经》里常用到叠韵、叠字，比如“蚩蚩”、“离离”、“迷迷”——你想要形容某种感受，但是没有找到最恰当的逻辑和解释，这些表达可以使你进入相应的感觉。“氓之蚩蚩，抱布贸丝，匪来贸丝，来即我谋。”一个民间小伙子居无定所，抱着一些布来换我的丝，我一眼就看出他不是要来做生意（换丝），而是来打我的主意的。这是一切恋爱故事的开始。一个聪明的女孩子，对自己的漂亮很有自信，也知道这个男孩子有什么样的心机，她很高兴被追求，所以“送子涉淇”——已经谈了恋爱，男孩子要走了，因为要过河去做生意。

这就是农业社会里的情感，记忆都是自然的。女孩子送男孩子渡过淇水，这本身就是一个画面。所以我推荐大家去看阿巴斯的电影，他的电影要么是过河，要么是经过一片草原。他有一部非常精彩的谈恋爱的电影叫《橄榄树下的情人》，男孩和女孩从头到尾总共没有讲过十句话。每次两个人都离得很远，因为受伊斯兰文化的影响，伊朗的民风还是非常保守的，虽然心里很喜欢，可是却离得好远。短镜头无法拍下那样的场景，所以阿巴斯一直都用长镜头，这几个喜欢拍农业社会背景的导演都喜欢用长镜头。

侯孝贤也喜欢用长镜头，现在西方都在讨论他的长镜头。在《恋恋风尘》里，一个男孩子和一个女孩子一起长大，坐同一列火车去上课，从来没有谈过爱情，从头到尾都是在讲家庭作业，这就是早期的中学生的恋爱。两人是邻居，男孩比女孩大一岁，他觉得她是妹妹，关心她，常常教育她。女孩也很听话，永远穿着白制服，永远坐九份的小火车出来，过隧道，两人之间从来没有调皮过。后来，男孩去金门当兵，两人也通过一段时间信，但慢慢地就没有了。女孩子却因为通信认识了一个邮差，后来和邮差发展出一份感情。因为她从来没有觉得那个男孩子是她的爱人，而是觉得他更像一个哥哥。那个男孩哀伤了好一阵子，在军队营房的床上哭。在电影的结尾，男孩回到兰阳平原的家里，看到阿公在整理番薯田，就叫了一声“阿公”。阿公见他退伍回来，只是回应了一个招呼，也不会去拥抱亲吻——因为农业社会里没有这种东西，便继续整理番薯田。男孩子蹲在一边看阿公整理，问他：“今年番薯怎么样？”阿公有些抱怨：“今年因为台风，番薯收成不怎么好。”然后两人开始聊些无关紧要的事。这个时候，侯孝贤的镜头开始往上拉，越拉越远。个人再大的哀伤，都会被大自然担待，没有什么东西是不能过去的。

侯孝贤和小津安二郎的镜头都是长时间固定不动的，没有蒙太奇，这是因为农业社会里有一种对土地的信仰，或者是对长久岁月的信仰，这种信仰最后会变成一种艺术形式。

耽溺与流逝中的爱及青春

《氓》中的这个女子本来应该去采桑叶的，可她却偷偷地溜出来，陪这个男孩子过了河。诗中并没有描写他们怎么过河，如果是今天的流行歌曲就会写，可是《诗经》没有，就是“送子涉淇”，这里面有一种敬重。

“至于顿丘”，过了河又到了一个小山丘上，所有的风景都变成了情感。其实，人就是活在山水里的。我的小学在淡水河与基隆河的交汇处，比较早熟的同学在那里谈恋爱，也有对淡水河的记忆。

在《氓》里，“淇水”变成一个非常有趣的象征，在后面的篇章里再次出现。淇水的水曾把女孩子车子旁边的布幕打湿，我觉得那个画面好漂亮，完全是侯孝贤式的画面。两个人谈恋爱的时候，一边过河，一边唱歌聊天，典型的《诗经》背景。可是到了第四段讲的“淇水汤汤，渐车帷裳”的时候，其实是很难过的，因为“桑之落矣”，有一点回想的意味，像电影画面的剪接，剪出一段当初出嫁乘坐的车子渡过淇水时两边的布幕被打湿的画面。这个女孩子的婚姻好像不快乐，带着某种感伤，突然想起出嫁时水弄湿了车子的帘幕，其实是泪水的联想和记忆，这才是好诗。好诗不是逻辑的。我每一次读到“淇水汤汤，渐车帷裳”都会想，怎么会出现这一段。如果是好导演的话，这就是在当下的时间里加入过去的回忆，就是蒙太奇。

第一段第四句说："匪我愆期，子无良媒。"男孩子有点儿着急，想赶快把婚事定下来，可是在恋爱初期，女子像花一样，她是等候的、引诱的状态，所以她说"子无良媒"，她要用很多理由来拒绝。

农业时代的伦理也给女子很多保护，说你一定要有聘，有媒，有所保证，才能把恋爱变成婚姻。女孩子说"匪我愆期，子无良媒"，是想恋爱的追求过程长一点。这个男孩子当然有一点不高兴，觉得她一直在拖，所以接下来女孩子就说"将子无怒，秋以为期"。

整首诗虽然只有几段，可是已经把恋爱的过程都交代清楚了，而且两个人的心情都在里面。"将子无怒，秋以为期"，好像是这个女孩子被逼到最后，说下个时间，其实我们也不确定他们是不是真的在秋天结婚。可是女孩子回答说"秋以为期"，至少给男孩子一个希望。这是一首漂亮的恋爱诗。

如果从社会学的角度来看这首诗，这其实是农业社会里的人与商业社会里的人的矛盾和对话。那个女子永远需要农业的稳定，可是这个男子其实是不稳定的。从女子角度去看这个男子的时候，男子因为要做生意，总要跑来跑去。这有点像白居易的《琵琶行》里说的"老大嫁作商人妇"，"商人重利轻别离"，做生意就是要跑来跑去的，可是这个女子在稳定中变得落寞，因为她的稳定变成了永久的守候。

第一段中已经有了隐藏的悲哀，这是两个完全不同背景的人。第二段很漂亮，有很多风景："乘彼垝垣，以望复关。不见复关，泣涕涟涟。"这个女子已经全心全意爱上这个男子，见不到的时候她会哭。第一段是女子被追求，而且是女子在拖延。第二段里，男子来得少了，女子反过来开始"泣涕涟涟"。这种心情上的大转变，就在短短的几句中完成。

"乘彼垝垣，以望复关"，"垝垣"是一个画面，即残墙断壁。女子站在一堵倒塌了的高墙的废墟上瞭望，她知道男子每次来都走这条路。农业社会的情诗和民谣中，情感与方向、距离、空间有非常大的关系。为什么她不跑到顿丘上面去望？因为垝垣有一点感伤，是个废墟的画面。"不见复关，泣涕涟涟”，可是“既见复关，载笑载言”，这十六个字完整地呈现了两个人恋爱时变化无常的喜怒哀乐，可以刚吵完架，又忽然开心起来，这首诗真是活泼得不得了。如果先下定义说这是一首弃妇之诗，你就完全读不出这些东西。

情感牵连到这个程度，对方的一点一滴都会影响你的情绪。“载笑载言”用得非常好，有说有笑，简直是手舞足蹈，很有画面感。这个女孩子已经完全掉进情感的陷阱里了。

接下来就是婚姻了。“尔卜尔筮”，“筮”是用蓍草占卜，我们现在的人还在占卜、算命，不过方法不一样了。我有一个学生喜欢音乐系的女孩，就到高雄的小港去算命，因为他听说小港有人算得非常灵。我说：“你从台中的东海一路算到小岗，你的恋爱大概也可以知道是什么结果了。”其实，他就是因为不确定，才会用卜筮、抽签之类的东西来帮自己。你抽签最频繁的时候，一定是你对自己的恋爱最不确定的时候。

卜筮是用一种超自然、超逻辑、超理智的力量，也就是所谓神的力量来预测自己的命运。当时，人们在乌龟壳上钻孔，在上面刻上要占卜的问题，比如“我跟这个氓结婚好不好？”，再把这个龟壳拿到火上烤。龟壳被火烤了以后，孔的旁边会出现长短不一的裂纹，人们就据此找到答案。不要笑话古代人的迷信，连个乌龟壳都要看半天，我们现在也依然会对着自己的手掌纹看半天，每个人打开报纸时也会盯着星座那一栏看，因为你总希望里面能有一点暗示。

我在巴黎的时候，看到一个女孩子坐在巴黎大学的门口掉眼泪，手里拿着一朵玛格丽特。当地人有个习惯，将花朵上的花瓣一瓣瓣摘下来，这一瓣表示他爱我，下一瓣就表示他不爱，如此反复，摘到最后一瓣就会得出结论：他到底爱我还是不爱。人在情感里一旦变得无奈，就会想通过一种超人的力量来帮自己做决定。

情感可以是诗和艺术的永恒主题，因为情感太像生命了。如果我们生命里的所有东西都可以确定，大概就不会那么有趣了，常常就是因为处在茫然、彷徨之中，才有很多期待、很多意外。正因为生命中有那么多不可控的因素，大家才会渴望去了解，这大概才是诗的源头。

“尔卜尔筮，体无咎言。”“卜”和“筮”得到的结论叫作“体”。《易经》里有“卦”，“泰”是卦，表示很好，“否”也是卦，表示很坏，我们常说“否极泰来”。“咎”是不好的意思，我们现在还有一个词叫“动辄得咎”，意为动不动就受到阻碍、排斥、打击。“体无咎言”是说卜筮的结果没有显示不吉。

我的学生常常拿着占卜的结果眼泪汪汪地来找我解释，很奇怪，年纪大了以后，你给出的解释一定是“体无咎言”。因为你知道你讲的再不好，他心里都是想要正面结论的，一个男孩子会因为一个女孩子从东海算命算到小港，你就知道他爱得有多深，即使你说多不好，他也还是会一直算到他想要的结果为止。所以年纪大了以后，我也变得很狡猾，总是都解释成好的预兆。有一次，一个学生抽了一个签，写着“董永葬身卖父”，就说好惨，怎么有这么坏的签。但我给他解释：“董永卖身葬父之后，七仙女就下凡来帮他，二人后来结为夫妻，这是多好的一个签啊！”他就说：“啊，真是‘体无咎言’。”

民歌系统里的情诗都有一些很有趣的情感描述，这就是“情动于中”，它非常真实，没有先入为主的道德批判或者预设立场，只是在讲自然的状态。一个女孩子如此急切地等待男朋友，以至于要爬到废墟上去张望他来的路，如果没有来就哭，来了就有说有笑。结婚前就去算命，问我们两人在一起到底好不好，恋爱的每一天都在试验、求证。

既然“体无咎言”，接下来就是结婚了。所以“以尔车来”，你的车子可以来接我。第四段有“淇水汤汤，渐车帷裳”，二者说的是同一辆车。所以我说这是一个导演的剪接，把这辆车剪接到第四段里去了。

第二段很开心，车子来了，当然要和爸爸妈妈哭一哭，可更高兴的是自己要开始新生活，要出嫁了。“以尔车来，以我贿迁”，“贿”字现在变成很坏的意思，比如贿赂，可是以前就是财物、嫁妆的意思，“贝”字旁表示财富。一个女孩子要出嫁，家里要给她准备嫁妆，这些嫁妆需要车子来接，女孩子和嫁妆一起跟车子过去，所以叫“迁”。

大家在台湾还可以看到这样的画面，因为我们还保留了一些农业社会的痕迹。那个时刻对于一个女子来讲非常动人。我之前提到的日本很重要的导演小津安二郎，最喜欢拍女孩子出嫁的场面。那一天，女孩子都要挽面，穿上华丽的衣裳，最后一刻是跪下来与父母告别。每次拍到这个场景时，镜头就很安静，有女子出嫁时的庄重，好动人。

有几个女学生出嫁时，我去她们家里做证婚人。当女孩子跪下去的那个时刻，你会有一种不忍，这种情感也是农业社会的。等到这种情感消失后，结婚那天就变得乱七八糟的，爸爸可能很落寞，本来等着女儿来讲几句贴心话，可女孩子已经三脚两脚就跑掉了。但是要在过去，这个时刻非常重要，爸爸一定会讲几句话，比如女儿嫁过去后应该怎样对待公公、婆婆之类。

第一段、第二段讲从恋爱到婚姻初期的状态，在一个比较温暖、平衡的状态里发展。第三段开始使用兴，出现了转折，用到了“桑”。因为女子每天都会去采桑叶养蚕，她看到桑叶，就有了感慨。幸福中的人很少会感慨，落寞的时候才会。女子想到桑叶曾经那么绿，“桑之未落，其叶沃若”，完全是比兴，讲的是她自己曾经的青春貌美。可是有一些力量在阻碍她的幸福——“于嗟鸠兮，无食桑葚”，斑鸠来吃桑葚，她就去打斑鸠，说你不要来吃，这也是在讲自己，“鸠”代表着这个女子从幸福转向不幸福的某种外在力量。

接下来引向自己，“于嗟女兮，无与士耽”。我非常喜欢这个“耽”字，后面这个字接着又用了两次：“士之耽兮，犹可说也。女之耽兮，不可说也。”可是我不晓得该怎么翻译。这个字我们今天还在用，比如“耽溺”，是指沉迷在某种东西里不能自拔。

可是注意一下，所有的“耽”都是心甘情愿的，如果不是心甘情愿，就不会不能自拔，所以我才说这个字很难翻译。大家可以想一想，你生命里有什么东西会让你“耽”？在“耽”的时候，你没有办法用理性去判断和思考。可能某一天回想起来，会觉得很后悔，可是如果再活一次，大概还是一样。这说明“耽”是不容易用理性排除的，它是一种沉迷，陶醉，至死不悔。

我在布拉格遇见过一个捷克男孩子，学汉语六年，后来又去北京学中文，还画水墨画。我邀请一些朋友去看他的画时，看到他用毛笔字写了《爱莲说》：“出淤泥而不染，濯清涟而不妖。”如果他不告诉大家自己是捷克人，所有人都以为他是中国人。我觉得他身上就有一种“耽”。他对中国文化有很深的感情，说自己一生最大的愿望是去台湾看郎世宁的画，因为觉得自己上辈子就是郎世宁，而郎世宁的画大部分在台湾。我很努力地在帮他完成这个愿望。

他的“耽”是完全没有理由可以讲的。我问他，他父亲是否有汉学基础，他说没有，但是不知道为什么，自己从小就喜欢汉语，喜欢中国文化。他在荣宝斋学了一套修复技术，现在在布拉格的美术馆修复中国古画。他说看到那些画坏掉心里很难过，但是没有人修，就专门去学了这门技术。我觉得用“耽”来形容他特别准确，他的生命里有一种东西让他爱到别人都觉得他是神经病，可他就是不能不爱。

第三段是一个很重要的转折。“士之耽兮，犹可说也。女之耽兮，不可说也。”那个女孩子好像是在提醒自己，说男孩子陶醉就算了，我为什么也要陶醉呢？她仿佛有点生自己的气，可是她却没有办法不陶醉。更让她生气的是，男孩子后来都不陶醉了，自己为什么还在陶醉？

其实，我们到现在也不知道这个男孩究竟是不是一个坏蛋，可是如果将这首诗定义为弃妇之诗，那他就一定是了。从刚刚认识，到慢慢演变成女孩子要求男孩子有更多时间和自己在一起，男孩子和她在一起的时间并不见得少了，只是和刚认识时不一样了。刚开始时是女孩子推拒，男孩子主动，现在情况反过来了，他们的角色发生了转换。大家注意，好的文学里没有好人与坏人，有的只是生命的不同状态。

我有一个朋友，结婚十年了，现在要离婚。他们在一起的时候，我提醒他说，不要把对方当坏人。所有的情感在破裂时，你都会听到人们以第一人称自述，称对方为坏人。当你听到两个人都把对方当成坏人的时候，站在第三者立场的你会相对客观一些。就像这首诗，如果一开始就认定它是首弃妇之诗，就意味着它已经没有其他答案，但我认为它呈现的是一种复杂的状态，就是“耽”，也说明情感上的耽溺在结婚后的现实生活里可能会转换成其他相处模式。

如果你以“氓”作为第一人称来写，可能会出现另外一首诗。我发现所有哀怨情诗的作者都是受害者，但设想一下，如果那些造成伤害的人要写一首诗的话，会怎么写？这是个非常有趣的问题。

我常常对朋友说，其实受害不是一个角色，而是一个时刻。我们在感到自己受害的时刻，从来不去想曾经有过的喜悦和幸福，把之前的“载笑载言”全忘了。问题是，两个人都必须为最初的“载笑载言”不能持续而承担责任，这绝不是某个人单方面的错。

我觉得这是一首好诗，是因为它充分展现了第一人称的女子的立场。但文学不能投射，你不能将自己设想成这个女子。到第三段的时候，你很可能会一不小心就把自己设想为这个女子，一旦转为这种立场，这首诗就被窄化了。

下雨的夜晚，花朵掉落在土地上，如果你一定要找出那个“凶手”，我想这首歌的意义就被削减了。同样，《氓》这首诗更大的主题是对生命的爱和关怀。其实，我们身边到处都是“雨夜花”，它涵盖了每个人的生命状况。那份被眷顾的心情，才是诗的主题，这个主题就这样被长久地咏唱着，每个人都能从中感觉到某一刹那的温暖，那些孤独、寂寞的生命可以凭此渡过难关，但是千万不能有角色认同。

“无与士耽”好像是一个提醒，但要真的做到了，也就没有这首诗了。“耽”的迷人之处在于，所有的理性都分析完了，结论也有了，但是第二天可能又会全盘摧毁。如果生命里没有了“耽”，还有什么意义？不同的年龄耽溺的东西有所不同。理性是一个人的思维方式，非理性也是。非理性对生命的影响更大，它也是生命构成中的巨大力量。这种非理性的能量一部分往哲学发展，一部分往文学发展。如果是文学，就绝对不是一种逻辑，而是一种情感。

这首诗把“耽”写到这种程度，反反复复地提醒自己，作为一个女子，千万不能“耽”。事实上她已经“耽”得太深，而她的“耽”可能让男子压力过大。如果从“氓”的角度来讲，这种压力可能让他喘不过气来，此时就需要转换，也许婚姻有另外一种相处方式。

第四段，哀伤出来了，而且有了抱怨。“桑之落矣，其黄而陨”，桑叶枯黄了、陨落了。“自我徂尔，三岁食贫。”她开始把桑和自己交错着讨论，说我到你们家来，三年里从没吃过好东西。可是我要提醒大家，千万不要只听一面之词，诗里的主体性人物往往非常感人，她需要读者的认同。就像我在解决那对结婚十年后要离婚的朋友的矛盾时面对的情况：男的和我讲的这部分，要我认同他；女的和我讲的那部分，也要我认同她。

文学作品里的第一人称，你要认同她，她才会感人，可你一定要在若即若离的状态。如果完全投射进去，就不会是好诗；可完全不投射，也显得你很无情，最好是在同情和无情之间摇摆。同情是耽溺，无情是超然，我们没有办法完全无情，也没有办法完全同情，读诗的最佳状态是能保持在两者之间游离。

“三岁食贫”，好像真的很惨。我朋友也说对方十年都没有对他（她）好过，但我与他们夫妇认识这么久，当然知道这十年中他们的关系。现在他们却说彼此十年都没好过，每天都要看对方的脸色，显然是把曾经所有的好都遗忘了，只希望你认同他。这时候，他（她）已经没有了“载笑载言”的回忆，只有“泣涕涟涟”的回忆。

“淇水汤汤，渐车帷裳。”这一句非常漂亮。文学里最美的，其实是离开情感后突然出现的一个画面。那一天车子过河的时候，帘幕都被打湿了，这完全与情感无关，却蕴含着最深的情感。《红楼梦》里林黛玉听到贾宝玉和薛宝钗结婚的消息，大概已经决定了要焚稿断痴情，但她回到家里，把帘子拉开，看到架子上的鹦鹉，与鹦鹉讲话，一句都没有提贾宝玉多么负心，多么坏。曹雪芹真是一个了不起的作家，在关键时刻换移到看上去和贾宝玉完全无关的事物，这是很惊人的笔法。

侯孝贤的电影中拍到情感最深的时候，也会忽然转开镜头去拍一些看上去毫无关系的东西，比如一棵树，而且能拍好久，因为此时人的情感需要转移。就像《氓》中的“淇水汤汤，渐车帷裳”，女子突然想到自己出嫁那一天，车子过河的时候，帘幕被打湿了。湿其实是在讲眼泪，可能这时她的衣服被泪水泅湿，让她联想到当年的情景，所以弗洛伊德一直认为文学里最迷人的部分是潜意识里的东西。

“女也不爽，士贰其行。”女方从来没有违反过自己的诺言，可是男方却改变了。“士也罔极，二三其德。”男方做事没有原则，完全违背了当年的誓言。接下来的抱怨更加严重：“三岁为妇，靡室劳矣。夙兴夜寐，靡有朝矣。”此时，对情感的回忆变成了对劳苦的记忆，你也知道这份情感的结局将是如何了。我最怕在解决朋友情感纠葛的时候，听到他说你看我十年来为他吃了多少苦，其实情感与这些东西无关。对方还希望你能给他打分，比如，每天扫地应该打八十分吧？这样对待情感关系其实很悲哀，好像没有一天不苦。“夙兴夜寐，靡有朝矣。”你看我每天早起晚睡，日复一日地劳作，你至少得感谢我吧？情感到了向对方讨要感谢的地步，其实很不幸。

我一直很喜欢这首诗，就是因为这种情感直到今天还在发生，就连我们自己也一样。在一份情感里，你也许会对对方说：“我这几年如何对你，你也要平等一点吧？”一份情感一旦到了讨价还价的阶段，想要维系基本已经不可能了。“言既遂矣，至于暴矣。”女方已经觉得男方很粗暴，但是粗暴的内容并没有讲，有很多注解添油加醋地说男方打她，这一点我们并不确定。所谓粗暴，不同立场会有不同的解释，比如以前每天叫“亲爱的”，现在改成一个星期叫一次，有人认为这就是粗暴了。

“兄弟不知，咥其笑矣”，显然她对这份情感已经没有自信，需要从别人的角度去判断，说别人都笑她，觉得他们的婚姻不美满。其实最大的不美满，是别人的意见影响了她，造成了她的自卑感，至此婚姻的破灭已是必然。

这首诗非常哀伤，写诗的人这么诚实，把情感的所有步骤都一一记录下来。“静言思之，躬自悼矣。”静下来思考，为自己感到难过。最后的结局是“及尔偕老，老使我怨”，本来结婚是要与你共老的，可是现在一直在抱怨，不止伤害对方，也伤害自己。所有快乐的回忆都不存在了，她已经沦落在“怨”的状态里。

“淇则有岸，隰则有泮。”至此，诗人又回到自然，河流总有尽头，沼泽也有边缘，可是这个女子的哀伤却无边无际，自然没能够抚慰她。她又开始回忆自己的青少年时期，“总角之宴，言笑晏晏”，那个刚刚把头发抓成一个鬏的十二三岁的女孩子多么快乐。读到这里，你会发现这个女子哀伤的不是婚姻，而是青春的逝去。童年是快乐的，可是童年不能永存。

在这个女子的回忆中，“总角之宴，言笑晏晏”变成了她一生的标准，是她一直想要回归的状态，可是已经回不去了。其实她和任何人在一起，恐怕都是这个结局，因为青春必然逝去。“信誓旦旦，不思其反。”你不是说海枯石烂吗？今天海也没枯，石也没烂，我们的情感却变了。“反是不思，亦已焉哉！”那种难过还是不要再提了。

这首诗在这里结束了，从初恋走到情感的幻灭，非常完整。这首诗是情诗的典范，也是民歌的典范。我们的民歌里很少有这么完整的故事情节，所以我特地把它选出来。还有一首诗和它类似，那就是《蒹葭》，我们稍后会讲到。

《黍离》：诗比历史更真实

古希腊哲学家亚里士多德说过：“诗比历史更真实。”意思是说，历史是对客观事件的记录，诗是对心情的记录，在所有事件结束后留下情感的结语。事件会消失，可是心情会变成永恒。这也是为什么汉语诗作中描写心情的诗特别多的原因。

比如《黍离》，这首诗非常优美，诗里完全没有事件。除了“彼黍离离，彼稷之苗”这句中的“黍”是黍子，“稷”是高粱，也基本不需要注解，很容易读懂。

> 彼黍离离，彼稷之苗。行迈靡靡，中心摇摇。知我者谓我心忧，不知我者谓我何求。悠悠苍天，此何人哉！
>
> 彼黍离离，彼稷之穗。行迈靡靡，中心如醉。知我者谓我心忧，不知我者谓我何求。悠悠苍天，此何人哉！
>
> 彼黍离离，彼稷之实。行迈靡靡，中心如噎。知我者谓我心忧，不知我者谓我何求。悠悠苍天，此何人哉！

这首诗的语言和我们今天的语言没什么差别，可是教科书里的翻译很可怕：“知心人说我心烦忧，局外人说我啥要求。”我觉得这首诗不需要翻译，今天我们的口语还可以这样说，不信各位回家对妈妈说“知我者谓我心忧，不知我者谓我何求”试试，相信你妈妈也听得懂。

我特别喜欢这首诗，因为它把事件抽离得最干净，我们完全不知道“此何人哉”中的“何人”到底发生了什么事，所以注解里一定要给它加一个事件，说因为亡国了，才会这么哀伤，这是没道理的，任何一种生命都可能出现这样的情感。

“彼黍离离，彼稷之苗。”主人公走过了黍子地、高粱田，忽然感到一种哀伤。有一次我走在一片稻谷刚刚结穗的田野中，生出一种很奇怪的感情，介于忧愁和喜悦之间——一棵稻谷从插秧开始成长，长到现在这么饱满，可是很快它们就要被收割了。“离离”是黍子一粒一粒嘟噜嘟噜的样子，叠韵是因为找不到恰切的词来形容那么繁密的黍子粒。这是第一种解释。第二种解释，是离别的意思，所以主人公才会哀伤。中国所有的字都有一个声音，而每一个声音都有情感。“离”的韵母是i，诗人哀伤的时候，会用到这个闭口音，共鸣音很小。“凄凉”的“凄”、“寂寞”的“寂”、“离别”的“离”、“依靠”的“依”，都有一点悲哀对不对？所以当我们说“彼黍离离”的时候，不仅有对黍子的形容，还有离别的哀伤和声音上的低沉。

“行迈靡靡，中心摇摇。”这里又出现了叠韵。“靡靡”也是一种声音，低沉、慵懒、彷徨，都有一点。“靡”还是i这个闭口音，有点哀伤，可是又加了一个m，这个音在汉字中常常与模糊的“模”有关。所以，“靡靡”就产生了一种非常奇怪的感觉，不怎么振奋，有一点拖延，不清楚生命的意义，不知要前往何处。

我不太愿意直接翻译，因为这两个字实在太精彩了。“靡靡”是有一点没精神，这个词不是那么清楚，它指的是某种精神状态：走路的步子不那么稳健、确定，不是进行曲，而是缓慢、迟疑的。

“中心摇摇”，“摇摇”也是形容心情，如果我在小学教诗，一定会用这首诗作为范本，因为它是对诗的最大挑战，即用某种方法把不明确的东西讲出来。你要训练一个孩子来形容自己心情的快乐，但是不可以用“快乐”这个词，而要用一个声音来形容，那会是什么？

汉语里有很多的叠韵，就是用两个叠声的字去形容一个字，“行迈靡靡，中心摇摇”都是对某种不清楚、不确定的事物的精彩形容。这首诗完全可以用来训练学生文字的精准度，这个精准度很难注解，因为它描述的是一种感觉、一种情绪。在读“彼黍离离，彼稷之苗。行迈靡靡，中心摇摇”时，节奏感马上就出来了。《黍离》的节奏感好，押韵也好，它是诗的最高范本，可以把情感讲到这种程度。

作者很快跳入一种客观描述：“知我者谓我心忧，不知我者谓我何求。”这是诗人厉害的地方，刚刚讲完“行迈靡靡，中心摇摇”，你还不太知道他要干什么，马上就接了一句：你知道就知道，不知道就算了。人在最孤独的时候，就会觉得为什么要解释我的心情？一个人敢在写一首诗时说不在意别人懂不懂自己的哀伤和忧愁，这是了不起的，他的忧愁已经到了自己认为无论怎么讲别人也不会懂的地步。

《氓》还有一点觉得受了欺负，想要人家懂得自己的意图，《黍离》却是一副“说了你也不会懂”的架势，所以下一句直接转向了天：“悠悠苍天，此何人哉！”这一句很奇怪，不是作者从第一人称的角度来看天，而是从天的角度来看人，好像是天在看着他说：“怎么会有这样一个人呢？”但是有的翻译却是“遥遥远远的老天呐，是谁害我离家走”，这样一来，诗的意象就被缩小了。“悠悠苍天”是一个画面，作者不是从自己的心情出发，而是从天的角度来打量自己的孤独，其实是在讲他的哀伤没人能懂。

各位看这个诗人多么会“偷懒”，三段里换的字这么少，前面的字都不变，后面从“彼稷之苗”，到“彼稷之穗”，再到“彼稷之实”，随着时间的改变，禾苗发芽，结穗，收获，这个完整的过程，只改了一个字——苗、穗、实。从春天到秋天，这个人一直在庄稼地里走来走去。

作家莫言写过一部小说叫《红高粱》，他的笔触一直停留在高粱地里，因为讲的是农业社会。农业社会是天长地久的，哀伤也是无穷无尽的，所以他才会用这么大的时间和空间背景去描述它。在那么一大片庄稼地里，这个孤独的生命从春天走到秋天，他的问题仍然没有得到解答，所以才会发出对天的呼叫：“悠悠苍天，此人何哉！”

这首诗从头到尾没有任何事情发生，但是描述了心情，当历史都消失后，心情还在。

“彼黍离离，彼稷之穗。行迈靡靡，中心如醉。”“醉”当然与酒有关，喝了酒以后，不管哀伤还是喜悦，都更像自己。不喝酒的时候，你在做一个别人希望的你，可是如果可以“中心如醉”，你就变得比较自然轻松。另外，“彼稷之苗”中的“苗”和“中心摇摇”中的“摇”，“彼稷之穗”中的“穗”和“中心如醉”的“醉”，都是押韵的，构成歌的条件，可以用来唱，并得以广为流传。

如果我们从田野中走过，听到有人唱这样一首歌，很容易就记住了。

当你感到哀伤的时候，你可能会随着他一起唱。它前后重复三次，有和声与呼应的关系。

我在贵州看过花子的演唱，一个人唱出来，旁边的人就和上来，前呼后应，一唱百应。歌谣是从大地中被慢慢呼唤出来的，它不在乎重复，因为每一次重复都有不同的声音加入。我们现在单看《黍离》的文字感觉好像有一点单调，可是你要想到这是歌，就会明白它其实并不单调。

第二段和第一段相比，换的字虽然如此之少，却是有很高难度的。不信大家可以试试看，写三段完全一样的诗，只换其中的某一个字，很难的，这需要你对诗的语言非常了解。其实这首诗就不应该有注解，而应该让小朋友试着来玩这种改字游戏。

西方绘画的达达流派曾经建议把诗剪开，变成一个个单独的字，让小朋友在布袋里搅乱，再拿出来贴。这有点像排字游戏，要找到字和字之间的规则。字这么精简，但产生了情感的变化。“中心摇摇”变成了“中心如醉”，又变成“中心如噎”。“噎”是哭到说不出话来，人的哀伤到了极点，哭泣和讲话都停止了。大家可能发现了，“噎”和前面的“实”按今天的读音并不押韵，但在古音中这两个字是押韵的，“实”在古代念sei，和“噎”恰好押韵。

换字这么少，却特别强调了情感的深沉，从“摇”到“醉”，再到“噎”，只有情感的深沉度在变，其他的都没有变。唐代李商隐的“荷叶生时春恨生，荷叶枯时秋恨成”，也是用字非常少，可是情感的跌宕出来了。

诗是文字高度精练的艺术形式。它不是论文，一个社会如果太崇尚论文，文字就会变得繁复，到最后越来越不会讲话。孔子说：“不学《诗》，无以言。”我非常同意。各位或许经历过大学里的学术会议，人简直都会昏掉，因为大家全在讲论文，几乎没有人可以用精简的文字，快速地把自己想说的内容和感受传达出来。

诗和论文是两种不同的思维，论文是逻辑的思维，诗是情感的思维，情感思维不够的时候写诗非常危险。我觉得今天台湾诗歌的情感成分明显少了，特别是在知识分子当中。

这位诗人在吟唱“彼黍离离，彼稷之苗”时，透着一种情感的真实。虽然不知道发生了什么事，可是他对自己哀伤的心情毫不隐瞒，反反复复地唱着，但如今的知识分子有时候却会掩藏。亚里士多德说“诗比历史更真实”，因为历史文献可以作假，你或许也可以在一首诗里填充很多假象，但情感很难作假。

希望大家可以反反复复地去体会这首诗。如果我们有很好的音乐家，其实可以把这些诗变成歌，用很美的旋律唱出来。大家也可以去检验一下自己身边的流行歌或者民歌，看看其中有多少反复，好像《黍离》，好像我们下面要讲到的《蒹葭》。一生都很牵挂的情感，才会有反复，因为反复，那情感才变得更深沉，成为一种美学。

《蒹葭》：如水素淡，不弃不怨

> 蒹葭苍苍，白露为霜。所谓伊人，在水一方。溯洄从之，道阻且长。溯游从之，宛在水中央。
>
> 蒹葭凄凄，白露未晞。所谓伊人，在水之湄。溯洄从之，道阻且跻。溯游从之，宛在水中坻。
>
> 蒹葭采采，白露未已。所谓伊人，在水之涘。溯洄从之，道阻且右。溯游从之，宛在水中沚。

《蒹葭》这首诗非常漂亮。《黍离》的作者是一个写民谣的高手，“黍”和“离”并不诗意，但它是起兴。“蒹葭苍苍，白露为霜”是比。蒹葭是芦苇，在秋天会变白，白露以后，天气由暖转凉，这里是用季节转换和芦苇变白来讲心情的落寞和孤独，因为作者寻找的东西老是找不到。以我自己写诗的经验来看，《黍离》更难写，因为它的开头根本不像诗，一开始讲黍子、高粱，简直以为作者要去卖酒，可接着却进入了诗的世界。

但是"蒹葭苍苍"一开始就很漂亮，非常适合画一幅画。"苍"和"霜"也押韵，苍、霜、方、长、央，都是江洋韵。"所谓伊人，在水一方。溯洄从之，道阻且长。溯游从之，宛在水中央。"一直使用江洋韵的 ang 韵，产生了非常美的诗歌韵律。

其实，闽南话民歌中江洋韵也用得很多，当然闽南话和普通话语音不完全相同。比如《补破网》是用 ang 韵，ang 韵比较婉转，有一点金属音的感觉，也是开口韵，可是又不如中东韵的共鸣大，因此就产生了一种内敛的力量。《补破网》最后讲希望，同时又是哀伤的，"伤"和"望"都是 ang 韵。网都破了，当然是哀伤，但它最后将你引导到希望里。

再读这首《蒹葭》，会不会觉得哀伤里带着希望？第一段结束在"宛在水中央"，他相信她会一直在那里，虽然"道阻且长"，怎么走都走不到，可是"溯游从之，宛在水中央"。这首诗和《黍离》的绝对哀伤不一样，它介于哀伤与希望之间。

他每一次寻找的过程都是"道阻且长"、"道阻且跻"、"道阻且右"，都要经历巨大的艰辛，可是最后一定有希望——"宛在水中央"、"宛在水中坻"、"宛在水中沚"。这首诗反复、婉转，把两种互相矛盾的东西放在一起，并产生出希望。我自己特别喜欢这类诗，在重复中呈现情感的婉转和跌宕。

《蒹葭》是特别典型的《诗经》风范，所以《诗经》选本总会选它。它的画面太美，讲最淡的情感，没有爱也没有恨，只是追求，有点彷徨，却不放弃。无论客观环境有多艰难，主观心愿上一定相信有希望——"宛在水中央"。这首诗兼具文化与教育的功能，是最好的青少年情诗。你应该相信"她"在那里，虽然"道阻且长"，而且正因为"道阻且长"，这份感情才有意义。相对来说，《氓》的节奏就太快了，她不应该"秋以为期"，而是该"三年以为期"。

《蒹葭》留下了最完美的古典情感，没有哀怨，没有愤怒，只是淡淡的。这一定是一个水边的族群，喜欢水的悠长，用了很多水来形容感情。《黍离》很可能是从山西那种高粱地里唱出来的，绝望得也比较彻底，可是水边的情感比较婉转、悠远，产生在这里的歌声和山里的歌声不同。我有一阵子很关心这个问题。我在阿里山达邦邹人聚居地感受到的艺术色彩非常少，他们的歌声都非常庄严，表达了人们对山的崇拜。可是台东海边卑南人的色彩非常多，女子非常妩媚，衣服上的花纹非常漂亮。阿美人也一样，他们的歌声和舞蹈里感情很丰富。邹人文化里男性阳刚的直率比较多，卑南人的歌声里有很多水样的流转，可见任何文化都与其所处的生态有关。

《绵》：周人的建国史诗

讲《诗经》选《绵》的人不多，我选它，并不是因为我特别喜欢，是因为我担心大家误以为《诗经》里完全没有叙事。《绵》当中有族群生命的延续，它比较长，叙事性也很强，讲述的是周族的建国历程。

如果大家有兴趣，可以去看云门舞集的《薪传》。云门为了编这个舞蹈，曾经找陈达演唱讲述台湾地区移民历程的《思想起》，它很像《绵》。《绵》是在讲一个民族的历史，很久很久以前就有生命的延续。

> 绵绵瓜瓞，民之初生。自土沮漆，古公亶父。陶复陶穴，未有家室。
> 古公亶父，来朝走马。率西水浒，至于岐下。爰及姜女，聿来胥宇。
> 周原膴膴，堇荼如饴。爰始爰谋，爰契我龟。曰止曰时，筑室于兹。
> 乃慰乃止，乃左乃右。乃疆乃理，乃宣乃亩。自西徂东，周爰执事。
> 乃召司空，乃召司徒，俾立室家。其绳则直，缩版以载，作庙翼翼。
> 捄之陾陾，度之薨薨。筑之登登，削屡冯冯。百堵皆兴，鼛鼓弗胜。
> 乃立皋门，皋门有伉。乃立应门，应门将将。乃立冢土，戎丑攸行。
>
> 肆不殄厥愠，亦不陨厥问。柞棫拔矣，行道兑矣。混夷駾矣，维其喙矣。
>
> 虞芮质厥成，文王蹶厥生。予曰有疏附，予曰有先后，予曰有奔

奏，予曰有御侮。

这首诗从“绵绵瓜瓞”讲起。看到瓜挂在藤蔓上，大大小小连成一串，你会感觉到生命是绵延的。一开始就是起兴，同时又是比喻，用瓜这种藤蔓类的植物，来象征一个民族的生命延续。

在农业社会，人很容易发现生命的延续性。《绵》从大自然中的植物讲起，讲到“民之初生”，即周人如何开始繁衍生息。如果今天要用一首诗来讲台湾的历史，也得用这种方式，就像《思想起》讲人们怎么渡海，渡海如何艰难，母亲在上船以前的叮咛，到台湾下了船以后怎么去拓荒，和野兽搏斗，怎么搬石头……全部串联起来，有明显的史诗节奏。

民歌通常比较短、反复比较多，如《蒹葭》、《黍离》。史诗不一样，它比较长，有连续性，理解难度比较大，因为有事件发生。

“沮”是一条河流，“漆”也是一条河流，是周族先民最早定居的地方。追本溯源，找到了先祖的发源地。台湾很多客家聚落里都有水井，那是他们最早的祖先的聚居地。

从藤蔓开始，一直摸索到根。《绵》其实是周朝的寻根文学，也是周朝的民族教育，所以我们称它为雅。这种歌里有壮丽的山川，有民族意识的觉醒，平时大家不会唱，一定是在庙堂朝会或者国家庆典的时候才唱，教育下一代不要忘本，要记住你是从哪里来的。

“自土沮漆，古公亶父。”古公亶父是周人最早的祖先，最早建国的人物，可以说是周朝的国父。这些客观的历史事实，在民歌中是不太在意的，民歌不会去管谁是古公亶父。《蒹葭》、《黍离》的背景都是自然，但史诗的背景一定是历史，而不是自然。

“陶复陶穴，未有家室。”这首诗对我研究美术史帮助很大。到了新石器时代，开始制陶，开始穴居，它告诉我们最早的人是怎样生存下来的。

“古公亶父，来朝走马。率西水浒，至于岐下。”岐山是周人后来建国的重要地区，可是建国之前，周人经历过千辛万苦来到岐山。因为被外族所攻击，于是古公亶父带领人马迁都，沿水跋涉，到了岐山之下。人们相信这里是建国的好地方，就在此定居下来。

“爰及姜女，聿来胥宇。”建国很重要的一点是伦理制度的建立，古公亶父应该有婚姻，所以“爰及姜女”。“姜”应该是早期的一个部落，而不是一个姓。他和这个部落的女子结婚，然后“聿来胥宇”，就是开始盖房子。这首诗给我带来很多感触，我很想把它介绍给以色列或者斯洛伐克，它们也是新建的国家，建国肯定也很辛苦。要从盲目无知的状态，慢慢开始建立国家制度，发展起来。

第三段非常漂亮，开始形容国土，但“周原膴膴”不是讲自然的美，是在讲国家的土地。今天讲中国，如果说“因为它是我的国土，所以它是美的”，那么这个美其实是主观的，即使不美你也要觉得美，因为它是你的国土。我们以前很多歌里都讲中国地大物博，东起哪里，西到哪里，那就是在强调国土的美，进行的是爱国主义教育。在陕西建立的西周，不见得比在河南建立的商朝富有，可是一定要说“周原膴膴”，因为有“周”这个国家冠在前面，强调的是国土的美丽。

一定要分辨历史和自然情感的不同，民族、国土的情感，是另外一种情感。我比较喜欢国风，因为我觉得自然情感是人类最早产生的情感。国家有时候会改变，比如以前叫捷克斯洛伐克，现在捷克和斯洛伐克各是一个国家，所以不晓得以前的歌还该不该唱，有点麻烦。

如果民族发生变化，有的歌你就不会再唱了。为什么国风这么长久？因为自然的东西不会随时间改变。但是民族情感会变，“周原膴膴”可能一到秦朝就不唱了——你的国土关我什么事？所以，民族情感是有时代性的。

“堇荼如饴”，“堇”和“荼”都是菜，这里是说这两种植物像糖一样甜，当然不一定真甜，它是一种主观情感。我妈妈常说她的故乡西安有多好，可是我回去一看，根本不是那么一回事。但是对她来讲，因为是故乡，有某种情感，就一直夸大它的好。雅是想通过史诗的教育方式，把民族信念和情感建立起来，与民风不一样。

“爰始爰谋，爰契我龟。”不只谈恋爱、结婚要占卜，国家定都也要，得问问神灵我们在岐山定都好不好，是吉还是凶，以此来决定国家命运。占卜得到的答案是“曰止曰时，筑室于兹”，意思是周人可以把都城定在这里，不要再迁移了。然后就昭告百姓，我们选择岐山为国都，要把它变成一片伟大的国土，一个伟大的朝代，因为连天命都认为如此。这就是史诗的系统。

这首诗一直让我很感动，不晓得是不是和我自己的童年记忆有关。我的童年就一直在迁移。我最早住在台北近郊的一个公共宿舍，当时规定每家都要有防空洞，还要经常演习怎样躲避空袭，所以觉得随时可能还要搬走，但没想到我在那里一住就是二十五年。

周人一直在迁移，现在终于找到一个安身立命之地。这时，国家还没有建立，只是“周”这个族群在岐山下建立了自己的根据地。他们那时估计也没有想到后来会把商朝灭掉，建立周朝，因为刚迁到岐山的时候还不知道未来怎样。可是当这首诗诞生、变成歌的时候，这个部族已经建立了周朝。这首诗好像是在教育子孙后代不要忘记祖先当初是怎么奋斗的。不知道当时的年轻人听到这首歌是什么感觉，就像陈达的《思想起》，年轻一代听上去可能会觉得很奇怪。

第四段的描述非常有趣，作者用了重复的字：“乃慰乃止，乃左乃右。乃疆乃理，乃宣乃亩。”一共八个“乃”，有没有感觉节奏出来了？前面在迁移、流亡，还不确定要在哪里定居，可是现在决定了，就“乃慰乃止，乃左乃右”，用得真好，左和右，就是发展了，有下一代出来，房子不够住，就再扩大。“乃疆乃理”，人多了，地方大了，就一定要划分疆界。这几个字用得真漂亮，用这么简单的方法来叙述建国过程，这个国家开始有了规则，有了管理。“乃宣乃亩”，开始挖水渠，将土地分出界限，农业的感觉出来了，这是关于开拓垦荒的精彩描述。“自西徂东，周爰执事”，疆界从西向东慢慢扩大。

“乃召司空，乃召司徒，俾立室家。其绳则直，缩版以载，作庙翼翼。”讲的全是政治上的管理，司空和司徒都是官名，司空管营造等，司徒管人事，这是古代政治秩序中最重要的东西，司空和司徒也成为中国古代很重要的两个官职。“司”是管理、主宰的意思，“司长”这个词我们现在还在用，公司的“司”就是管理和执掌的意思。

这是居室规划的开始。“其绳则直”，我小时候见过木匠使用墨斗，从里面拉出一条线来一弹，木材上就会留下一条线的痕迹，这条线就叫“绳”，盖房子必须要有这个东西。“缩版以载”是早期盖房子的方法，将两块木板立起来，在中间堆上土，夯平，就是土墙。“作庙翼翼”，首先要盖的是宗庙，就是祭祀祖先的地方。周人迁移的时候，必须把祖先的牌位随身带着，等到定居了，再把牌位摆好，盖一个专门的建筑来放置。

“翼”是像鸟的翅膀一样张开，我在讲汉朝建筑的时候，特别提到过那时已有飞檐建筑。没有人用“作庙翼翼”来形容古希腊的建筑，因为它没有翼。中国的建筑有一个很明显的特色，就是有延长出来的屋檐，所以才会用“翼翼”形容。如果大家有机会到桃园新屋乡去，可以看看范姜古厝，那是客家人迁移到台湾，在新屋乡定居以后，安置祖先牌位的地方。客家人对于血缘非常重视，祖先牌位从第一代一路传下来，全都在，我们可以借此想象“作庙翼翼”的意思。

下面一段完全用声音来形容一个国家的繁荣兴盛：“捄之陾陾，度之薨薨。筑之登登，削屡冯冯。百堵皆兴，鼛鼓弗胜。”“百堵皆兴”是讲一堵堵的墙盖起来了，一间间的房子盖起来了。诗中连用了四种声音来形容，显得这个聚落城市非常有活力，它从无到有，好像到处都在大兴土木。其实我们不一定要用训诂的方法来解释“陾陾、薨薨、登登、冯冯”是什么意思，总之就是乒乒乓乓的感觉，一个城市就这样兴建起来了。

这首史诗非常像一首交响诗，从比较缓和的节奏开始，然后逐渐加快，最后在“百堵皆兴，鼛鼓弗胜”处收尾。云门舞集的《薪传》也是这种节奏，开始是渡海、移民、拓荒，很慢，可是到了插秧那一段就开始快起来，插秧、收割，哗哗哗哗，结尾是丰收时的打鼓。

“鼛鼓弗胜”，“鼛”是大鼓，周朝的都城正在兴建，劳作的声响把鼓声都盖住了。那种建国之初的兴旺气势，得到了全方位的呈现。

但是接下来有一个转折，用比较冷静的方法去欣赏这座伟大的都城：“乃立皋门，皋门有伉。乃立应门，应门将将。乃立冢土，戎丑攸行。”不要忘了，这首诗的目的是教化下一代对国家的认同，所以它要告诉你，你看那个门有多高，多伟大。

“乃立皋门，皋门有伉”是说城门有两道，外面的叫皋门，特别高大，有防卫作用，让百姓不用怕，这个国家完全可以保护你。“乃立应门，应门将将。”应门是王城内的正门，你看它多么庄严，多么崇高。这其实是在建立国民的信心，这种东西在民风中很少见。《诗经》里的“风”来自老百姓，他们不怎么考虑国家和政治，生活在大自然中，有自己小小的爱恨情愁，可是“雅”是知识分子、士大夫所做，当然要强调国家意识和民族意识。“乃立冢土”，“冢土”是土地神的祭坛。大家如果去美浓看一下，就会发现那里的客家聚落有一种容易被认为是坟墓的建筑，其实就是冢土。人们用这种形式来祭祀土地、感谢土地，因为相信土地里有人类的保护神。“戎丑攸行”，冢土是要许多人一起动工兴建的。

“肆不殄厥愠，亦不陨厥问。柞棫拔矣，行道兑矣。混夷駾矣，维其喙矣。”读到这里，已经很难读下去，因为是歌功颂德的东西：路一定要修得很宽敞，外族也都被我们打得一塌糊涂。我最早读这首诗是在中学，读到后面我就不想读了，因为太过政治化。

“虞芮质厥成”，虞国和芮国是小国，放弃了彼此间的争端。“……文王蹶厥生。予曰有疏附，予曰有先后，予曰有奔奏，予曰有御侮。”这个国家有这么多功德，这么多人都来依附于它，用政治意识作为整首史诗的结尾。建国的确是感人的，可是当把建国变成一种夸耀的时候，它很可能也变成一种压迫的力量，需要重新思考它的意义。

我把这首诗分成两部分，是希望我们一方面要有史诗的情感，但又反对将史诗的情感化成政治心态，就像虽然有陈达这样的人去告诉后代子孙当初渡海多么艰难，拓荒多么艰难，在这里安家立业多么艰难，可是不应该把它作为政治宣传。但是，《绵》最后两段的政治性却非常明显。

《女曰鸡鸣》：与子偕老，莫不静好

> 女曰："鸡鸣。"士曰："昧旦。""子兴视夜，明星有烂。""将翱将翔，弋凫与雁。"
>
> "弋言加之，与子宜之。宜言饮酒，与子偕老。"琴瑟在御，莫不静好。
>
> "知子之来之，杂佩以赠之。知子之顺之，杂佩以问之。知子之好之，杂佩以报之。"

再回来读一首民间的诗——《女曰鸡鸣》，就感觉又回到了大自然。其中的人物不再是周朝的人或商朝的人，他只是活在大地上的一个人，就那样活在满天繁星下，这些人无论经过多少朝代更迭、历史变迁，也还是人。民风为什么会有这么大的影响力？就因为它从来没有用狭窄的国家意识来限制文学。

前面讲的几首诗都有一点哀伤，可是这首诗没有。它讲的是一对夫妻，很多人说这是一对新婚夫妻，所以非常恩爱。可是我认为这是偏见，不是新婚难道就不能恩爱吗？

两人躺在床上，女人说鸡叫了。在农业社会里，人们对鸡叫很敏感，鸡一叫代表天亮了，天一亮，就该起床去下地了。男人比较懒，说"昧旦"，意思是还没亮呢，"旦"就是太阳从地平线上升起来，"昧"是说太阳还没有出来。两个人意见不同，就得去证实，说我们起来看一看天到底亮没亮，即所谓"子兴视夜"。

这个画面非常漂亮，一对夫妻从床上爬起来，走到户外，满天都是繁星，即“明星有烂”。农业社会里的人与自然有亲近感，这和生活在商朝还是周朝没有任何关系。人有一部分始终是活在大自然里的，今天到太鲁阁去看流星雨，还能感觉到“明星有烂”。

下面的句子也接得极好，好像是两个人的对话，非常优美，整首诗就像一个剧本，一对夫妻在演这出戏。

“将翱将翔，弋凫与雁。”这是最好的狩猎时光。他们是农业民族，打猎是他们的副业，可以去打水鸟，还有秋天飞过的大雁。“翱翔”其实不仅是在讲鸟，也在讲生命里的幸福。在民间的婚姻中，人们会在被子或衣服上绣上凤或者大雁，用许多鸟来形容夫妻之间的恩爱。

“‘弋言加之，与子宜之。宜言饮酒，与子偕老。’琴瑟在御，莫不静好。”多么漂亮的句子！特别是“静好”两字，“好”前面加个“静”，就变得非常不一样。“静好”是讲过日子的状态。这里虽然都是日常生活中的情形，可是夫妻间的恩爱却呈现出来了。“弋言加之”，去打鸟如果打到凫和雁，就可以加菜了。“与子宜之”，我们两个人一起享用猎获，还可以喝一点酒。“弋言饮酒，与子偕老”，一起喝酒的时候心里会想，我们就这样一直到老。这四句后来变成了大家彼此祝福时常用的句子。

《诗经》里“与子偕老”的情感让人非常感动，因为很朴素，而且真的是天地长久。“琴瑟在御”，我们旁边有琴有瑟，可以弹来听听。“莫不静好”，我自己最喜欢这一句。有时候两个人之间不见得要说什么话，有对“静好”的共同领悟，就会产生非常深厚的情感。

“知子之来之，杂佩以赠之。”我知道你对我的关爱，所以准备好了玉佩送给你。“知子之顺之，杂佩以问之。知子之好之，杂佩以报之。”我知道你很顺从我，也知道你对我的爱恋，所以我必有所回报，这就是我们讲的“恩爱”。其他民族的“爱”前很少有“恩”，恩爱是讲究回报的，它不只是情人节送花的浪漫，也包括生活里的岁月静好，我觉得这才是最深的情感。

新石器时代后期有很多玉石文化，那时的玉石并不像今天这样是一种珍贵的宝石，它们就是石头的一种。人们把石头磨得莹润，以此作为信物，送给心上人。这东西并不值钱，可是其中有一份情意。

这也是《诗经》和《楚辞》的不同，《诗经》产生的主要区域在黄河流域，最南边也只到湖北北部。可是《楚辞》则完全产生于南方，在湖南、湖北一带，这些地方没有北方那么辛苦，物产比较丰富，所以会产生比较多的色彩，比较多的芳香，感情也比较强烈。在比较寒冷的地区，比如俄罗斯，那里的文学和电影常常让人觉得里面的人物都没有什么表情，不晓得是不是因为冷，爱与恨不是那么分明。可是南方则属于较激烈的情形。我在台湾习惯了，去大陆的时候，发现当地人不轻易流露情感；台湾因为热，对很多东西都不大有耐心，爱和恨很快讲出来。北方人则有些深藏不露，你不知道他在想什么，其实是情感表达方式比较含蓄。《诗经》就是非常古典、含蓄的诗。

虽然有个别人认为《诗经》从头到尾可能是同一个人写的，但更多人认为里面大部分是无名无姓的老百姓创作的口头文学、民歌。可是，《楚辞》中大部分都是屈原的个人创作，像《离骚》就完全是自传，《九歌》虽然是民间原有的文学，可是也经过了屈原的改写，是非常个人化的创作。个人创作与集体创作不同，集体创作会有情感上的平衡性，个人的东西则比较独特，而且偏偏又是屈原这样一个情感特别强烈的诗人，他的爱恨都很极端。他爱一个君王能爱到像在谈恋爱，和楚怀王的关系简直就像恋人一样，他也常常将这种情感比喻为女子对丈夫的恋爱。但他的个性起伏很大，后来的恨也强烈，才产生了楚辞这样一种特殊的文学形式。《楚辞》刚好平衡了《诗经》。《诗经》的伟大在于它的含蓄、古典，在于它情感的节制，如果这种含蓄、古典没有另外一个东西来平衡，就会变成呆板，因为从头到尾都这么含蓄，情感的起伏就没有了。这时，色彩和感官都很强烈的《楚辞》出现了，一下子把《诗经》的模式冲破，产生出非常复杂的感情。

第二讲

《楚辞》：南方的激情

《楚辞》中的宇宙

《楚辞》是从南方发展起来的，情感比较强烈，颜色也比较绚烂，明显与《诗经》的稳定性和古典性有区别。《诗经》是从稳定的农业社会中产生的平稳情感，即使像《氓》这样的诗，其中有幻灭、哀伤，但节奏上也还是平稳的，诗中的女子没有呼天抢地。这就是前面提到过的《诗经》美学，它是含蓄的，节制的。这种传统在《雨夜花》、《望春风》里还存在着。

如今，《诗经》美学正在被破坏，很多情感变得夸张，人们刻意强调自己的寂寞，各种欲望开始泛滥。但是民歌很古典，四个字一组，本身就是古典的形式。老百姓家里贴的最多的就是“风调雨顺”、“国泰民安”这类四字句式，这就是《诗经》，因为里面仍有最稳定、最含蓄的情感。

《楚辞》很像花腔，里面多了不少装饰音，每讲一份情感，都要弄得很花哨，但它引发了中国另外一种文学传统——浪漫文学的传统。

下面我们来看《楚辞》中的《九歌》。

（一）东皇太一

吉日兮辰良，穆将愉兮上皇。抚长剑兮玉珥，璆锵鸣兮琳琅。瑶席兮玉瑱，盍将把兮琼芳。蕙肴蒸兮兰藉，奠桂酒兮椒浆。扬枹兮拊鼓，疏缓节兮安歌，陈竽瑟兮浩倡。灵偃蹇兮姣服，芳菲菲兮满堂。五音纷兮繁会，君欣欣兮乐康。

（二）云中君

浴兰汤兮沐芳，华采衣兮若英。灵连蜷兮既留，烂昭昭兮未央。謇将憺兮寿宫，与日月兮齐光。龙驾兮帝服，聊翱游兮周章。灵皇皇兮既降，猋远举兮云中。览冀洲兮有余，横四海兮焉穷。思夫君兮太息，极劳心兮忡忡。

（三）湘君

君不行兮夷犹，蹇谁留兮中洲？美要眇兮宜修，沛吾乘兮桂舟。令沅湘兮无波，使江水兮安流。望夫君兮未来，吹参差兮谁思？驾飞龙兮北征，邅吾道兮洞庭。薜荔柏兮蕙绸，荪桡兮兰旌。望涔阳兮极浦，横大江兮扬灵。扬灵兮未极，女婵媛兮为余太息。横流涕兮潺湲，隐思君兮陫侧。桂棹兮兰枻，斲冰兮积雪。采薜荔兮水中，搴芙蓉兮木末。心不同兮媒劳，恩不甚兮轻绝。石濑兮浅浅，飞龙兮翩翩。交不忠兮怨长，期不信兮告余以不闲。鼌骋骛兮江皋，夕弭节兮北渚。鸟次兮屋上，水周兮堂下。捐余玦兮江中，遗余佩兮醴浦。采芳洲兮杜若，将以遗兮下女。时不可兮再得，聊逍遥兮容与！

（四）湘夫人

帝子降兮北渚，目眇眇兮愁予。袅袅兮秋风，洞庭波兮木叶下。登白薠兮骋望，与佳期兮夕张。鸟何萃兮蘋中，罾何为兮木上？沅有茝兮醴有兰，思公子兮未敢言。荒忽兮远望，观流水兮潺湲。麋何食兮庭中？蛟何为兮水裔？朝驰余马兮江皋，夕济兮西澨。闻佳人兮召余，将腾驾兮偕逝。筑室兮水中，葺之兮荷盖。荪壁兮紫坛，播芳椒兮成堂。桂栋兮兰橑，辛夷楣兮药房。罔薜荔兮为帷，擗蕙櫋兮既张。白玉兮为镇，疏石兰兮为芳。芷葺兮荷屋，缭之兮杜衡。合百草兮实庭，建芳馨兮庑门。九嶷缤兮并迎，灵之来兮如云。捐余袂兮江中，遗余褋兮醴浦。搴汀洲兮杜若，将以遗兮远者。时不可兮骤得，聊逍遥兮容与！

（五）大司命

广开兮天门，纷吾乘兮玄云。令飘风兮先驱，使涷雨兮洒尘。君回翔兮以下，逾空桑兮从女。纷总总兮九州，何寿夭兮在予？高飞兮安翔，乘清气兮御阴阳。吾与君兮齐速，导帝之兮九坑。灵衣兮被被，玉佩兮陆离。一阴兮一阳，众莫知兮余所为。折疏麻兮瑶华，将以遗兮离居。老冉冉兮既极，不寖近兮愈疏。乘龙兮辚辚，高驰兮冲天。结桂枝兮延伫，羌愈思兮愁人。愁人兮奈何，愿若今兮无亏。固人命兮有当，孰离合兮可为？

（六）少司命

秋兰兮麋芜，罗生兮堂下。绿叶兮素华，芳菲菲兮袭予。夫人自有兮美子，荪何以兮愁苦。秋兰兮青青，绿叶兮紫茎。满堂兮美人，忽独与余兮目成。入不言兮出不辞，乘回风兮载云旗。悲莫悲兮生别离，乐莫乐兮新相知。荷衣兮蕙带，儵而来兮忽而逝。夕宿兮帝郊，君谁须兮云之际？与女沐兮咸池，晞女发兮阳之阿。望美人兮未来，临风怳兮好歌。孔盖兮翠旍，登九天兮抚彗星。竦长剑兮拥幼艾，荪独宜兮为民正。

（七）东君

暾将出兮东方，照吾槛兮扶桑。抚余马兮安驱，夜皎皎兮既明。驾龙辀兮乘雷，载云旗兮委蛇。长太息兮将上，心低徊兮顾怀。羌声色兮娱人，观者憺兮忘归。緪瑟兮交鼓，萧钟兮瑶簴。鸣篪兮吹竽，思灵保兮贤姱。翾飞兮翠曾，展诗兮会舞。应律兮合节，灵之来兮敝日。青云衣兮白霓裳，举长矢兮射天狼。操余弧兮反沦降，援北斗兮酌桂浆。撰余辔兮高驼翔，杳冥冥兮以东行。

（八）河伯

与女游兮九河，冲风起兮横波。乘水车兮荷盖，驾两龙兮骖螭。登昆仑兮四望，心飞扬兮浩荡。日将暮兮怅忘归，惟极浦兮寤怀。鱼鳞屋兮龙堂，紫贝阙兮珠宫。灵何为兮水中？乘白鼋兮逐文鱼，与女游兮河之渚，流澌纷兮将来下。子交手兮东行，送美人兮南浦。波滔滔兮来迎，鱼鳞鳞兮媵予。

（九）山鬼

若有人兮山之阿，被薜荔兮带女萝。既含睇兮又宜笑，子慕予兮善窈窕。乘赤豹兮从文狸，辛夷车兮结桂旗。被石兰兮带杜衡，折芬馨兮遗所思。余处幽篁兮终不见天，路险难兮独后来。表独立兮山之上，云容容兮而在下。杳冥冥兮羌昼晦，东风飘兮神灵雨。留灵修兮憺忘归，岁既晏兮孰华予。采三秀兮于山间，石磊磊兮葛蔓蔓。怨公子兮怅忘归，君思我兮不得闲。山中人兮芳杜若，饮石泉兮荫松柏，君思我兮然疑作。雷填填兮雨冥冥，猿啾啾兮狖夜鸣。风飒飒兮木萧萧，思公子兮徒离忧。

（十）国殇

操吴戈兮被犀甲，车错毂兮短兵接。旌蔽日兮敌若云，矢交坠兮士争先。凌余阵兮躐余行，左骖殪兮右刃伤。霾两轮兮絷四马，援玉枹兮击鸣鼓。天时怼兮威灵怒，严杀尽兮弃原野。出不入兮往不反，平原忽兮路超远。带长剑兮挟秦弓，首身离兮心不惩。诚既勇兮又以武，终刚强兮不可凌。身既死兮神以灵，魂魄毅兮为鬼雄！

（十一）礼魂

成礼兮会鼓，传芭兮代舞。□□□□□，姱女倡兮容与。春兰兮秋菊，长无绝兮终古。

《楚辞》中的人物非常特别。《九歌》共十一章，作者用十一篇诗歌表达了对宇宙的看法，表达了楚国百姓对神的赞颂。我们可以用台湾原住民丰年祭中的歌声来想象《九歌》。比如，太阳是什么？古希腊人相信它是阿波罗，楚国人相信它是东方之君——东君，所以《东君》是在讲太阳的伟大、灿烂。还有东皇太一，大概是楚国人的“上帝”，是一种无所不在的巨大力量，与东君有一点相合，可是比东君还要大，大概相当于古希腊神话里的宙斯，是万神之神。东皇太一和东君都代表着宇宙之间最伟大的创造力。

云中君是云神，在楚国这种多雨的地方，河流和雨有关，所以云和雨是在一起的。中国有“云行雨施”的说法，云行到何处，雨施向何地，所以云神也就是雨神。云、雨在农业时代都很重要，是万物生长的象征。东皇太一、东君、云中君，都与万物的生生不息有很大关系。

湘君、湘夫人及河伯是水之神，因为楚地河流多。河伯就是黄河之神，但是楚国离黄河比较远，因此有人认为，楚国是北方商朝遗民的后代迁居至此而建的国家。商朝在河南，所以有黄河的记忆。

湘君和湘夫人是地方神，他们住在湘水流域，构成了《九歌》中最美的部分，后来被阐述得最多的也是他们。湘君和湘夫人可能是一对夫妻，也可能是伴侣、爱人。如果说是夫妻，会有一点怪，因为他们总是在水边互相等待，可是却永远等不到对方。这是一首哀伤的歌，有点儿像“君住长江头，我住长江尾”，同在一条河流上，可是彼此的距离这么大。尤其是《湘夫人》那段，描述的是一个女子渴望爱情而不可得的状态。

还有一组人物是大司命和少司命。大司命掌管人的生死，少司命掌管人的子嗣。楚国人把生死看得非常重要。他们有个习惯，人死以后，会把他生前穿过的衣服用竹竿高高地挑起，唱着“魂兮归来”去把魂招回来，再把衣服陪葬到他的棺木中。楚国是中国古代比较有死亡意识的地方，所以有大司命这一类神祇。

激越华美的生命力量

“山鬼”是山林中的精灵，所以称之为“鬼”而不是“神”。可是在古代，神鬼是不分的，都是指人体之外的超自然力量。不像我们今天想象的，神一定是好的，鬼一定是坏的。鬼只是比较阴暗。黑泽明的电影《梦》里有一段讲小孩偷看狐狸出嫁，在日本的神话里，狐狸坐轿子出嫁那天，天会变得阴暗。狐狸就是日本传说中山林里的鬼魅，和山鬼相类。

古代山鬼的性别很难确定，有人把它画成男性，有人把它画成女性。徐悲鸿就把山鬼画成了女性，而且身材非常好，可是她骑在一头豹子身上，完全破坏了我们对山鬼是一种幽灵的想象。我觉得山鬼有点像古希腊神话中的水仙、水妖，很轻飘地忽隐忽现；或者有点像民间传说里的狐仙。总之，山鬼应该是一个精灵，而精灵的性别是模糊的；有时候它甚至就是树木，因为山鬼身上有绿色的香草，很像树上的苔藓。

我读《山鬼》的时候，觉得有一点鬼魅。山鬼很独立，很难与其他几个神比较。他不像东君那么伟大，也没有湘夫人那么崇高，他是生活在阴暗角落里的精神力量。

还有《国殇》，大家上学时都读过。我一直很纳闷，教科书在《九歌》里选来选去为什么只选了《国殇》，大概是因为它有很强的政治意识。国殇是战争的亡魂，在战争里死亡的生命飘忽不定，好像还要拿起武器继续作战，可是他们已经没有了身体，所有人都缺胳膊缺腿，身体在找头，那是《国殇》里最美丽的描写。以前老师讲《国殇》的时候，总说大家要爱国，甚至不惜殉国，但我觉得《国殇》描述的是一个年轻生命对死亡的哀伤，他想要回家，可是找不到回家的路，是一个找不到归路的亡魂。国殇既是战争的亡魂，又是反战的亡魂。

我们应该用新的方式来诠释《国殇》。云门舞集在编《九歌》时，我最不喜欢的一段就是《国殇》，有点像在讲烈士。可是我觉得《国殇》只是在讲生命的无奈。“平原忽兮路超远”是其中最美的部分，在辽阔的平原上，一直找不到回家的路，这个时候才发现四周有这么多缺脚断头的肢体。如果今天我们走过一个古战场，看到一些尸骨，会想到他们是为国献身的伟大烈士，同时也会想到这些生命无名无姓、无人收埋，心中有一种对战争的哀伤。对于《国殇》，我希望能有一种抛开政治立场的解释。

《九歌》的最后是非常完满的总结，《礼魂》就像交响曲最后的大合唱。之前讲的东皇太一、东君、山鬼，是大自然中的各种灵魂，是对所有生命的景仰与祭拜。云门的《礼魂》编得非常漂亮，用的是达邦邹人的音乐（《湘夫人》一段使用卑南人的音乐），舞台上全是一盏一盏的灯，让人有众生平等的感觉。我希望大家能感觉到，其实《九歌》一直活在我们身边，我们要试着重新去了解太阳的感觉、海洋的感觉、河流的感觉、爱情的感觉，用我们今天的方式去书写新的《九歌》，诠释新的《九歌》。

云门的《九歌》第一次大胆破除了加在它头上的诸多文学经典的压力，让它回到初民的歌声里。《诗经》表达的是农业社会里田陌当中那些男男女女的爱恨情愁，《楚辞》表达的则是古代部族对大自然的敬畏。

《九歌》中的《东皇太一》和《东君》最初是合在一起的，讲一个戴着面具、身体魁梧的男子与一个女巫之间的关系。《九歌》最早是祭祀仪式中巫和巫之间的对唱，而且通常是男巫和女巫之间的对唱，即湘君与湘夫人。

当巫戴上面具以后，就代表着一种超自然的力量。云门在《九歌》里使用了很多面具，因为我们已经十分确定楚国大部分的歌舞戏剧是戴着面具表演的。今天在湖南、湖北，一直到广西、贵州、云南，都还有一个很重要的东西——傩戏，所有的演员都戴面具。面具在人类的仪式行为中扮演了非常重要的角色。一旦戴上面具之后，人就不再是寻常生活中的普通人物，他就变成了“神”。

要演绎《九歌》，最困难的地方是不太容易知道哪一句是谁的台词，因为《九歌》不是叙事，而是巫和巫的对话。我们不应该被所谓注释限制住，而是要从字面上去感受。比如《东皇太一》和《东君》里用了很多文字来表现光线，表现创造的力量，表现伟大的精神，我们能够知道这是创造之神；而《大司命》中用了很多阴暗、困顿的句子，来形容生命的衰老，讲的主题是死亡。

其实，《九歌》讲的是人生必须要面对的几个重要因素，比如爱情，比如死亡。从这个角度重读《九歌》，也许能够摆脱章句带来的困扰。《诗经》的章句并不难懂，可是《楚辞》读起来却困难重重，因为它有太多特殊的词汇和形容，总喜欢用夸张浪漫的词汇去营造一个画面。比如讲到旗子，就会用“蕙绸”，这是用兰花的叶子编成的旗子，其实是在讲旗子的漂亮，从中我们可以看到属于南方华丽文学与屈原个人个性的描述。

读《离骚》的时候，我常和朋友讲，你很难相信一个男性诗人怎么会爱美到这种程度。《离骚》是屈原的自传，你能感觉到这个诗人头上戴着花，身上也戴着花，他一动，蝴蝶都跟着飞来了，炫耀铺张得不得了。这就是屈原的个性，也是楚国的文化特色，它的装饰意味特别浓，辞章特别华丽。

我在读《楚辞》的时候，通常会让自己被一个氛围包裹。比如东皇太一和东君给人的感觉是太阳升起和人们繁衍与创造的力量，生殖的意义非常强。东皇太一的“一”是一切创造的起源，宇宙酝酿的原始力量在这个部分当中爆发出来。如果东君是一个男性之神，东皇太一则可能是男女合一的双性神。很多神话当中都有双性神，同时具备雌性与雄性的力量。“一”具备原始力量，在道家系统里，“一”代表合一，代表一切还没有被分开，是一种混沌状态。我希望大家能对中国文学史持一种审美态度，而不是注解态度，并且在这个过程中去发现《九歌》感动我们的力量。现在连中文系的学生都不喜欢《九歌》，因为他们在阅读过程中感到佶屈聱牙，非常难过。

那我们究竟该怎么做，才能让大家觉得《九歌》还活着？云中君的美是早期人类在观察云的流动时得到的体会，《九歌》对云中君的描述充满翩跹和流连，讲的是云飘忽不定的美，讲的是云的速度、流转和变化。今天，我们是不是能把对云中君的欣赏变成对街上穿直排轮滑鞋的小孩的欣赏？他也有云一样的速度，也可能翩跹，也可能流连，可能就是现代的云神，只是我们从来没有在意他，甚至看到他就骂，骂到他不敢穿直排轮滑鞋。其实从创作的角度来看，很多美学都在延续，今天也有太阳神、湘夫人、云神，这些神一直都在我们周遭。

其实我觉得湘夫人和湘君是合在一起的，有湘夫人、湘君之别，只是我们后人的意图。《九歌》里这两段是祭祀湘水之神的对唱，其实我们并不太清楚湘水之神到底是男是女，它介于两个性别之间。这一段非常优美，有爱情的失落和幻灭。居住在湘江流域的人，有很多关于在河流中死亡的记忆。我小时候住在淡水河边，有时会忽然看到一个人号啕痛哭着跑到河边去，河边有一床席子，席子外只有一只脚赤裸着。河里时常会有灾难，人被淹死的事经常发生。湘夫人好像一个在岸边永远等不到逝者亡魂归来的女子，这时湘水之神就变成了人与河之间非常复杂的情感记忆。

云门的湘夫人戴着面具，可是当地母之神摘掉她的面具，将它戴在自己脸上的时候，这个具备滋养万物力量的生殖之神，一下子就变成了湘夫人。尽管她的动作没有变，可是情感变了，由此可见面具在戏剧里能量非常大。可是湘夫人最后还是回到了她的忧伤世界里，河流变成了一块布，不断地缠绕着她，她是湘水之神，可也陷溺在湘水的忧伤之中，永远无法自拔。

中国的文人很喜欢《九歌》中的湘夫人。各位可以去看一下，画家画得最多的形象就包括湘夫人。因为文人大部分都是男性，湘夫人就变成了他们对于女性和爱情的向往，这一点和美术史中的《洛神赋图》类似。如果大家仔细去读曹植的《洛神赋》，就会发现它的结构完全是从《湘夫人》这里延续下来的。古希腊神话中的女神都非常主动，可是我们的女性神不是这样，男方也不太能确定她的身份和角色，所以她们常常处在自怜自伤的状态里。

云门舞集的《九歌》请了一位卑南人女生来唱歌，没想到卑南人的歌声这么美，让你感觉那就是湘夫人的声音。卑南人是水边的族群，他们在祭祀时有很多很好听的歌。《九歌》是楚地祭祀山川天地的歌，与台湾原住民的丰年祭比较接近。

为什么学院系统和民间系统创造的《九歌》会有这么大的差距？云门的《礼魂》用了一盏盏的水灯，现在我们在农历七月仍有放水灯的习惯。灯是指引希望的，人们相信在空中到处都有亡魂，活着的人希望在水上放一盏灯，让那些在水上死亡的灵魂能够借着灯在中元节时回到人间。这是民间祭奠死亡的方式。云门的舞台上一直放灯、放灯，让山野的所有魂灵都能够回来。这时，背景是用幻灯打出来的书法，是董阳孜用草书写的《九歌》，用的是颜真卿《裴将军诗》的字体。

云门的《礼魂》中集合了放水灯的文化、草书的文化和达邦邹人的文化，将这三个元素组合在一起非常大胆，说明《九歌》仍以不同形式活在今天。今天我们还可以在初民的文化中感受到对太阳、河流、山林，乃至天地万物的敬拜。《九歌》中涵盖着我们每个人不同时刻的不同情感：风和日丽的时候，你觉得自己就像太阳神一样；心情很郁闷的时候，就很像山鬼。山鬼可能是我们心灵中所隐藏的孤独和悲哀，还有很多与自己的纠缠，没有朋友，没有阳光，在一个阴暗角落里活着，很像古希腊神话里那个变成回声的女神厄科（Echo）。《九歌》不只是大自然中万事万物的象征，还能变成我们心情的不同状态。

春秋战国以后，因为儒家不喜欢神话，所以中国早期大量的神话都消失了。但《九歌》是中国古代的神话记忆，它能帮助我们恢复对大自然的丰富情感，使我们更有想象力。

在《国殇》里，走过荒野，看到曾经冲锋陷阵的士兵的尸体来不及被掩埋，正在慢慢腐烂，心里会感到害怕，会想赶快离开这个不祥之地，同时也会感到某种哀伤。唐朝诗人陈陶经过一个曾有过厮杀的古战场，看到河边的荒野上战士的尸骨，写出了“可怜无定河边骨，犹是春闺梦里人”。那在河边慢慢腐烂的尸体，可能是长安城里某个闺房中正在做梦的姑娘梦见的对象。他对战争的理解，与我们用烈士来定义的方法完全不同，那是对生命本身的悲悯。因为从根本上说，少部分人的政治野心，根本不值得这么多人牺牲掉生命。很多诗都在对世界范围内的战争做这样的质问，比如杜甫的诗。虽然我很喜欢云门的《九歌》，可是《国殇》那部分我也害怕——上半身还拿着兵器在作战，下半身完全不见了。《国殇》的这部分很打动我，其中有一种生命的悲哀。

《九歌》有特别鲜明的对生命的悲悯和敬重，在诗人看来，生命并不能只定位于忠于国家或为国献身。我上中学时，《国殇》完全被诠释成祭祀烈士，我那时还被抓去念了很多烈士的名字。后来又学了林觉民的《与妻书》，我们从来没有试着从林觉民妻子的角度来读这封信，林觉民做了烈士，他是伟大的，可是他的妻子该怎么活下去？我们的文学在悲壮之后还应该有对生命的悲悯，把两部分合在一起的文学才是完整的。

《国殇》里有英武，也有彷徨和茫然，那些士兵甚至不知道自己的身体为什么消失了。就像林觉民和邹容，如果他们还有知觉，会怎么看待生前试图要完成的理想？

《国殇》其实是回到生命本原。诗中写道“平原乎兮路超远”，有一点像马尔克斯《百年孤独》中的场景：军队在火车站实行集体大屠杀，但作者没有直接写屠杀，而是写死者所流的血一直在找回家的路，走了好远才回到家门口，母亲看到血，就知道儿子死了。作者用超现实的方法来写这些因为政变而死去的人，你能因此感受到文学的迷人之处，母亲的心痛可以在文学里呈现出来。各位在阅读《九歌》的时候，也可以感受到它所呈现的多个层面，它太丰富了，应该成为被不断开发的文学遗产。

我们在阅读文学作品的时候，可以做联想。好的文学作品是可以不断复活的，我们今天就通过云门的舞蹈使《九歌》复活了。云门到美国演出的时候，没有人知道《九歌》，可是所有人都感动了。可见《九歌》是活着的，是可以不断被诠释的。

云门使《九歌》复活了，是因为创作者在其中加入了当代元素和意识，比如云中君穿的是西装而不是古装。《诗经》里没有神，那些日出而作、日落而息的民间百姓，就是那么自食其力地活着。中国神话的消失虽然很可惜，但当时人们仍自给自足，不需要假设一个神来作为祈求对象。《诗经》里讲的都是老百姓，是些无名无姓的人，是儒家非常崇拜的角色。儒家认为生命的主角就是这些活在土地上的人，而不是英雄式的神。但是楚国就有很多关于神的幻想，它和《诗经》体现的是两种完全不同的文化。

有人看完演出后说最喜欢《国殇》，因为他喜欢看到神踩在人民头上。我听了吓一大跳，但同时也很高兴，一个艺术作品创作出来，一定会有不同的诠释。剧中有个人穿着西装拉着行李走来走去，有点像卡尔维诺小说里那个旅行的人。他穿梭在古代和现代之间，非常落寞，因为他和任何人都无关。那么多生命的生生死死，就像日出日落、花开花谢一样，这些象征时间的因素，一直出现在文学主题中。但是到最后《礼魂》的时候，所有的生命都消失了，剩下的只是空间和时间，还有人心中留存的对于爱和信仰的渴望，一盏盏的灯放在舞台上，可是整个舞台是空的。

从《东皇太一》到《礼魂》，《九歌》有非常完整的仪式性，也是中国文学非常重要的起源。

如果大家对《楚辞》的章句有兴趣，我们可以以《东皇太一》为例来讲讲。里面有“吉日兮良辰，穆将愉兮上皇”这样的句子，不那么具体，而是用一些夸张的词汇，有点歌功颂德的味道，有点像《诗经》里的颂。《九歌》是歌颂神的，就像《诗经》里的颂是歌颂国家的一样。凡沾着颂，语言就没法实在。

读《诗经》的时候，能感觉到一种土地里的踏实，可是读《楚辞》时，却感觉到在天上飘浮的华丽，所以后者叫作浪漫主义文学。《楚辞》里全是华丽的字句：“抚长剑兮玉珥，璆锵鸣兮琳琅。”璆锵、琳琅，都是玉石相击的声音，那巫戴着面具，身上佩戴了好多装饰品，这些装饰品叮叮当当的声音也被歌颂，可是那些具体的东西反而没有被描述。东皇太一的具体形象是什么样？其实并没有写清楚。你听到的、看到的，都是这些华丽的玉器之间碰撞的声音。

接下来描写席子。瑶席、玉瑱，瑱是玉制的席镇，台湾早期也有，因为席子拉不平，会卷起来，所以四个角落都用石头雕刻的卧狮子来压。瑶席、玉瑱，“席”和“瑱”都是名词，“瑶”和“玉”是用来形容它们的。《楚辞》里有很多夸张的形容词，席子一般是草或竹子编的，为什么要用瑶来形容？像玉一样的席子显然是夸张，它就是要把平凡的东西描述得五彩斑斓。

“盍将把兮琼芳”，“琼芳”是像玉一样的香草。“蕙肴蒸兮兰藉”，用兰花里最香的“蕙”与肉合蒸，蒸出来的肉食就更香了。“奠桂酒兮椒浆”，也是同样的夸张和华丽。

“扬枹兮拊鼓”，“枹”是一种大鼓锤，“拊鼓”是敲鼓。“陈竽瑟兮浩倡”，吹竽奏瑟，然后开始大合唱，“浩”是大的意思。“灵偃蹇兮姣服”，“灵”是指戴着面具的巫开始有灵魂附身，开始徘徊。“芳菲菲兮满堂”，整个屋子弥漫着香料的芬芳。描述的全是周遭环境，比如压席子的东西、祭祀的果品、供养的酒，可是“灵”到底是什么样子？我们不知道。因为他戴着面具，灵光乍现般来一下就走了。

如果我在现场，可能也不敢直视那个所谓的“灵”，看到的都是周围的东西。当“灵”翩翩而来的时候，满屋子都是香味，可是它很快又走了，是一刹那的经验。如果你问我刚才附身的神是什么样子，我一定不知道，因为我已经在发抖了。其中描述的那些东西和“灵”之间的关系并不明晰，没有具体的形态，是人幻想出来的。烟雾缭绕，带点催眠性质，大家唱着歌，跳着舞，神灵就慢慢“附身”了。

不要忘记，“灵”也是人扮演的，可是他一定要在烟雾中出来，不能让你看得太清楚。只要是宗教性的东西，就一定要让你觉得好像看见了，又好像没看见。这就使《楚辞》产生了一种高度的神秘性，在《诗经》朴素而简单的文体外创造了另一种文体。这种文体浪漫、华丽、神秘，装饰音特别多。结尾的时候，“五音纷兮繁会”，华丽的声音汇成一片，响彻四方。

“君欣欣兮乐康”是祝祷的句子，希望东皇太一能够永远享有万民的崇拜，可以长久地快乐安康。但是神到底走了没有，我们不知道。唯一碰到的就是“灵”，只有这一个“灵”字，其他全部与神无关，只是对周遭环境的描述。

你始终不知道“灵”在哪里，但“灵”本就如此。这种环境里产生的文学，当然和《诗经》不一样。《诗经》全部是人的世界，可是《楚辞》基本上是神的世界。如果你喜欢浪漫，就不妨走《楚辞》的路子，它带动着你的情感起伏跌宕，让你产生很多幻想。汉朝出现的一种叫“赋”的文体，与《楚辞》关系密切。为什么会有这么多“兮”？它本身没有任何意思，就是装饰音，好像花腔一样，令声音很华美。

如果讲形式的华美，《楚辞》是非常重要的范本。那些喜欢在辞藻上下功夫的人，都会喜欢《楚辞》。后来的四六骈文，也受《楚辞》影响。李白就很喜欢《楚辞》，因为他的情感丰富、激情澎湃；杜甫则比较偏向《诗经》，比较朴素。所以李白像仙，很神秘，他常常描述五岳寻仙的经验；杜甫却总是在人间，从来没有向往与仙沟通，总是安分地守在地上。唐诗有两大传统，一个继承了《诗经》的古典，一个继承了《楚辞》的浪漫。

中国后来的诗，其实都没有离开过这两大传统，我们可以从这两个源头中看到两种非常不同的文学走向。我自己可能喜欢《诗经》多过《楚辞》，这只是我的个性使然。但在文学的修辞和形式上，《楚辞》有太多可以学习也应该学习的东西。

《九歌》中《湘君》的部分也很漂亮。长沙出土的非衣帛画（原本是盖在棺木上的）上面，有一个男子驾了一条龙，头上戴着一顶很高的冠，身上佩了一柄很长的剑。那张画可以帮助大家理解湘君的具体形象。

“君不行兮夷犹”，“夷犹”就是犹疑，指湘君行动的迟缓和不确定。“蹇谁留兮中洲”，“蹇”是发语词，没有实际意义。湘夫人问道：“你到底为谁，总在这个沙洲上停留？”“美要眇兮宜修”，开始描写湘夫人的美与打扮得宜。“沛吾乘兮桂舟”，“沛”指水流湍急，她坐着桂木做的船漂荡在汹涌澎湃的河上。“令沅湘兮无波，使江水兮安流。”因为湘夫人是湘水之神，而河里常会遇到很多危险，所以她希望河水安流。湘水之神变成了水波不惊的和平之神、保护之神。

“望夫君兮未来”显然是湘夫人讲的话，她一直在那里等待丈夫，可是没有等到。湘水对于当地人来说有很多伤痛的记忆，很多男子在水上死亡，女子们在岸上哀伤地等待。

二十世纪七十年代，我到澎湖去，看到一个庙里有一些穿黑衣服的妇人来祭拜。后来听人说，澎湖的渔民有很多在海上遇难，他们的妻子就会常来庙里祭拜。湘君和湘夫人同样也是人民愿望的产物，妈祖也是。妈祖是一个以海维生，又经常面临海洋带来的危险的族群创造出的保护神，当船在惊涛骇浪中快沉没的时候，人们会希望妈祖保佑自己。所以，我一直觉得湘君和湘夫人的爱情故事是湘水流域的人创造出来的。

“……吹参差兮谁思？驾飞龙兮北征……”这是在谈音乐和舞蹈。“驾飞龙兮北征”就是要往北去。这一部分和前面几乎是不连贯的，我觉得很可能不只一个巫在唱，而是好几个，也许一个巫就说一句话，每个巫看到的东西不同，形容也不同。如果你把《湘君》当作一首完整的诗来阅读，可能会读不下去，因为中间并不连贯，跳跃非常大，完全是电影画面的跳跃。

“荪桡兮兰旌”，“桡”是划船的桨，用“荪”来形容，又用兰叶形容旗子，可见其中加了多少形容词。诗人用很多香花香草把朴素的东西点缀得非常华丽。如果你用《诗经》的表达方式来处理《楚辞》，就会一直删，删到最后什么都不剩，因为它的大部分内容都是形容。

“望涔阳兮极浦，横大江兮扬灵。”这里呈现的是空间。“扬灵兮未极，女婵媛兮为余太息。”女性符号又出来了。这里出现了两处“扬灵”，像水上的神灵，又不太容易找到，所以用“未极”来形容。然后是湘夫人的侍女发出惋叹：“怎么还是没有来？”这里是讲一个女子永无止境的等待，却没有等到。

“横流涕兮潺湲，隐思君兮陫侧。”非常哀伤，心里很痛。湘水的水，好像就是无数女子的眼泪，因为河边有太多死亡的记忆。“隐思君兮陫侧”，很明显，这里隐藏着对夫君的思念。“采薜荔兮水中，搴芙蓉兮木末。”跑到水中去采薜荔，跑到树木上去采芙蓉，可是芙蓉是荷花，不应该长在树上，薜荔是山上的树，也不会长在水中。很多人认为这里其实是在说舍本逐末，劳而无功，永远在找找不到的东西。我觉得其中有一种慌乱，湘君和湘夫人永远彼此错过，再也寻找不到对方了。“心不同兮媒劳，恩不甚兮轻绝。”也是在讲湘君和湘夫人的关系，即使结了婚，有媒有证又有什么用，这么容易就分开了，生命就是这么脆弱。

“石濑兮浅浅，飞龙兮翩翩。交不忠兮怨长，期不信兮告余以不闲。”很多人将这段解释成一个女子对男子的抱怨，可是如果是祭神的舞蹈，应该不至于抱怨，而只是对心情的描述。其实《湘君》中有很多地方是写湘夫人，《湘夫人》里也有很多地方在写湘君，关系特别复杂。

“鼂骋骛兮江皋，夕弭节兮北渚。”这是在用河流的意象讲生命的漂泊不定。“捐余玦兮江中，遗余佩兮醴浦。”这里是在讲祭祀。我在美术史讲过“璧”和“玦”，圆的玉叫“璧”，把圆形中间打断，不完整了，就叫“玦”。“玦”是古代人告别时送给对方的东西，和“诀”谐音，是诀别的意思。这个女子“捐余玦”到江中，是祭祀的意思，她思念的人在江水中，再也不能见面了。“遗余佩兮醴浦”，她把佩也丢到醴水中去了。佩是别人赠送给她的东西，《诗经·女曰鸡鸣》里也讲到，因为感情很深，为了报恩，就把佩赠送给对方。把佩还给河流，也是祭祀的意思，相当于放水灯。

后面的部分，我觉得是老百姓到河边去祭神，但不一定是湘君、湘夫人。古代人相信，所有死去的生命都会变成灵、神，或者鬼。其实所有死去的生命都有可能变成水上的保护神，他死在这条河流中，就会幻化成保护这条河流的人。湘君可能是在水上意外死亡，湘夫人可能是因为太过悲哀而投河自尽。这样的解释可能很大胆，不过这两个神太不像神了，没有权威，老是在缠绵地等待，充满眷恋。东君、东皇太一、云中君身上都还能看到神性，可是湘君和湘夫人表现出的完全是哀伤、无奈。神怎么会这么无奈？神不是有法力吗，怎么会找不到、等不到？

《湘夫人》中有一种秋天的感觉：“袅袅兮秋风，洞庭波兮木叶下。”好多古代诗人都从这两句诗演绎出不同的情诗来，也可借此看到一个女性对于美好事物的描述。《湘君》的最后一句是“时不可兮再得，聊逍遥兮容与”，和《湘夫人》的最后一句很像。可见《湘君》和《湘夫人》是有关系的一组诗。两首诗结尾的时候说的都是时间无法重来，暂且放慢步伐吧，既然等待没有结果，那就珍惜此刻、珍惜当下吧。

《国殇》里有“操吴戈兮被犀甲”这一类战争场面的描述，带着盔甲，带着刀剑。“车错毂兮短兵接”，战车离得这么近，双方已经开始肉搏。“旌蔽日兮敌若云”，战旗已经把太阳都遮蔽了，敌人像云一样涌上来。“矢交坠兮士争先”，将士们冒着危险往前冲，射过来的箭纷纷坠落。这是非常精彩的战争场面的描述。之后有“左骖殪兮右刃伤”，开始提到战争里的伤亡。“霾两轮兮絷四马”，战车已经陷入困境，“援玉枹兮击鸣鼓”，击鼓的声音出来了。“天时怼兮威灵怒”，是说上天已经发怒了。古代人讲求天时、地利、人和，最佳的天时已经过了，原来保护他们的神灵开始发怒，接下来就是死亡。“严杀尽兮弃原野”，这句是个转折，所有的战争场面结束了，原野上到处都是尸首，画面安静下来。

“出不入兮往不反”，不晓得要到哪里去，开始彷徨。“平原忽兮路超远”，这是《国殇》里最感伤的句子，在漫漫的荒野上，生命开始无边无际的漂泊。这是附身于巫的亡魂讲的话。前面在描述战争，但是这个时候亡灵来了。如果我们今天祭祀忠烈，应该有一个巫来扮演那些战死的将士，无论他们死在哪个战场上，如果真能让他们自己出来讲讲话，一定和祭祀他们的人说的话不一样。

“带长剑兮挟秦弓，首身离兮心不惩。”身上还带着武器，可是头和身体已经分开了。这里面有很多哀伤和怨恨。接下来可能是别的巫的语言：“诚既勇兮又以武，终刚强兮不可凌。身既死兮神以灵，魂魄毅兮为鬼雄！”我们今天不也这么唱吗？你是多么勇武，你曾经为国家殉难。现在已经确定，《九歌》是很多巫的合唱，过去把它当作一个人唱的，所以会产生错乱。后面这四句是别人在歌颂死去的人，而不是死者本人的话。

《诗经》和《楚辞》中呈现的是两个不同的世界，两种不同的文化与美学——一种是朴素的、古典的、含蓄的，另一种是外放的、浪漫的、激越的。它们构成了我们生命中两种不同的力量，也会在我们自己的生命里慢慢去平衡。

第三讲

汉乐府：田陌市井的歌声

野性与浪漫

今天，“汉”通常已经不是狭义的民族的定义，而是文化上的定义。

两千多年前，某一地区的人找到了共有的生活方式——农业，就在农业社会里定居，建立伦理秩序，与周边的游牧民族形成差异。汉对自己的文化有一种自负，在一种和土地有关的农业伦理中，形成了“国”和“家”的概念，因为它很稳定。如果总是在迁徙、移动，人的伦理和情感就不是很稳定。

汉代北方最强大的民族是匈奴。每到秋天，在农业民族收割之时，匈奴就从北方南下抢粮食。我去过蒙古的戈壁，在那样的地方，一入秋以后，气温急速下降，猎物开始变少，基本上没什么吃的，这时他们一定得去抢食物，而此时的南方正值秋收。胡汉之间的冲突和战争，从秦汉之际就已经开始。

汉朝的开国皇帝汉高祖刘邦，曾经被匈奴族在平城围了很长时间，差一点死掉。他登基成为大汉天子后，对这件事一直耿耿于怀。他告诫子孙，将来要解决的最大问题就是匈奴。在大约半个世纪之后，汉朝的基业积攒得差不多的时候，就开始北伐匈奴。胡汉交战是非常惨烈的族群斗争。每当秋天汉族收割时，匈奴族就南下掳杀孩子、女人，抢粮食；每当春天游牧民族的牛羊怀孕时，汉朝的军队就北上追赶匈奴，一直赶一直赶，让怀孕的牲畜跑到流产。在《史记》里能读到很多这样的故事，其实没有对错，只是因为双方对立，游牧民族和农业民族形成了两种完全不同的伦理。

到汉元帝的时候，汉朝实在没有办法制服匈奴，就想到了“和亲”政策。“和亲”使两个战争不断的族群关系有所缓和。今天的女性主义者听到这里可能会很生气，会想干吗在关键时刻要拿女人去做牺牲品。但事实上，在汉朝执政的四百多年中，“和亲”政策在胡汉之间起了很大的缓冲作用。我们大家都很熟悉的王昭君故事，只是众多“和亲”事件中的一个。我们也不必因为王昭君而故意夸大“和亲”的浪漫，其实“和亲”中真正的公主很少，大部分是找一个姿色还不错的宫女，伪装成汉朝的公主，反正胡人也搞不清楚汉族的伦理关系。

王昭君嫁过去没多久，单于就去世了，他的儿子继位。按照匈奴人的习惯，这时王昭君要再嫁给过世单于的儿子。王昭君不能接受，因为按照汉族的伦理，儿子是不能娶母亲的。于是，她上书给汉朝天子，但汉朝天子批：“从俗。”

今天再读这些故事，可以看出胡汉之间伦理的不同。在游牧的胡族看来，弟弟继娶嫂嫂，儿子继娶母亲，都是习俗。就像如果我们用农业社会的伦理来观照台湾的原住民文化，可能不太容易理解，因为他们的伦理与农业伦理不完全一样。我们常常听到一个族群说另一个族群多么懒惰，成天只顾喝酒，这时你会发现，农业文明的伦理非常稳定，已经变成一种习惯，从劳动中产生的节俭勤劳的观念，以及前面讲到的婚姻、家庭观念，都是构成汉文明的基础。

今天我们还使用“汉”这个字，“汉”在我们身上有绝对的主宰力。当我们看世界时，也是站在汉族的立场上。比如戴安娜王妃，以我们汉族的伦理来看，会觉得蛮奇怪的，她怎么可以跑到电视上去谈自己的外遇？你到马来西亚的华侨社会，到北美的华人社会，也能发现农业社会伦理的影响依旧很大，即使已经是几代移民，在谈起对婚姻的观念或对爱情的态度时，他仍然坚持农业伦理。所以在学习汉代的文学时，首先需要了解的就是农业社会的伦理。

汉朝是春秋战国后农业伦理的第一次大稳定。汉代之前是只有十五年的秦，秦之前是漫长的春秋战国，战争很多，那时每个地区的伦理都不相同。燕、韩、赵、魏都有“胡服骑射”的习惯，秦的农业伦理也不是那么强，有胡汉之间的交错。严格讲起来，农业伦理观念比较强的地方是齐鲁，孔子就是农业伦理的典型代表，所以他对艺术的态度就是“思无邪”。《诗经》中的温柔情感代表了黄淮平原上农业已经稳定的族群唱出的歌。

我们前面也讲过，《楚辞》的情感和《诗经》很不同。诞生于南方的《楚辞》比较浪漫、神秘，诞生于黄淮平原的《诗经》就很朴素。如果土地贫瘠，生产很辛苦，就必须要勤劳，而且要节俭。我记得小时候不把饭吃完就会被家里骂上半天，说“粒粒皆辛苦”，如果今天再跟孩子讲这些诗，他们可能会觉得好笑和不解。

勤劳和节俭，是我们几千年来崇尚的品德，是黄淮平原农业的基础。可是一到南方，因为富有，人们对物质的态度和情感就明显不一样，丰足了以后就容易奢侈挥霍，而挥霍有时候会成就文学中的浪漫。李白的“花间一壶酒”就是非常浪漫的，那是在物质不是很欠缺的状况下产生的文学。所以，艺术和文学与生产基础有非常密切的关系，不同的环境和地区往往会产生不同的诗歌。

春秋战国时天下四分五裂，每个地区都有自己的特性。公元前二二一年，秦始皇在政治上统一了天下，可是文化上并没有实现真正的统一。“燕赵男儿”大块儿吃肉，大杯喝酒，有点游牧民族的味道，而楚国浪漫、神秘、唯美，这些都为秦朝所不能容忍。所以秦始皇统一天下后，最先做的就是要消除各个地方的特性，可是这种做法引起了各地对它的仇恨，一个被仇视的政权是不可能长久的，大家都在伺机报复。

秦始皇是在巡视天下的路上死掉的，但当时不敢公布，怕引起天下大乱。但到不得不公布时，天下终于大乱。每个地方势力都起来了，其中最强大的是楚。秦强调冷酷、严格，而楚却强调感性、温柔、浪漫，这是两种完全对立的文化。楚怀王就是死在秦国的，所以楚国人最恨秦国人，当年他们天真浪漫，却被心机重重的秦人所陷害。屈原的死亡也和楚怀王的被骗有关。这些东西积压在楚国遗民的心里，秦始皇一死，他们就开始对抗秦朝。

楚地带有一种野性和奇特的浪漫，这种浪漫兼具流氓和诗人的个性。刘邦的诗很动人："大风起兮云飞扬，威加海内兮归故乡。"他是个会唱歌的人，如果放在今天，他绝对是整天泡在卡拉 OK 里的人，可是他晚年做了皇帝以后就不能乱唱歌了，他的孩子常常找楚地的人来唱歌给他听，因为他非常怀念老家的歌。

刘邦其实很有诗人气质，《大风歌》是汉朝非常重要的文学作品。同时，刘邦身上又有点流氓气，他起义时砍了一条蛇，和他身边的小商贩一起打天下。打天下的往往就是这种人，我们这种整天上课的人很少会去打天下。我们身上缺的是流氓气，这种气质有非常强的民间特征，可以和民间的混混儿勾肩搭背，很多事马上就办成了。

《上邪》：刚烈的誓言

刘邦的诗词和汉代的民间歌曲都带有一种江湖气息，我挑了三首来讲。第一首是《上邪》，我觉得它最能代表汉代开国的声音。其实这是一首情歌。

> 上邪！我欲与君相知，长命无绝衰。山无陵，江水为竭，冬雷震震，夏雨雪，天地合，乃敢与君绝！

我们每个人大概都有写情诗的经验。可是这首诗的情感之强烈，到了惊人的地步。"上邪"就是"天哪"的意思，他可能觉得委屈了，可能有人说我不相信你爱我，他就发誓了："我欲与君相知。"这是很直接的情感：我和你要好。"长命无绝衰"，不管时间多长，我都不变。各位去流行歌里找找看，十首歌里有九首歌都有这样的句子，什么海枯石烂、海誓山盟，全是这个意思，可是汉代却直接把这个话讲出来。

最精彩的是后面的部分，全部是举例。“山无陵，江水为竭”，山都已经没有棱角了，江水枯竭了，我才敢和你分开。这是在讲意志，这个意志是和大自然做对比，程度非常强烈。过去的两千多年，中国的情诗很少有哪一首的情感有这么刚烈，发愿到几乎是诅咒了。

这个诅咒发誓的人，一般人都说是女子，因为其中用了“君”这个字，也因为通常大家认为女子对爱情的坚贞和刚烈非常明显。

对女性而言，爱情常常是生命里的主角。会带着镣铐在大街上寻找爱人的，常常是女子而不是男子，比如苏三。因为在农业社会里，女性没有其他选择。这样讲也许有一点残酷，我的意思是说，爱情的刚烈，是精神性的东西，但不是天性，有一部分还是和生产伦理有关。游牧民族的女性就很浪漫，追求自我的成分比较高，在选择要嫁的男子时的自主性非常强，可是在农业伦理里，女性是没有主动权的。

我们所称的“坚贞”往往意味着被动，多半是因为所没有别的选择，非常微妙。现在我们看到的宋元以来保留的戏剧中，都是刚烈的女性面对负心的男子，比如金玉奴和苏三。在农业伦理中，男子的负心是常态。在传宗接代的伦理中，社会也允许男子做多元的选择。很多戏剧都是这种情节，男子落难的时候得到女子的帮忙，一旦变成状元，心就变了。陈世美不就是典型吗？秦香莲也属于这个伦理，她刚烈也是因为别无选择，如果她选择其他的，就无法在当地活下去，因为那里有个贞节牌坊在等她。如果丈夫失踪了，或去世了，这个女子也别无选择，她必须为了那个贞节牌坊活着。在别无选择的情形下，她对爱情的渴望是非常刚烈的。在中国文学作品（包括戏剧）里，女性角色都非常动人，这在某种意义上也可以说是在被严重压抑的情况下反弹出来的声音。

今天可能有了一些改变。比如民国时期的潘玉良、陆小曼、王映霞这些女性，慢慢有了主动性，可是她们在自身所处的时代，也是饱受争议的，因为我们的传统里都是金玉奴、秦香莲、苏三这样的角色。苏三戴着镣铐在街上一直找丈夫，最后被带到审判大人面前，发现那个大人就是她的丈夫王金龙。当年的落难王公子，现在已经是八府巡按了。苏三唱了一段词，说我是盛开的花，你是采花的蜂，然后整部戏就结束了。王金龙要保持自己做官的威严，他只说把门关起来，但我们不知道结局是什么。在过去的农业伦理中，一个八府巡按来认一个妓女，中间是有很大的鸿沟的。我们的戏剧一直在重复上演着这样的故事。

《上邪》的作者极可能是女性，因为男性的选择是很多的，可能没有这样刚烈。

在了解汉代文学时，绝对不能忽略上面提到的农业伦理。一直到元代，还有《窦娥冤》，《窦娥冤》中六月雪的故事和《上邪》这首诗有很大关系。窦娥被冤屈，一个这么怯弱的女子，面对法律和道德的指责，她毫无办法，只好发誓了。第一个誓言说，如果我是清白的，我的头被砍下来后血一滴都不会洒在地上，将全部喷在丈二白练上。第二誓言说，六月里会因为我下一场雪，所以《窦娥冤》也叫《六月雪》。

《上邪》里讲“夏雨雪”，夏天为我下雪，她也是在发愿，要使大自然的秩序颠倒，这其中有一种愤恨、怨怒。古代的女子怨怒到这种程度的时候，就会相信大自然会为她鸣不平，相信心里不平会使天地震动。

这非常像《旧约全书》里的大灾难，因为失去了正义，所以山会崩塌，水会干枯，天地会合到一起，整个人世间会陷入巨大的灾难。《上邪》中，大自然的灾难和爱情的诅咒结合在了一起。“海枯石烂”今天已经变成最通俗的爱情语言，其实都来自这首诗。他并没有说我不会跟你分开，而是要到天地都没有了，世界全毁灭了，我才敢和你分开。很多情歌会提到世界末日时我的情感是不是还存在的问题，这首诗是最典型的原始情歌。

大概不同的时代有不同的对待感情的方法，今天的情感也许不需要发这么重的誓，可以很理性。《上邪》这首诗以前是唱的，好希望现在还可以听到。

来自民间的诗与情

《史记》里有一首歌是荆轲和人们告别时唱的："风萧萧兮易水寒，壮士一去兮不复还。"我们今天已经不会唱了。那首歌开始是"变徵之声"，到尾音的时候是"变羽之音"，比"徵"提高了八度。荆轲唱的这首歌其实是死亡之歌，结尾的时候提高八度，有一种壮烈的高亢。

蔡振南的声音里有很多这种东西，结尾的时候忽然变得沙哑或者凄厉。他不用美声，美声是抒情的、没有阻碍的。如果一个声音受到阻碍再冲破出来，就叫"变徵"或"变羽"。蔡振南的歌里就有很多这种突然的变化，不只歌词悲凉，声音里也有。他的声音完全不像邓丽君那样平顺、委婉、安慰人心。

我第一次听蔡振南的歌时，他还在台中的一个加油站工作。他写了一些歌，有一个朋友听到以后很感动，就让我们大家在台北听。那首歌叫《风尘女郎》，当时我们都吓了一大跳，他的声音刚开始有点假假的，可是到最后非常强。《上邪》这首诗中也有很多声音是变调的。

蔡振南的歌里也用很多呐喊的声音，从中你能感觉到他成长过程里的不平顺。他是从民间打拼出来的，所以他的身上有一种野性，情感很分明，很直接。他的声音也和我们平常讲的美声不一样，有一种沙哑、苍凉。

法国曾经出过一张南管的CD，是法国文化部请台南南声社去巴黎唱的，他们觉得这是世界上最美的音乐。南管是贵族音乐，比较优雅，唐朝时是专门在皇帝面前演出的。我在台湾看过鹿港雅正斋和聚英社两个南管班子，他们演出的时候会在后面挂一个条幅，写着"御前清唱"，表示是在皇帝面前唱过的，原本是宫廷音乐。民间的东西一旦变成宫廷音乐，就没有了原来的凄厉，会被修饰得比较美好。

再比如昆曲里的《游园惊梦》，这些年杭州或上海的昆班都到台湾来演出过，这些就不像电视上的歌仔戏。我记得小时候在庙口看的歌仔戏都是哑戏，但感觉非常强烈，这种东西是从民间来的。我记得《武家坡》，说的是一个丞相家有三位小姐，养尊处优，金枝玉叶。大女儿、二女儿都很爱财、贪婪，攀附权贵，可三小姐王宝钏不一样。有一天，王宝钏抛绣球选婿，结果绣球打到乞丐薛平贵，家里不准她嫁。可是她觉得，一个女子不能侍二夫，绣球抛下去，谁接到就嫁谁。这时汉族的农业伦理又来了。爱情里义无反顾的都是女子，可是王宝钏的故事几乎是荒谬的，就因为她丢了个球，就义无反顾了。薛平贵后来在出征路上被陷害，而王宝钏则在寒窑中苦守了十八年。

民间很喜欢看王宝钏的戏，其实这也是和《上邪》一样的东西，表明一个女人的坚贞。王宝钏的父亲是丞相，她住在寒窑时，有人来看她，说你干吗不改嫁，那样可以改变自己的命运，可她就是“山无陵，江水为竭，冬雷震震，夏雨雪，天地合，乃敢与君绝”。看这种戏的时候，你会发现七八十岁的老太太拿个小板凳坐在那里，王宝钏的性格可能与她相仿，王宝钏的命运可能也曾发生在她身上。她可能生活艰难，丈夫早逝，就一个人把孩子辛苦带大。她们之所以反复看，其实看的不是王宝钏，而是她们自己。在那么繁华的庙口演出王宝钏的戏，观众大部分都是坐着小板凳的女子，她们每天都在辛勤劳动，唯一可以面对自己的时刻，可能就是在这出戏剧中。

小时候的野台戏都是搭一个台子，可以到前台看一看，后台看一看。民间戏剧很奇怪，不管王宝钏多么苦，头上一定要装饰得很华丽，我想这是因为民间太苦了，这样至少会让王宝钏在戏台上好看一点。坐在台下的观众全穿着蓝布，还补了很多补丁，王宝钏的华丽就是她的华丽，因为王宝钏不是别人，就是她自己。

可是如果你到了后台，却会看到那个华丽的王宝钏利用转场的时间匆忙解开衣服给孩子喂奶。这个画面我到现在都忘不掉，你看到的是生命里另一种辛酸和苍凉。她在台上是华丽的青衣，一到后台就是母亲，丈夫可能还会打她、骂她，她一边给孩子喂奶，一边和丈夫吵架，但一上台又是王宝钏了。戏台前和戏台后就是这样一种荒谬的组合，可是当中有一种农业伦理中女性的美。我很难形容这种美是什么，它不是养尊处优，而是在常年的劳苦中建立起的一种属于自己的生命价值。

《武家坡》的故事很荒谬。王宝钏的丈夫薛平贵在西凉国娶了一个公主，变成驸马爷，过上了很好的日子，他根本不知道自己太太这十八年是怎么过来的。于是他回来试探，看妻子到底贞洁不贞洁。已经十八年没见，王宝钏认不出他，他调戏她，王宝钏就骂他，用土灰去迷他的眼睛，觉得他是一个下流男人。好可怕，做丈夫的去考验太太是否贞洁，可是他自己却已经娶了西凉公主。最后薛平贵做了西凉国王，王宝钏是大太太，西凉公主是二太太，掌握兵权。大家觉得王宝钏有了个好结果，可是张爱玲说这出戏每次看到结尾就好难过，一个已经人老珠黄的中年妇人，在一个掌有兵权的小太太底下做皇后，什么权力都没有，多么悲惨。这就是在讲农业伦理，只有一个所谓的正房的位置，其他什么都没有。

《诗经》里的《氓》也是讲女性的哀伤，可是那时的农业伦理还没有这么稳定。农业伦理稳定的时候，女人的选择权变得特别小，感情反而更加刚烈。这种情感后来成为中国文学中一种主要的情感，尤其是在宋代以后的戏剧中表现得非常明显。

还有一出戏叫《金玉奴棒打薄情郎》，是个比较欢快的故事。一个乞丐头儿的女儿金玉奴，看到门口有一个男孩子在雪地里差一点儿饿死，就把他扶进房里。注意，也只有乞丐的女儿才敢把一个男子扶到房间，这是农业伦理中的大家闺秀不敢做的事。可她是乞丐的女儿，在下层民间，反而淡化了这种伦理。

金玉奴喂了男孩一碗热稀饭，救了他的命。他在女孩家住了一段时间，觉得金玉奴也很漂亮，自己做一个丐帮帮头女儿的丈夫，每天都有讨回来的东西吃，也蛮好。金玉奴逼他去考试，他后来做了官，但是一个官员怎么能娶乞丐的女儿？于是他把金玉奴从船上推了下去，但金玉奴却被丞相的官船救了。民间总有种正义情结，觉得金玉奴怎么可以死。丞相是主考官，收了她做义女，开始惩罚这个负心汉。

有一天，丞相对男孩说：“你没结过婚，我帮你娶一房妻室。”这其实是一个计谋，特地安排金玉奴和他再结一次婚。女孩盖着红盖头，他不知道是谁，结果一掀盖头发现是金玉奴，吓个半死。金玉奴让所有的丫鬟拿棍子打了他一顿。我常常想，如果我是金玉奴，绝不要和他在一起，因为已经被他推到江水里淹过一次。可是在农业伦理里，她还要接受这桩婚姻，男子的过错，哪怕是谋杀，也不过是打打屁股就算了。

《上邪》中的声音很刚烈，也非常凄厉。它的文学性非常惊人，可是文学史上比较文人化的书很少选这一首来讲，但看重民间风格的往往会选，它是介于流行歌和文人创作之间的作品。如果你去卡拉OK唱歌，不难找到像《上邪》那样的歌——热情之后的刚烈，绝对的要求之后的幻灭与绝望。《图兰朵公主》中柳儿那一段就是这种东西，属于那种在死亡面前发誓的诗。

诗一定和歌在一起，可以把声音补充进来，我一直相信诗的声音并没有断绝。闽南话歌曲里有很多这种感觉的作品，还能让人感受到这样的声音和两千多年前差别不大。湖南、四川的民歌中还有这种刚烈。

有些女歌手的声音比较哑，唱到某些部分的时候会忽然泪流满面。《酒后的心声》就非常明显，歌声里有种凄凉和绝望。酒像刀子一样把喉咙撕开，歌词和声音都有这种个性。它之所以会在民间流传，一定有它的道理。当一首歌曲渐渐不再流行的时候，一定是因为它在民间的主流性消失了。义务教育多了以后，那个声音慢慢就少了。流行歌本身有它的阶层性，《酒后的心声》这一类就与流浪、漂泊个人在社会阶层中感受到的压抑、苦闷有关。

邓丽君的歌大多是老兵在听，在军中非常流行。十几岁就被抓去当兵的男子，一生都没有过温暖的爱情和婚姻，在中年以后，会觉得那个声音是一种安慰。邓丽君的声音像女人温柔的手在安慰受伤的心灵。以前我没怎么注意，可在军队的时候忽然发现身边的老兵都喜欢听邓丽君，拿着一个小收音机一直听，一直听。他没有过爱情，没有妻子，大概是从河南、四川等地被抓来的，十六七岁就离家了，他特别需要女性的温柔来安慰。当夜晚来临时，南风吹出邓丽君的声音，他就安静了。可是民间不见得听得进邓丽君，一定要听《酒后的心声》，或者《伤心月台》，因为听者是背着包来到台北打工的人。我们可以把歌曲做一个社会族群分类，看看它所代表的阶层。

我把台湾的歌谣和汉朝的诗歌掺杂着讲，是因为我觉得台湾的歌谣是场大融合，汉朝也是一种大融合。秦始皇强迫消除地方特色，书同文，车同轨，唱的歌也都是秦国的歌，一定挺无聊的。秦朝灭亡后，各地又重新把自己的歌找出来。汉朝则大包容，允许各个地方的东西出来。

刘邦很爱唱楚地的歌，他的孩子孝顺他，把楚地那些唱歌的人找来跟他一起唱。每次读史书读到这一段，看到做儿子的能想到这些，就觉得很棒。可见那些民歌并没有在秦朝被消灭，只是暂时被压抑下去了，到汉朝的时候又再起来，表明汉朝多元文化的融合。

台湾的声音非常多，原住民有自己的歌，为什么非要唱《何日君再来》？他从没离开过，为什么要问何日君再来？《何日君再来》里那种离别的哀伤，不是原住民的。每个族群都在寻找自己的声音，以及这个声音所具有的价值和力量。即使有所谓融合，也一定是自然融合，而不是强迫性地融合。

汉乐府全部是民间的东西，当时朝廷专门设了一个机构叫“乐府”，它要到民间搜集、整理歌曲，再拿给皇帝听。如果换成今天，陈达的《思想起》会是乐府的一部分。不同地方都有自己的民歌，它们被搜集起来，文人基本不加修饰和整理就送给皇帝听。也可能有人被带到皇帝前面，直接唱给皇帝听，因为皇帝想知道地方上发生了些什么事。

皇帝非常敏感，这种做法可能很政治化。我们今天也能从卡拉 OK 里听到台湾人的心声。譬如《酒后的心声》、《伤心月台》、《离别月台》这一类的歌，一直在台湾流行，是因为台湾民间一直有流浪和漂泊的人。如果作为社会史来研究，会非常有意思。台湾有移民的历史，又经过近代工商业的发展，小镇的人口都向城市移动，构成了另一种流动性，需要歌曲来安慰这些漂泊者和流浪者。

军队的士兵们受的教育不多，每当同乐会的时候，大家就会起哄，喝了点酒就拿出琵琶唱“妈妈请你也保重”。那种感觉非常像汉代一个离家的男孩子觉得自己照顾不了母亲的质朴情感。这种情感在汉诗里非常多。

如果中文系开设汉乐府课程，会以为那是登了大雅之堂的东西，如果拿张惠妹或蔡振南去比汉乐府，就好像是一种亵渎，我相信很多教授都受不了。但是汉乐府都是民间的声音，我称它为“田陌间的民歌”，这些东西绝对是文人写不出来的。我自己也写诗，但我知道我写出来的诗不会这么浓烈，因为文人比较理性，情感不会这么决绝，发誓的时候还会多想一想。民间不同，你到六合夜市去看一看，两个人坐在路边，一个嚼着槟榔，传呼机一直响，另外一个涂脂抹粉，一直流眼泪，你听他们讲话的内容大概就是《上邪》，全部是发誓诅咒，中间有很多粗话，那就是民间的感情，非常直接、刚烈。

汉代恢复了民间活泼的创造力，也肯定了民间的自由。刘邦身上就兼具两种气质：一面是流氓，一面是诗人。曹操身上也兼具了霸主和诗人的气质。

每次读《史记》或是《汉书》，最过瘾的部分就是开国那一段，乱七八糟的，简直是吵翻了天。陪刘邦打天下的那帮人根本不会开会，一开会就讲粗话，皇帝坐在上边，大家就笑他“老刘怎么怎么”。没有人觉得他是皇帝，那就是老刘，当初大家是一起打天下的，民间的个性还很饱满。

刘邦的夫人吕后也不是好惹的，你不让她参政，她一定会跑出来说：为什么女人不能参政？汉朝开国这段时间，吕后扮演了很重要的角色，是这个悍妇整顿了那些管她丈夫叫“老刘”的人。她还培养一群亲戚，用这股力量去杀这些人。

立国后大杀功臣，所谓“狡兔死，走狗烹”，像张良那样跑掉的非常少。张良是个读书人，他知道该走的时候就得赶快走，他明白接下来一定会大杀功臣。国家要建立体制了，没有体制就没有办法治理。这批人有功，天下是他们打下来的，可是这一批人根本就没有纪律，无法管理天下，只能杀掉。

我很喜欢读《史记》。《史记》里这些汉初人物都跟流氓脱不了干系，“流氓”这个词不是诬蔑或亵渎。淮阴侯韩信掌握兵权，但他来自民间，早年经常没有饭吃。一个在水边洗衣服的老太太看他可怜，就给他饭吃。他说：“我将来一定要干出一番事业，然后报答你。”老太太就骂他：“一个大丈夫连自己都养不活，还想报答我？”我小时候到淡水河边，看到的都是些洗菜、捞死猪的人，他们也是《史记》中的主角，文化发展、普及到一定程度，这种人就消失了，民间的东西慢慢被优雅化。

汉武帝以前，汉朝的帝王都有很强的民间性格，这使得汉朝在将近一百年的时间里都没有丧失民间的野性和朴实，没有丧失生命力。

《公无渡河》：质朴的情感呐喊

为什么西汉一直保有朴实的民间个性？这与它的政治传统有关。这些皇帝都不是文人出身，谈不上优雅。东汉的开国皇帝刘秀是太学生，所以东汉的性格就很不同，人都忧郁得要命，整天在谈生命的忧伤。太学生开国，整个文化里面有一种优雅、感伤、唯美，可是西汉却是以野性和朴实作为文化的主调。

我选了三首东汉时期的诗，它们从文学性上来讲可能没有什么，但有着强烈的民间色彩。比如这首《公无渡河》：

公无渡河，公竟渡河，堕河而死，其奈公何！

我为什么要选这一首？因为四言是《诗经》的结构，是非常民间化的，汉代的文人已经进入一个新的实验期，可是民间还保有《诗经》的某种规则。

“公无渡河”是说没有渡口、没有船，你不应该渡河的。可是“公竟渡河”，这首诗换的字非常少，只是将“无”改成“竟”，可是结果是绝望，本来不可以做，可是你做了。这可能是一个发疯的男子投河而死，妻子赶到江边，捶胸顿足唱出来的四句好像疯子的歌声。这歌声里有一种简单的情感，不是文人创作可以替代的。

民间的声音和文字不一定有特别的意义，只是很直接的情感呐喊，因为民间的文字能力和语言能力都非常有限，没有太多的修饰。可是我最羡慕的诗是《公无渡河》这种，它可以完全不管形式，没有押韵、对仗、叠句，就是这么直接，只是不想让自己的丈夫死掉。

我读诗时常会想到画面，想到故事。我一九七六年去太平山时，太平山还没有开放，我们从罗东坐运柴车上去，沿着颠簸的河床走，蹲在柴车上不敢坐下，因为坐下的话整个脊椎骨都会被颠碎，只能一直用手撑着身体。一个多小时后到了太平山下，我们开始步行，看到翠峰湖，非常漂亮，现在已经开发了，很难看，不必去了。那时候还有蹦蹦车，人很少，只有伐木工人和老兵——就是那种十六七岁时被抓来的老兵。

有一个老兵娶了一个智障老婆，两个人都五十多岁了，脸都有点邋遢。我们在那里住得时间比较长，因为是跟台大的城乡所去太平山调查。那个老兵就坐在那里，眼睛红红的，不像人，更像野兽，一直捶胸顿足，叫个不停，那声音像被毒打的狗发出的号叫。旁边的人告诉我，老兵的智障老婆失踪了，之前她就常常失踪，因为找不着路，七天后发现时，人已经死了，然后老兵就一直这样号叫。

我每次读到《公无渡河》，眼前就会呈现出那个老兵的画面。他和太太之间大概不是爱情，也不是婚姻，就是一个生命一直和另一个生命在一起，其中一个生命忽然消失了，剩下的这一个就会崩溃。作家老鬼写过一本小说叫《血色黄昏》，里面讲他们在内蒙古插队的时候，有一次杀牛，那天晚上，他们的蒙古包外有六十只牛围着那摊血一直叫，怎么赶都赶不走。其实《公无渡河》表达的就是这种情感。民间说那是一个狂夫渡河而死，妻子赶到河边时叫出来的声音，即“民间的呐喊”。

今天我们的“文建会”可能会把这首歌删掉，因为不够优雅，可是汉朝的乐府却把它保留下来了。民间的生命力有一部分真的有点野蛮，但在文学里，这种粗朴的力量非常重要。

南越王墓出土的文物曾在台湾的“故宫博物院”展览，其中有用绿釉陶捏出来的猪圈，一只很大的母猪周围有很多小猪在吃奶。民间最大的希望就是富足和稳定，猪的繁殖和民间的状况有很大关系。这件作品很有趣，猪圈旁边会安排一个人，在那里探头看看猪是不是长大了，或者小猪是不是在吃奶。我去乡下的时候，看到那里的老伯伯也总是没事就去看他的鸭子或猪，这是非常贴近农业的情感。这种情感，直接导致了汉代的稳定性美学。

把猪圈做成艺术品实在是很奇怪，它不美，也不高贵，可是汉代的艺术品竟然大量呈现这样的主题。这种民间性是我们了解汉代文学的重要基础，今天所有华人世界的农业生活还是如此。所以一般的老百姓会觉得汉朝很亲切，两千多年来好像没有太大的改变。

还有一件比较贵族化的东西，是汉景帝时的皇太后使用的长信宫灯。这是一件青铜作品，是汉代最高等级的贵族使用的，但它仍然保有民间的朴素，并不是特别华丽。

甘肃武威出土的“马踏飞燕”，是汉代最重要的文物之一。我们可以用它来印证汉朝如何变成非常稳定的政权。这是相对于游牧民族（“胡”）而言的。它必须制服游牧民族，所以汉武帝的时候开始北伐匈奴，产生了一种剽悍的军事、政治力量。一般而言，农业民族比较敦厚，不会打仗。可是汉武帝用了一种两面手法，一方面是对内安定，即农业的稳定，另一方面又从西域引进汗血宝马，以发展胡族文化。从“马踏飞燕”的这匹马的身上，可以看到多元文化在汉代的融合。

猪圈是民间性，长信宫灯是宫廷性，“马踏飞燕”是军事性的，由此，我们可以对大汉帝国有比较全面的了解。我在讲中国美术史的时候，汉代给我最大感动的也是“马踏飞燕”，很漂亮，可是并不多。长信宫灯这类东西也不多，大部分还是老百姓用泥土随便捏出来的简单的人物造像，在菜市场卖肉的、卖鱼的、卖菜的，就是这些普通百姓。他们大概就是《公无渡河》里描述的那种人，地位很低微，没有受过什么教育，过很简单的日子，做个屠夫或者种地的，就那么过一辈子了。

这些形象一点也不华美，简单到有点像小孩子捏出来的东西，天真、稚气，这就是汉朝的特色。汉朝整个文化是落实在农民身上的，它对民间影响也最大，乐府歌就是民歌。

汉朝是第一个在木简上写出非常漂亮的隶书体的朝代。今天在武威、敦煌、张掖出土了一些由当时的小官吏记录的文书，文字之间形成漂亮、优美、完整的线条，有一种安分在土地上的感情，很稳定。我一直认为这条线是土地的象征，在中国的文字结构上，比如太阳是“日”，下面加一条线就是“旦”，是日出的意思，那一横是地平线。汉朝时会把代表大地的这根线拉得很长，构成明显的水平线结构。

汉朝的神话中都是神仙希望下界来做凡人，这在全世界的神话里都很少有，人间变成了神仙向往的地方，对宗教没有特别的向往。东汉以后，佛教才慢慢传进来，可是东汉以前，人们的向往都落实在人间的土地上，土地是最能让人自足自满的地方。

汉朝墓葬里有很多仓库，多是放稻谷的。一个人去世后，最重要的就是在他旁边放很多粮食。农业文化里对于节俭和储存很看重。人们做了好多好多仓库的模型放在墓葬里，让它们有天长地久的感觉。

秦俑是写实主义，非常严格、冷静、理性。到了汉朝，人像变得非常优美、抽象，人们可以大胆地把手削掉，因为要表现女子的婀娜多姿，需要妩媚的表情，如果多出一只手，线条就出不来。这比现代雕塑家朱明还大胆，完全用现代的手法使人像作品呈现出非常漂亮的感觉。

战国时期，楚国发展出了浪漫文学。之后，秦代建立了西北的写实主义。东汉又重拾了具有楚国特色的曲线美，产生了上述作品。

《江南》：劳动的诗意

江南可采莲，莲叶何田田。鱼戏莲叶间。鱼戏莲叶东，鱼戏莲叶西，鱼戏莲叶南，鱼戏莲叶北。

诗中的重复用是文人很少会用的，可是你去听听客家的《采茶歌》，一直是重复，东也采，西也采，南也采，北也采，因为它在强调富有，强调劳动当中的节奏。重复中有一种动作的优美。在《江南》这首诗里，船穿梭在荷叶中，有一个女子用很美的手去采莲蓬。这是在南方的水边唱出来的歌，有一种水流的婉转、曲折。

汉代的壁画也有同样的传统。在河南新密的壁画里，有两个围了红布的立式相扑手。汉朝有很多这种民间杂耍表演，也表现出汉代人肢体的活泼。肢体的活泼与歌舞和诗都有关系。《毛诗序》里讲："言之不足，故嗟叹之；嗟叹之不足，故永歌之；永歌之不足，不知手之舞之，足之蹈之。"很多乐府歌可能就是在舞蹈中唱出来的。《江南》这种看起来文字重复、单调的句子，如果加进旋律和舞蹈动作，就一点也不单调了。

内蒙古和林格尔出土的壁画描述了汉朝的一个人在边疆地区做官的情形，以及他升官的过程。不同的官乘坐不同的马车，由不同的仪仗队开道。这个人担任过西河长史，壁画上可以看到他乘坐的车子，还能感觉到马跑的时候产生的晃动，因为马车上绑了一些垂吊的流苏，有晃动的感觉，非常漂亮。

从这幅壁画中我们可以了解到汉朝的人是怎么生活的，可以看到他们煮饭的锅、喝酒的杯子，还有人们在城门口射鸟的样子。画面上，城门口有一棵很大的桂树，树上有好多鸟，有的鸟站在枝头边，有的鸟飞了起来，有人拿着箭要射那只就要起飞的鸟。这是对生活最活泼的描述。这两个打鸟的人都穿着官服，可是却很有民间色彩。画中桂树的画法，完全像毕加索，鸟的画法也是，有抽象和写实之间的互动。中间还有两个人在打鼓，还有人在下腰，放了五个碗在玩儿，旁边有人耍水袖跳舞，旁边还有看表演的人……汉代是农业气质的，农忙之后就会有节庆喜乐，这些画面可以帮助我们了解大汉帝国的社会情态。

陈达的《思想起》叙述的是人们从福建渡海来到台湾的情形，里面有很多漂亮的语言。一九七六年第一次听他唱完这首歌，我和两个朋友想要翻译成普通话，可是很为难，将一种方言变成普通话，不容易找到对应的字。闽南话和客家话都很漂亮，但找不到对应的普通话说法。就像乐府诗，原来是用方言唱的，被乐府官记录下来，拿给皇帝看，中间需要过渡，其实很难。当时没有录音机这样的设备，因此必须全部变成文字，可是这一变，原有的感觉可能就会消失。这是诗和歌之间的矛盾。

当我们把歌变成文字的时候，其实会流失歌的特性。听一下陈达，他的声音是沙哑的，音乐系绝对不会录取他，因为不美，可是那个沙哑的声音里有很丰富的情感，是种历经沧桑后的凝练。他在恒春穷得要死，每天就在海边抱一把月琴不停地唱歌，有人听他唱了以后，就给他一点水喝，一点饭吃，最后被撞死在恒春。可是千万不要把他当成音乐家，他没有那么了不起。民间有很多这样的人，他们用歌声表达生活里的辛酸。

当时台北一些文化界的人听到陈达的歌，比如许常惠、史惟亮，觉得那里面存有非常丰富的民间力量，就把他介绍到台北来唱。他在一些正式场合表演过，但很不适应，他就是喜欢在海边一直唱。他在台上演出时，有人忽然出来说："下面还有别的节目，你不要再唱了。"他很生气，因为他在海边的时候，你不听你就走就好了，为什么是我走？所以他有好几次被从舞台上硬拖下去。

云门去找他录歌的时候，他一直唱，唱了五个小时，中间不停。他连小学都没读过，也不识字，可是歌词全部押韵，非常清楚，四句一个韵。民间对声音很敏感，从《诗经》开始，民间就已经懂得节奏和韵律了。而且民歌不怕重复，各段之间更换的字很少，而且很短，四个字一句，节奏感就出来了。诗会传下来，除了情感的因素，有很大一部分原因是由于它的语言和文字结构，这是其他文学形式不可取代的。

有人觉得《江南》的作者好不用功，“鱼戏莲叶间”一句就可以结束了，已经表达了鱼在莲叶之间跳来跳去的意思，可他就是要重复：“鱼戏莲叶东，鱼戏莲叶西，鱼戏莲叶南，鱼戏莲叶北。”后面四句的重复，其实是一个画面。民间刺绣非常喜欢绣鱼在莲叶中跳，因为鱼和莲都有很强的祝福意义。结婚也好，生日也好，小孩出生也好，都用鱼和莲，鱼是剩余的意思，是繁殖，莲花是连生，也是生长的意思。正是这几句重复构成了非常强烈的画面效果。

南北朝时的《宋书》在《乐志》中对汉乐府做了整理，《公无渡河》和《上邪》是比较刚烈的，可是《江南》就比较委婉，情感轻快，更像小调，有点像我们民歌里的《小路》、《小河淌水》。夏天来临，女子划着船，在莲花里采莲，大概正值夏末秋初，莲蓬就要采摘了。那个画面非常漂亮，有各种颜色的荷花，女孩子用一只漂亮的手采莲蓬。后来的《采菱曲》也和这个类似。

江南一带现在还可以看到采菱，有很多小黑船，人们采菱时你一句我一句地唱。客家人采茶的时候也有采茶歌，一边劳动一边唱歌，变成一种节奏，前后呼应，而且节奏一定很简单，如果很复杂，就没有办法在很短时间内彼此呼应。

这首《江南》几乎是一片歌声，不是一个人的歌声，而是合唱。“鱼戏莲叶东”是一群人在唱，“鱼戏莲叶西”是另外一群人在唱。这是在生活中慢慢产生的歌，拉纤、采茶、插秧都会有歌。民间的秧歌非常普遍，因为插秧很累，工作时一定要有一种精神上的提升力量。

《上邪》、《公无渡河》和《江南》都是不可取代的作品。一个是发誓，一个是死亡的沉重，一个是劳动与生产的喜悦，这三样东西都是后来民歌的重要主题。

文学即是生态

如果没有《上邪》这样的诗，你可能不敢相信那样的语言可以变成很好的句子。如果女孩哪天跟男朋友吵架生气，回家写《上邪》这样的诗，你肯定不相信那是诗，因为太简单了，也许会把它撕了扔掉。

汉诗很多都和采桑、采莲有关，女子的情感就用它们来表达。茶比较晚，大概要到唐以后了。“莲叶何田田”这句话，用“田田”形容莲叶，声音很漂亮，读到它，会想到好大好平整。另外，“田”的韵母是 an，和“甜”一样，表示美好。这两个字非常了不起，平坦、宽大、丰富。因为田是收获东西的，所以又有生长、茂盛的意义。

这样才能使小孩子在阅读这首诗的时候，也觉得这两个字很漂亮，也会用“田田”形容今天的东西，“田田”的意思就会扩大。古代人在大自然中生活，也从大自然的生产里总结出诗的节奏。

我去台南的白河，也会感受到“莲叶何田田”。中兴新村的荷花和台北植物园的荷花也很棒，可是都只能在岸上看，只有白河的荷花，可以走到荷花田里去。荷叶非常高，全部高过头顶，那种经验又与江南水中的荷花不太一样，有一点旱田荷花的感觉。可见文学需要与现实叠合，产生力量。

在江浙一带，你会对《江南》这首诗特别有感触，因为到今天还是如此。明清时期的画里，可以看到女孩子划着一种红色的木盆去采菱、采莲，红色的木盆飘在绿色的荷叶中，变成漂亮的画面。有很多人编过采莲、采菱的歌曲，它们对文学产生过重大影响。北方就很少看到采莲，因为阳光不够。像《公无渡河》的文字精简到那个程度，是因为很苦很穷，不会有那么多形容词，都很短，直接、刚烈、简单。可是到《江南》时，文字上就变得奢侈了，可以多讲几句，因为比较悠闲。很多人开玩笑说，山东人讲话都是一个字一个字的，江南人就用好长一个句子来讲同样的内容。文学艺术在某种意义上就是生态，就是环境。

寒冷地方的语言都很简短，很浓烈，快速地把事情解决掉，可是江南相反。大家如果去听苏州评弹，那是典型的江南风，一个东西要讲好久。北方是快刀斩乱麻型的，南方就委婉、缠绵，可以形容、叙述、堆叠，很女性，像一根丝一样。比如，就有人说苏东坡的“大江东去”需要山东大汉执铁板唱，柳永的“杨柳岸晓风残月”要江南的小女孩用红牙弹板唱。

民间很早就发现了语言的地域性，人们常说山东人谈恋爱像吵架，上海人吵架像谈恋爱。不同的语言，产生不同的表达方式，后来形成所谓的“北曲”和“南曲”。台湾也有北管、南管，北管是歌仔戏，我们叫乱弹系统，乐器多锣鼓；南管缠绵优美，乐器多是笛、箫或者琵琶。

《公无渡河》和《江南》是两种很不同的美学形式，一个是决绝、快速、刚烈，一个是柔软、缠绵，前者阳刚，后者阴柔。苏东坡比较像北曲，柳永则更像南曲。《水浒传》是阳刚的，《红楼梦》就比较缠绵。它们的区别不仅在于讲述的内容，也在于书写者本身的语言系统所构成的美学质感。

《陌上桑》：尊严与世俗

我在讲中国美术史的时候，曾用《陌上桑》来辅助讲解汉朝女性的造型。这首诗绝对不是民间直接出来的，而是经过了一再地修饰，它太完整了。

> 日出东南隅，照我秦氏楼。秦氏有好女，自名为罗敷。罗敷善蚕桑，采桑城南隅。青丝为笼系，桂枝为笼钩。头上倭堕髻，耳中明月珠。缃绮为下裙，紫绮为上襦。行者见罗敷，下担捋髭须。少年见罗敷，脱帽著帩头。耕者忘其犁，锄者忘其锄。来归相怒怨，但坐观罗敷。
>
> 使君从南来，五马立踟蹰。使君遣吏往，问是谁家姝？“秦氏有好女，自名为罗敷。”“罗敷年几何？”“二十尚不足，十五颇有余。”

使君谢罗敷："宁可共载不？"罗敷前置辞："使君一何愚！使君自有妇，罗敷自有夫。"

"东方千余骑，夫婿居上头。何用识夫婿？白马从骊驹。青丝系马尾，黄金络马头。腰中鹿卢剑，可直千万余。十五府小吏，二十朝大夫，三十侍中郎，四十专城居。为人洁白皙，鬑鬑颇有须。盈盈公府步，冉冉府中趋。坐中数千人，皆言夫婿殊。"

这首诗恐怕是在不同时期完成的，最初可能只是一个女孩子的自我得意，觉得自己很漂亮。汉朝绝对能做到如此的开明，一个民间女子，没有任何身份和地位，但完全可以这样自信和大方。

汉朝有一种民歌是对自己身体美的描述。台湾民歌里很少有这种内容，可能与移民有关，早期民歌都非常哀伤，怀乡的意味比较浓。女性都有一点自怜，有对爱的渴望，也渴望自己的美被重视，可是都比较感伤，与《陌上桑》的明快不一样。

"日出东南隅，照我秦氏楼。"太阳从东南边出来，照到我们秦家的楼上，那个口气之大。这种口气只有刘邦才有对不对？"大风起兮云飞扬"，好像天地间的风云变幻都是因为他。可一个民间女子早上起来可能还没刷牙梳头，就站在那边说："日出东南隅，照我秦氏楼。"那是一种大气。汉朝很好玩，帝王大气，民间女子也一样。这就是大时代里的自信，但绝不是盲目嚣张的自大，他就是相信自己的生命是有意义的，是明亮的。

那个画面好明亮，太阳刚刚出来就照到我们秦家的楼上，现在都市里很难有这种感觉。我住在河边，正好面对东方，夏天有时候起早了，四点钟就可以看到太阳照进房间里，很明亮，那一天都会因此很快乐。那个时代秦罗敷也是四五点起来，因为要采桑。黎明的时候，感觉到阳光的亮丽和她青春的明亮是同一个东西，她歌颂的不只是阳光的美，也是她自己生命的美。女孩子十六岁左右，就是所谓"二八佳人"，我们今天不太能够想象十六岁女孩子的漂亮，因为现在的十六岁还没有成熟，即使成熟了，父母和老师也不觉得。可是罗密欧和朱丽叶都在十六岁左右，薛宝钗大概也是这种年龄，她的美像蓓蕾一样，很干净。

秦罗敷感觉到了自己生命初长成的美，把太阳和少女的美合在一起。在《上邪》的“山无陵，江水为竭”时，语言还不稳定，可是《陌上桑》的语言太漂亮了，一定经过了文人的修饰。

“秦氏有好女”，这个“好”字用得精彩，不是美，也不是善，而是兼具很多复杂的东西。“好”其实就是女子，好像是一种幸福，产生了非常特殊的力量，圆满到没有任何遗憾和欠缺。你从汉字上来玩味这个字的组成，作为一个少女，那个好已经很完美了。“自名为罗敷”，“自名”用得也极好，但“自名”不是民间语言，是文人修饰的成功。

文人修饰民歌通常都会失败，因为文人常常会把民间原有的好东西修到支离破碎，可是这首诗是成功的。“自名”里有一种自信、自足和安分。她的名字很可能是爸爸或者别人取的，可是“自名为罗敷”一句带有一种得意和自在。在常人看来，幸福都是相对的，可是《陌上桑》的前面四句里没有别人，只有罗敷自己，只有她与天地、自然的关系。站在日月天地间的人，自我的生命是完全的，不受任何外来因素的影响，我最喜欢开头这四句。《荷马史诗》里面的海伦出场就不是这样的，海伦一出场你就知道要打仗了，因为她美到惊动了大家。可是罗敷不是，她的心情可能是十几岁的女子都体验过的，是一种最平凡的好，没有邪气，也不会带来灾难。

“罗敷善蚕桑”（也有作“罗敷喜蚕桑”），第五句立刻把罗敷从云端拉回到地面的劳动里，这又是汉族的伦理。罗敷这个美丽的女子，也被界定在劳动中。在汉朝流行的神话里，天上的仙女也是要织布的。无论身份，人必须在劳动里活着，只有劳动是尊贵的。第五句如果不这样写，罗敷可能会变成海伦，这首诗也可能变成一首史诗，可是一说“罗敷善蚕桑”，你就知道罗敷是民间的女子。

她的出场这么大气，可是又那么平凡，做到这一点非常难。汉朝有非常高贵的文化，也有非常平凡的文化。再读下去，你会发现罗敷很单纯，她在城南采桑，“青丝为笼系，桂枝为笼钩”，还没有介绍她长什么样子，就介绍了她的劳动工具，采桑要带一个笼子，笼子上面的绳子是青丝做的。提笼子的钩是桂树枝做的，一个早上起来看日出的女子，刚刚得意过，紧接着就要拿着她的笼子去准备工作了，工作是她生命里最重要的东西。

“头上倭堕髻”，非常简单的发型，就是把头发往后扎起来。汉朝的未婚女子用一根丝带把头发绑在后面，像今天的马尾辫一样；已婚则是“倭堕髻”，说明罗敷已经结婚了。今天还有男士很客气地称自己的太太为“荆钗”，本意是拿一根树枝别在头发上，没有金银钗，汉诗里常常用这样的女子做主角。

她没有那么富贵，没有多华丽，大概是出身于比较稳定的农民家庭。“耳中明月珠”，戴了一颗珍珠，她的身份又稍微高了一点点，但也仅仅是简单的装饰。“缃绮为下裙”，染成青黄色的丝裙子，“紫绮为上襦”，紫色的上衣，已经有了画面感，秦罗敷就这样带着采桑的工具走出了家门。

可是作者并没有直接描写采桑，而是把镜头一转，转到了罗敷以外的画面上，说“行者见罗敷，下担捋髭须”。过路的人本来挑着担子匆匆忙忙要到市场去做生意，可是看见罗敷就把担子放下来了，坐在那边摸胡子。这种形容非常到位，民间还不至于细腻到用放下担子摸胡子的动作来形容爱的程度，民间诗歌中没有这么多心机。他讲罗敷的漂亮，可是不直接说，都是从其他东西讲起。挑着担子的人歇下来在那边摸胡子，有一点欣赏，也有一点打罗敷主意的意思，和《诗经》中那个“氓”有点儿像。下面一句也很精彩：“少年见罗敷，脱帽著帩头。”少年当然更有欲望，更想追求，对美更有感觉。帩头是一种布巾，比较潇洒，风吹了会飘，有一点勾引的成分。

这几句都是讲罗敷的漂亮，但都不是从正面入手。前面讲的是罗敷的朴素，倭堕髻、明月珠、缃绮为下裙、紫绮为上襦，根本没有讲美。现在借用路人的反应，来间接形容罗敷的美，美到可以让所有人忘掉要做的事情而坐下来看她。这与古希腊神话中歌颂的美不一样，希腊的美是要震惊天下的。商有妲己，周有褒姒，也是因为美而惹来祸事，可是汉朝的美融合在生活里。这种美里没有灾难，没有战争，让人觉得很安心。

“来归相怨怒”，到黄昏的时候，大家都很生气：我今天本来要去干吗，结果什么也没做。“但坐观罗敷”，就坐在那边看罗敷。可是这个怨中有点心甘情愿的意味，觉得她真是漂亮，这种田陌间的民歌很朴素。他还要活着，还要过日子，要过的日子是非常平凡的，只是看一看也觉得今天很快乐，这是汉朝的美学基础，这个基础落实在农业里，人是安分的。海伦、妲己的美，都是惊天动地的，可是汉朝的美是平和的，民间从来没有那么大的野心。

我不太愿意用“美”而是愿意用“好”来形容她。“好”里包含了温和、厚道，而且还在生活里，如果是“美”，就有一点从生活中孤立出来的味道。

但《陌上桑》后面的东西有一些夸张，我觉得是编出来的。罗敷一定要惊动大家，让人家有野心，有欲望，有心机，有斗争，有明显的阶级，这已经不是西汉美学的正统。第一段里的罗敷已经很完整，很显然结尾不是原有的民歌形式，一定是后来慢慢演变发展出来的，目的是为了夸张罗敷的贞节，而不是她的美。这已经明显有些功利性了，而民歌是淳朴的。

侯孝贤拍过一部电影叫《好男好女》，他想表达的也是民间生活里的一种自我完整，是不和别人比较的生命圆满。我讲美术史时讲过，汉朝盖好一座房子，瓦上面一定要刻上“千秋万岁”、“天长地久”、“长乐未央”这类字，因为它相信有一个千秋万岁的东西是不变的，希望长久快乐，但是必须“未央”。“未央宫”是汉朝皇宫的名字，要长乐，但是不能过头，乐极一定生悲。

《陌上桑》讲的是一个美丽女子的故事，却用了这么有趣的一个题目：田陌上的桑树。秦罗敷就像长在田间的一棵桑树，很美，有漂亮的叶子，会结桑葚，这就是民间文化，用这样的题目去歌唱人的美好，生命的完整。这是我国文学史上最不假外求的一段时间。

形式一旦完美，从另外一个角度讲，这首诗就死亡了。因为形式的完美说明语言和文字的成熟，可是成熟往往是死亡的开始。

当诗歌还在青少年时期，还在民间酝酿的时候，它非常不稳定，“山为陵，江水为竭，冬雷震震，夏雨雪，天地合，乃敢与君绝！”这样的句子其实不像诗，它的语言形态和节奏都非常复杂，可是它的冲击力很强，等它慢慢演变成很规范的语言的时候，也就是很成熟的时候，死亡就开始了。

唐代兴起了一个新的文学形式——词。词起初就是当时的流行歌曲，被大多数文人看不起，觉得不够文雅。可是五代时期的李后主很喜欢，文人也开始把词的音调放进新的创作里，到了宋朝，宋词就替代了唐诗。因为唐诗在宋代已经失去了创造性，失去了民间那种活泼的生命力，而变成一种形式。

今天还有很多人在写古体诗，五言、七言，可是它已经不再会是主流了。因为它只是在模仿形式，而不是因感觉而直接生出来的东西。民间不太思考形式的问题，有话就直接说，而有话直说就是诗歌创造的开始。当你想要去修饰自己想说的话，考虑形式是否成熟时，这个文体就会慢慢开始没落。

汉诗从《上邪》、《公无渡河》，一直到《江南》，里面都有丰满的民间特色，活泼、质朴。《陌上桑》中已经有修饰，讲究形式、观念，就有些受束缚了。

民歌很少带功利色彩，但《陌上桑》的后半部分已经有明显的功利色彩。比如《小路》这首歌，里面有一点调情，可是又不让你觉得调情不好。民歌的情感很健康，比较原始，很少考虑到社会阶级性或者婚姻的合理性，相爱到两情相悦很自然，从《诗经》开始一直如此。

可是当《陌上桑》里出现“使君从南来，五马立踟蹰”的时候，你会觉得写这首诗的人已经在夸张，说这个使君非同小可，故事开始有权贵介入了。民歌里，老百姓接触到的权贵也不多，他可能就是一个行者，一个少年，他们对罗敷的喜欢，是人对人的态度。可是“使君从南来，五马立踟蹰”这句里已经有很明显的社会阶层，这让秦罗敷身上那很单纯的美，忽然变得不再单纯了，因为她被放到社会阶层中去考量了。

“使君遣吏往”，这个人连恋爱都不自己谈，派他的下属去，已经有点儿让人讨厌了。你喜欢一个人，觉得她很漂亮，为什么自己不去，而是派一个下属去？所以它不是一首单纯的民歌，很可能是文人借着这个东西批判了社会的阶级压迫。文人很讨厌当官的抢夺民妻，这样的诗便开始流传。

“使君遣吏往，问是谁家姝？”这种问话很不礼貌，自己想谈恋爱，却派一个下属去问那个姑娘是哪一家的人，这种情感不是单纯的民歌可能产生的，民歌从来不管对象，就是单纯的相悦相爱。

所有的民歌系统，包括今天的，都是人对人的描述。《小河淌水》非常明显，哥哥妹妹之间的对话，是很直接的爱，不牵涉任何其他。“谁家”的背后已经带出女孩子的身份和地位，使君要很小心与她之间的关系。

后面的回答还是很民歌的，又说了一遍“秦氏有好女，自名为罗敷”。民歌有一个特色，就是从不怕重复，重复不是民歌的缺点，反而是其能够流传的必需，所以汉诗中有很多“努力加餐饭”。《孔雀东南飞》就是一个例子。这首长达几百行的长诗，讲焦仲卿娶了一个女孩子，但是婆婆不喜欢媳妇，媳妇说自己十三岁学什么，十四岁学什么，十五岁学什么，十六岁学什么，全都是重复，十七岁嫁到他们家，三天织多少布，五天织多少布，可是婆婆就是不喜欢她。最后，婆婆强迫焦仲卿把媳妇休掉，她就回娘家去了。回去的段落又有很多描述。焦仲卿很爱这个妻子，可是他不敢违逆母亲，他也和母亲吵过，母亲捶床大哭，说你要这个媳妇就别要我。婆媳矛盾最早的模式就从这里出来的。儿子没有办法，在母亲的权威下，只好让媳妇回去。告诉她不要难过，你只是暂时回到娘家，有机会我再把你接回来。婆婆说：“你何必一定要留恋她？天下的好女人多得很，我知道哪个村有个很好的女孩子叫做秦罗敷。”秦罗敷又出来了。

此秦罗敷非彼秦罗敷。《孔雀东南飞》的成诗年代是东汉末年，可是很自然地就把秦罗敷的名字用进来了，因为秦罗敷代表的是完美的女子。

在民歌系统里，阿香或者阿美到处都会出现，她只是一个代号，诗中并不在意她的个别性。因为民歌是集体创作，没有创作者的名字，不在乎重复，所以民歌的伟大在于所有的创作都是大家所共有的，没有个人性，只要是好的就可以流传。《陌上桑》中因为夹杂着民歌与文人创作两种成分，因而变得很复杂。

接下来是一段特殊的对话，这是文人介入诗歌的好处，使汉诗有了多重性。文人介入诗歌，会让民间原有的生命力减弱，可是也会让表达的方法多很多。比如第二段开始出现对话，“罗敷年几何？”是问，回答是“二十尚不足，十五颇有余”。这种回答非常有趣。如果是民间，大概就直接说十六岁，或者十七岁，文人就一定绕一下，变成“二十尚不足，十五颇有余”。文人不直说，喜欢绕，并且能让句子对仗。

“使君谢罗敷”，“谢”的意思是说我该问的问完了，接下来就是结论了，这个结论是“宁可共载不？”——要不要坐我的车一起去逛逛街？对于使君这样一个权贵来讲，问了这么多话，用意很明显。“共载”这两个字也很文人，它是双关语，一方面是我请你上马车吧，另外一方面就是变成夫妻。

“罗敷前置辞”，这个“前”有点意思，本来退在后面，现在她就直接上前，还是民间女子的大方。她直接走到使君面前说：“使君一何愚？”说你怎么问这么傻的话，已经有一点在骂他了。“使君自有妇，罗敷自有夫”，你又不是不知道你已经有太太，我也已经有丈夫——这是一个伦理的回答。

如果仔细解析，第一段的民歌性比较完整，第二段出现阶级性和功利性，伦理的观念也引入了。最淳朴的原始民歌是不涉及这些的，连对方是不是结婚了都不考虑，即使人家结过婚，可是看到一个女孩子觉得她很漂亮就先唱出来，那才是民歌。如果想到你已经结婚，我也已经结婚，就已经存在伦理了。

在农业伦理里，婚姻非常严格，当然这只是对女子而言。当罗敷讲“使君自有妇，罗敷自有夫”的时候，是她代表民间的态度去要求婚姻的公正，也表现了她从女性的角度对使君提出要求。她并不是单方面说我已经有丈夫了，而是同时说：“你也结婚了。”男女的平等出来了。

后面我会讲到曹丕。曹丕有几首诗是写弃妇的，他以第一人称假设自己是被休掉的女子，对伦理有一点叛逆，因为他是男人，而且是皇帝，可是他会做这样的假设。今天很少有一个男人会这样去假设，可是在三国时有很多这类诗歌。

第二段对答已经是婚姻和伦理，而不是爱情。再继续看第三段，你会发现连伦理也没有了，只剩下功利。罗敷回答使君的时候，她找到了最正当的理由，这就是夸自己的丈夫有多么棒，可是万一丈夫不棒该怎么办？显然，这样的回答其实是蛮功利的。

后来唐朝的张籍写“君知妾有夫，赠妾双明珠”，也是很文学的东西：你明明知道我有丈夫了，还送我一对双明珠。她的回答是“感君缠绵意，系在红罗襦”——她非常感谢这样一份爱，但没有考虑婚姻，明珠绑在衣服上才发觉好像不太对，说“妾家高楼连苑起”，我家教很好，“良人执戟明光里”，丈夫是有头有脸的人，有功利的、理性的成分了，最后变成“还君明珠双泪垂，恨不相逢未嫁时”。这里还是有遗憾的，如果结婚以前碰到，你还可以竞争一下，现在没机会了。诗里夹杂了爱情和伦理。我们常常混淆这两种东西之间的区别，可是它们不一样。假设我们在一个没有伦理限制的环境里，你会怎么选择？如果纯粹只是爱情，你会怎么选择？可是在大多数爱的形式里，都多少夹杂了婚姻和伦理。

我之所以把《陌上桑》分成三段来做讲解，是因为我觉得三段的立论完全不同，关心的东西也不同，第一段关心女孩子的美，第二段关心婚姻，第三段关心功利。

罗敷形容自己的丈夫：“东方千余骑，夫婿居上头。”从东门出来的时候，你看到一千多个骑兵，那个带头的就是我丈夫。“何用识夫婿？白马从骊驹”，这里有点得意，意思是你不必特别去找，一眼就能看出来，因为他和别人不一样，骑的是白马。

读到这一段，会觉得她和前面那个“日出东南隅，照我秦氏楼”的女孩子不是一个人。有这样的夫婿还要去采桑吗？可见这首诗是改过的。我读过不同版本的解释，说罗敷是在骗这个使君，可是社会地位不是那么容易骗的，你穿什么样的衣服，你丈夫是什么身份，难道别人不知道吗？读到第三段时，已经让人感觉心机重重，如果这一切是真的，你说自己丈夫的地位很高所以不接受，那丈夫地位低难道就可以接受吗？如果是假的，也很滑稽，真的要编这样的一个谎言来逃避吗？因为你的服装和你的工作都说明你不太可能是一个“东方千余骑，夫婿居上头”的夫人，你只是一个民间采桑女子。

民间的诗歌，其实一直在被改动。但是这个改《陌上桑》的人很厉害，前面有“青丝为笼系”，后面也来“青丝系马尾”，和前面有了呼应，读者很容易被他骗过去，以为是一首完整的诗。“青丝系马尾，黄金络马头”，最初那个“青丝为笼系，桂枝为笼钩”的女人，现在好像忽然变成了手上戴一大堆钻戒的女人。修改痕迹越来越明显。“腰中鹿卢剑，可值千万余”也是在形容夫婿的伟大，以及他的社会地位和权威。

下面是夫婿做官的过程：“十五府小吏，二十朝大夫，三十侍中郎，四十专城居。”用这几句来形容她丈夫的社会地位，其功利色彩已经到了惊人的地步。我们在民间爱情诗中很少看到这么完整的履历表，这和最初出场的劳动女子完全不搭界。原来非常淳朴的诗歌，最后被改成卖弄金钱和地位。我相信今天的婚姻中也会有这些东西，很多人的聘礼、嫁妆都是用来摆排场的。民间诗歌中很少会把这些东西搬出来，而这里即使是形容剑，也不再是形容剑的漂亮，而是说它值多少钱。刚开始的“青丝为笼系，桂枝为笼钩”，写得这么美，完全和钱没关系，却能让你非常感动，感受到一种平凡的生命尊严。可是到这一段，生命尊严全部消失，完全变成社会世俗。

后面两句稍微好一点点：“为人洁白皙，鬑鬑颇有须。”至少还回到形貌上来形容。你爱一个人，至少这个人应该是具体的，他有很漂亮的胡须，而不是十五岁做什么官，三十岁做什么官。

“盈盈公府步，冉冉府中趋。”我们平常走路不会用这种步法，在官场走路才会是那个样子，因为他要有威严仪态。自己很有气势，两边的人要让开，而且路要慢慢走，不能着急。因为他是高官，进府时走得非常悠闲自在，这都是在讲社会地位。

“坐中数千人，皆言夫婿殊。”必须说每一个人都说她的丈夫很不同，而不是她自己说。这与开场的那个“自名为罗敷”的女子差别多大！“自名为罗敷”就是她自己觉得就足够了，可是现在却是“坐中数千人”都在说她丈夫好，好像她要用这个东西来证明她丈夫的好。语言是一种无法掩饰的心态透露，“皆言”跟“自言”是两个不同的东西，后者是充满自信的自我完满，前者是必须依靠社会道德和习俗来印证丈夫的重要性的自卑。

汉代的文学兼具民间活力和文人气息，组合成一种非常特殊的文学风格。这种风格是以前没有的，因为以前都是民间的，之后又都变成文人创作。像后来陶渊明他们这些文人的创作，已经慢慢远离民歌了。汉代刚好夹杂了民歌系统和文人创作两者的长处。《陌上桑》这首诗里虽然有杂质、不平稳，可是它代表着一种新的文学风格，是民间创作跟文人创作的结合。

我们整理了陈达的歌词，但我们是受过教育的知识分子，和陈达这种完全没有受教育的民间流浪者不同，所以我们在整理的时候修饰过，修饰使它变成一种形式，变成可以记录的文字，可是我也希望大家听CD里那个声音，因为那是陈达真正的民歌之声，很有活力。今天的好处是，我们可以同时保存两个东西，可是假设没有录音带，将来的人如果听不到CD，很可能完全依靠文字，依靠文人修改的东西，我自己也会回头去检查，看看哪些东西太文人了。比如在陈达的语言中，海水是用“黑水”来形容的，比我们的表达要强烈，要深厚。所以我希望大家能够先看一下歌词，再听一下陈达的歌，然后做个比较。

民间的歌曲被记录下来时，已经有了变化。我们也希望尽量不要修饰，可是把它写成文字的时候，还是加了我们的东西。我自己在创作时，会很羡慕民歌，觉得民歌里的那种力量是我力所不及的，很难拥有那种强度和热情。尽管我也很希望吸收它，可是我毕竟是文人，不太可能完全回到民间。

《饮马长城窟行》：上言加餐饭，下言长相忆

汉诗里最有名的可能是这首《饮马长城窟行》：

青青河畔草，绵绵思远道。
远道不可思，夙昔梦见之。
梦见在我傍，忽觉在他乡。
他乡各异县，展转不相见。
枯桑知天风，海水知天寒。
入门各自媚，谁肯相为言？
客从远方来，遗我双鲤鱼。
呼儿烹鲤鱼，中有尺素书。
长跪读素书，书中竟何如？
上言加餐饭，下言长相忆。

这首诗的形式完美到让人惊讶，我在很多场合都以这首诗为例。各位有机会可以去翻一下乐府诗，好多的歌都是从这里开始的。好像大家都不会写诗，可是春天的时候走到河边，看到草绿了，心中有所感触，就开始唱歌了。“青青河畔草”有点类似《诗经》里讲的“兴”，很多都是从“青青河畔草”开始的，又以“努力加餐饭”结束，中间那一段是套进去的。直到曹操、曹植、陶渊明时，他们的诗里也还保存着这种形式。这绝对是民歌，

它不是文人创作的，但有人说可能后来经蔡邕（蔡文姬的父亲）修改过。

当我们读“青青河畔草，绵绵思远道”时，会发现这首歌的形式比前面几首都要完美，因为押韵，“草”和“道”押 ao 韵，下面每两句也各自押韵。这个格式几乎变成后来唐诗韵律的最早规则。这是民间的咏唱方式，被文人整理成文学规则后，就慢慢被大家使用。

我讲《诗经》时说过，ao 韵比较委婉，“奥、套、牢、少”都是这个韵，它会形成某种对岁月、对时间的感觉。ao 韵和 ou 韵都比较委婉，有时间感。ou 韵更明显，像上楼的“楼”，喝酒的“酒”，秋天的“秋”，发愁的“愁”，把“楼、酒、愁”放在一起，会发现它有感觉，适合写诗。i 是闭口音，适合写凄厉、悲哀的东西；ang 韵和 ong 韵是写大的东西，满江红一定要“红”，因为要共鸣，比较悲壮。为什么有的名字念起来觉得好大气，有的念起来好悲哀，这是由声音本身的质感决定的。从前的父母很在意这种东西，现在的人名字一念，全是悲哀的声音，注意，不是悲哀的字，而是悲哀的声音。闭口音的共鸣很小，比如“依”、“凄”、“离”，“凄”不是悲哀的字，可是它的声音是悲哀的。“依靠”也是，本身就有站不稳的感觉。离别的“离”，哭泣的“泣”，全部是闭口音。

《饮马长城窟行》用了比较中和的发音，既有 ao 这种开口韵，也有 i 这种闭口音，比较平和，情感比较绵长、悠远。

“青青河畔草，绵绵思远道。远道不可思，宿昔梦见之。梦见在我傍，忽觉在他乡。他乡各异县，展转不相见。”先看这八句，有非常明显的轮唱，有点像西方音乐里的回旋曲，连绵不断。头两句以“远道”结束，第三句又以“远道”开始，有周而复始的感觉。第四句和第五句重复了同样的意思，都是“梦见”，这种重复构成了诗歌非常严密的形式美。这绝对是文人加入的，文人可以把民歌的情感慢慢变成优美的形式。“他乡各异县，展转不相见。”“展转”是指在床上翻来覆去睡不着觉，就是在讲前面的远道、远道，梦见、梦见，他乡、他乡。因为丈夫在很远的地方打仗，可能回不来，到底有多远，这个女子没法想象。远道、远道，有两个远道就变成很远很远，所以只有在梦里相见，变成梦见、梦见，梦见的时候在一起，忽然醒过来又变成他乡、他乡。

前面八句里最重要的就是循环和轮唱，一直是在讲一个孤独的女子思念丈夫的哀伤，这种哀伤使她晚上睡不着觉，在床上翻来覆去。作者非常厉害，读这首诗的时候，不知不觉地，重复本身就变成了人情感的反复。你越放心不下的东西，越会叮咛又叮咛。如果把重复的部分都删掉，这首诗就完了，这首诗的精彩之处刚好在于重复。在唱的过程里，更能体会这种重复所带出来的情感。今天用朗诵的方法，也还能感觉到。

我在讲中国美术史时，曾讲到对我国建筑产生最大影响的时期就是汉代，比如飞檐、明堂，它们的结构已经具有了对仗的美学。当然，那个时候还没有贴对联的习惯，我们如果住过三合院或四合院，会发现过年贴对联很方便，可是现在住的公寓都没有地方贴对联，很简单，因为它不对称。

这首诗在文学形式上有对仗，是因为人生活的建筑里就有对称。当一个东西两边都平衡的时候，它就可以产生美，声音如此，建筑如此，人的身体如此，舞蹈如此，文字也如此。收放、上下、天地、日月、山海、男女、阴阳……所有的字都开始找相对关系。这也是汉朝建立起来的一个不可移动的伦理，一直影响到我们今天。这首诗的结构，最能透露农业伦理中的秘密。

前面八句都是一个女人自述自身的状况，可是下面几句的情感变了。“枯桑知天风，海水知天寒。”不再叙述事件，变成了情感内心的描写，好像有一点哀叹。第九句是一个新的起句，即“枯桑知天风”，说即使是枯掉的桑树，风吹过来也会有感应，这其实是在形容自己好像那株枯桑。古代女人总是自比桑树，因为桑的荣枯与她的生命有直接的关系。《诗经》里的《氓》，从开始到结尾，都在讲桑树。文学，尤其民歌系统，都是从身边最贴近的东西举例说起。这个女子一走出门看到桑树枯了，就说“枯桑知天风，海水知天寒”。水到天寒的时候，颜色都会变。“入门各自媚”，这个“媚”字用在别的地方都不太好，因为是夫妻，不能在门外媚，那样不太好，可是“入门各自媚”就很好，在农业伦理中，有一种私密的家庭温暖。可是“谁肯相为言”，这里写到她的孤独。这四句完全是跳出来的，也是诗中最苍凉、最哀伤的句子。

这首诗在民间流传的时候，可能只有前八句，或者前十二句。后面我觉得是后来加上去的，因为民间不喜欢太绝望的东西。从“客从远方来”开始，让“入门各自媚，谁肯相为言”的孤独和绝望忽然产生了希望。那个遥不可及的远方忽然有人来了，一下把绝望转成了希望。

以前我给建筑系学生讲这首诗的时候，就说这首诗是一个建筑。前面八句，中间四句，后面八句，完全像一个汉代建筑；中间那四句，像一个飞檐，上下完全对称。

“客从远方来，遗我双鲤鱼。”汉朝人把信写在帛布上，如果要带给别人，就要通过驿站，一站一站地送，要用一个比较牢固的盒子来装，这个盒子就叫“函”，是木雕的鱼的形状。两个鱼合在一起，中间夹了一块布，“遗我双鲤鱼”是说收到信了。

“呼儿烹鲤鱼”，叫家里的孩子把信函打开，“中有尺素书”，里面有一封写在素上面的信。古代画家是在白色的丝布上面画的，那就是“素”。写信也是写在“素”上。“长跪读素书”，长跪是身体的姿势，比较端正庄重。等了这么久的信，终于到了，不知道丈夫是不是还活着，所以用很慎重的姿势来读。“书中竟何如？”押韵一直在进行。这首诗可能不是一个人写的，民间一直在修改，可是押韵一直连贯。

“上言加餐饭，下言长相忆。”上言是说信的开头，下言是说信的结尾。我的外国朋友觉得奇怪，为什么你们总是问别人有没有吃饭。译成英文就显得很怪，你很少看到两个外国人碰面就问你吃饭没有。这其实就是农业伦理，几千年来，吃饭这件事是贫困生活中人与人之间最普遍的询问与祝福。如果你今天追一个女孩子，给她写信说你要多吃点饭，一定被骂死了。可是遇见战争、离别或者荒年，“上言加餐饭”就变成了很深的惦念。“下言长相忆”，后面才说很想念你。情感到了极致，想说的往往是平安健康之类的叮咛。

这首诗的完整度非常惊人，两句一韵，有对称的平衡性，还有对仗、轮唱形式。它包含了汉诗的民间个性，这个女子是一个非常平凡的民间女子，从头到尾连《陌上桑》里对衣服的形容都没有，只是叙述事件。这样的女子可以是汉代的任何一个民间女子。汉武帝北伐匈奴时，有多少兵，就有多少这样的女子，这样的歌会使她们产生一种共鸣，那是她们共有的心情。很可能一个村子里所有的男子都被抓去打仗了，甚至连那些六七十岁的男子也抓走了，所以这样的歌声背后有一个共同的社会背景。这首歌得以流传下来，一是文人觉得这首歌还可以继续发展，二是出于政治原因，因为“客从远方来”让大家觉得这首歌还没有那么悲哀，后面还有长相忆，至少还有一点安慰，不能让以后的征兵越来越难，因为战争是国家的需要。

乐府从民间采集民歌给皇帝听，那它关心的到底是民间还是皇帝？有可能经由某次会议之后决定，说这样的歌一直流传下去不是很好，那试试看加一点别的东西，可以改动一些字，结尾加一些内容，让民间有一点希望。这首诗很完美，但它是不同时代、不同人的东西结合起来的。前面的八句比较完整，后面的八句变成另外一种情感。

《陌上桑》和《饮马长城窟行》很不同，前者已经失去了民歌原来的创造力和质朴性，可是它的形式对后来影响很大。《饮马长城窟行》在文学形式上有了缜密的思考，让后来人可以依据这个规格继续写诗，去抒发自己的情感。其实这种形式在我们的民歌系统或者流行歌里保存得非常多。

台湾有移民社会的背景，所以歌里有很多怀乡和感伤的内容。可是一八九五年台湾被割让给日本以后，日本的民歌对台湾产生了决定性的影响。这种影响到今天还存在，有一些流行歌就是将日本歌的调子转过来，填上新词。日本人占据台湾时，也是离乡背井，他们也选择了怀乡的歌曲。所以台湾的民歌系统一直有明显的哀伤调子，大概只有在工商业发达的时候，才会有不同的调子出来，比如《丢丢铜仔》，因为兰阳平原通火车了，它的调子开始与机械文明有关，与工业有关。另外，客家的《牛犁歌》也好，《采茶歌》也好，里边很少哀伤，因为在劳动，劳动是一种鼓励，节奏比较轻快。汉代《江南》这种与劳动结合的歌也很轻快。有人认为《一只鸟仔》是日据时代台湾创造的新民歌，听起来没有任何政治性，就是一只鸟在那边叫叫叫。可其实这首诗非常有政治意味，因为那只鸟找不着自己的巢，不知是谁把它的巢弄坏了，它不甘心。这首歌对当时的政治环境做了非常奇特的暗示。现在人们再唱的时候，已经觉得不只是针对日本，而是针对台湾经历过的所有伤害了。民歌在民间流传的过程中，会慢慢加进不同的东西。

《饮马长城窟行》是乐府诗里很重要的一首，它的流传度非常高，一定是民间在广泛传唱，乐府官才会采集。皇上想知道民间疾苦，当然要听流行度最高的歌。汉武帝晚年对战争有很多反省和忏悔，可能是由于从民歌里清楚听到了民间的声音。

第四讲

《古诗十九首》：文人的忧思

重新回到民间

台湾的歌谣一直到现在都还有一种奇怪的流浪感。你可以在《港都夜雨》里感受那种漂泊不定、前途未卜的命运，以及风雨交加的夜晚的孤独感，有一点酒，有一点江湖，有一点流浪。是不是因为我们有特殊的历史背景，才产生了这一类的歌？早期可能因为有移民，再去听听民歌、流行歌，那种特别喜悦、稳定、开阔的东西，很少很少。可是，比如安徽的民歌《凤阳花鼓》，本来是乞丐唱的歌，讲述荒年旱灾，活不下去，要离开故乡逃荒，甚至要把儿子卖掉才能活下去，分明是哀伤的歌，可是你在“左手锣、右手鼓”中感觉不到哀伤。有一首山东民歌讲的是车夫赶车劳苦，但还不忘调情，很开心，也是轻快的调子。所以台湾并不见得是物质状况不富裕，而是心情不稳定，最后形成一种哀伤美学。

如果把汉乐府里的几首诗拿来做对比，会发现《饮马长城窟行》在形式上已经很平顺，它的形式太完美，已经超过了内容。这样的诗是危险的，因为想再对它进行创作就很难。这是我自己很喜欢的诗，可是我知道它不能够再创造，有点像昆曲或京剧，你要动它一点点都不行，它已经过了千锤百炼，太完美了。可是歌仔戏是可以动的，黄俊雄他们改编了《廖添丁》，很成功，因为它没有形式上的限制。黄俊雄的东西非常有趣，把世界各地的东西都放进来了，还加入了各种奇怪的面具，连威尼斯的面罩都敢用，因为他没有时间和空间的限制，这就是民间。这就是为什么我们在谈汉代民歌的时候，有一种很大的快乐，因为民歌是再创作的源泉。

如果你喜欢文学，喜欢创作，我建议你多去接触民间的东西，因为民间的东西才方便你再创作。你越碰《红楼梦》，越不敢写东西，它只会让你沮丧，因为它实在太伟大。它完美的形式和成熟的语言，会把你绑住。

其实音乐界很多人都会回到民歌里去再创作。某个时期，台湾很多音乐家，比如马水龙、赖德和，都回到民间去了。像许常惠、史惟亮这些从法国、德国留学回来的人，所有的音乐理论全知道，可是不见得能创作，最后也要到民间去采集民歌。所以二十世纪六十年代的时候，他们做了非常多的民间采集工作，因此发现了陈达，也发现了很多民谣的形式和唱法，这对他们后来的创作产生了很大影响。史惟亮后来写了《小鼓手》，许常惠写了《葬花吟》，赖德和写了《白蛇传》，马水龙写了《梆笛协奏曲》，都是回到民间去重新起步。任何一种艺术形式，当它太过成熟、形式接近完美的时候，就要回到民间，因为民间是很粗糙的，这样的东西你才有机会继续打磨。就像李白、杜甫，当他们的诗词达到巅峰，你就动它不得，文字完美到惊人的地步。所以文学革命最后一定是重新回到民间，从街头的语言开始。这一点使得汉诗有很高的地位，因为它是从民间语言开始的。

我一直推荐大家看司马迁的《史记》，这是中国历史学最早的经典。司马迁是怎么写《史记》的？很多地方都是田野父老的语言，他把它们直接写进来。他走过楚汉相争时的田野，听到那些还活着的老乡亲告诉他，当年项羽怎么来打仗，怎么走过这条路，刘邦怎么过的蜀道。他用听到的这些民间语言去写《史记》，所以《史记》里有非常活泼、强烈的东西。可是《古诗十九首》全是文人创作，民间的刚烈之气与活泼的创造力已消失殆尽。

《史记》里的荆轲、豫让、聂政都是典型的民间人物，可是到了东汉，就是“生年不满百，长怀千岁忧”，“夜晚不能寐，揽衣起徘徊”。晚上睡不着觉，披着衣服起来东走走西走走，全部是失眠的人。这些东西绝对是文人的。民间再哭再闹也还是要睡觉，不会有文人的这种忧伤。

文学是照进现实的一道光

有时候我会问自己：为什么要读一首诗？在现实生活这么多的压力下，文学扮演了什么样的角色？文学不是现实。“日出东南隅，照我秦氏楼。秦氏有好女，自名为罗敷。”这样一种自信自在，在文学里是难能可贵的。可是文学如果变成要去谈功利、谈伦理的时候，就已经不再是很好的文学了。好的文学里一定存在过生命，无论是那个渡河而死的人，还是采莲的女子，也不管是秦罗敷，还是因为丈夫到远方打仗而在床上辗转不能成眠的妇人，都让我们感觉到有尊严的生命形态，让我们有刹那间的动情，感觉到生命的真实，这才是最重要的。

所以我特别不习惯在文学里加入比较世俗或是现实的东西，恰恰相反，是文学把你从现实里带出来。我很喜欢意大利的作家卡尔维诺讲过西方一个著名的故事：在寒冷的冬天，有一个面貌丑陋的扫烟囱的老太太，一辈子都在扫烟囱。可是某一天，她忽然可以骑着扫把飞起来。卡尔维诺说，创造了一个童话的作家是伟大的，他使几百年来活在寒冷之地的人忽然觉得生活不那么单调。文学本来就不是真实的，那个扫烟囱的老太太从来没有飞起来过。可是所有的孩子，甚至大人，在某段时间内都相信过这个故事。

文学是照进单调贫乏的现实生活的一束阳光，注入一种向往，这与现实生活无关。那个“日出东南隅，照我秦氏楼”的女子，现实里有大大小小数不清的痛苦，可是在黎明看见太阳时，她可以说“日出东南隅，照我秦氏楼”，那一刹那她的生命是华丽的。一部文学作品可以流传上千年，是因为当中有一个生命让我们觉得亲近，好像身边的朋友。阅读的时候，可以感受到他们的喜悦、哀伤、孤独、希望，这是文学最大的力量，也是文学在人类文明中所扮演的不可或缺的角色。

台湾 9 · 21 大地震以后，很多文化界的朋友都在商量，要怎么去安慰这些灾民。电视里都是生离死别，可是你到现场会发现，那些孩子最想读的东西不是对战争的描述，而是文学，一个与他面对的灾难无关的东西。

汉文帝、汉景帝的时候，曾经有过短短几十年的承平期，但是武帝以后，一直在打仗。农民最怕打仗，一打仗农业伦理就会被破坏，农业要求安分在土地里。可是一遇战争，这个东西就被破坏了。西汉后期很不稳定，到了东汉，又开始比较稳定。

文人阶层与文人诗

东汉出现了《古诗十九首》，这些诗不知道作者是谁，但比较确定的是，它们是由文人创作的。

东汉还出现了一个新的现象，一些高官或者地主开始兼并土地。西汉初年，晁错要求农民一定要有土地，所以提出了“土著”政策，就是让农民附着在土地上。农民有了土地，就会安定，国家就会稳定。可是到了东汉，有了贵族文化，比如开国皇帝刘秀是太学生，而且是皇族，他称帝之后，身边治理国家的人基本上也是贵族，所以就出现了对土地的垄断。很多小农民在难以度日的时候，就会把土地卖给大地主。可是土地卖掉以后，他就变成了佃农。所以东汉出现了很多大士族，拥有很多土地，土地上有很多佃农，这些士族就可以不用劳动。

西汉虽然有阶级，可是不明显，前期的好几个皇帝都有很平民的个性。可是东汉特别强调士族，这也体现在一些政策上，比如“举孝廉”。举孝廉最初的动机是好的，因为凡是有道德的人，有口皆碑，他的操守比较好，将来可能不会贪污。可是后来慢慢变成了形式，孝顺可以作假，廉洁也可以作假，所以孝廉往往出在大贵族和大地主家庭。东汉会让人产生一种很奇怪的虚无感，那其实是产生于生命的不真实。

曹操是个诗人，文学禀赋非常好。他掌权的时候，曾经写过一篇“唯才是举”的《求贤令》。这篇文章非常重要，我们不能从它的正面意义上看，必须思考它反面的意义。曹操说我要用的人是有才的，有没有道德我不管。今天我们的政府领袖都不敢讲这句话，曹操为什么敢讲？因为当时的道德变得很虚伪，曹操招天下“有才无德者”，反而使这种伪善被拆解。东汉的时候，社会里出现了各种问题。社会把道德弄成了一种假象，而操纵社会命脉的又是大士族。东晋时期影响到整个社会基础的王、谢家族，在东汉就是大族，他们有非常多的土地，土地上有非常多的佃农，他们可以不事生产，一心读书，有一天就举孝廉，去做官了。这样的人是和劳动、生产毫无关系，所以他没有平民个性。可是西汉早期不同，连皇帝都是平民身份，到东汉才出现了真正的文人阶层。

文人就是专门读书、受教育的一类人，可以不去从事劳动生产。在春秋战国时就是所谓的“士”，可以做官。西汉时候的农业基础和农业伦理，这时被架空了。我讲中国美术史的时候说过，为什么三国时期会出现对美的追求？为什么东晋会有像王羲之、顾恺之这种一生写字、作画的人？因为艺术的专业性高了。这一批文人都很专业，他们读书、受教育、从事专业的绘画和书法，与民间的劳动生产完全脱离开。

这一群人一出来，唱歌的声音就不一样了，他们开始唱出一些悲凉的调子。劳动当中的歌再苦也是兴奋的，因为劳动本身是苦的，要用兴奋的歌来对抗这种苦。可是《古诗十九首》中出现了对生命的哀叹。汉乐府是对生活的描述，《古诗十九首》是生命的悲哀。生活和生命是不同的。生活是现实中的事件，《陌上桑》、《饮马长城窟行》里都有生活。一到《古诗十九首》，你都不知道诗里的人是什么职业，因为里面没有生活，永远只对生命表示哀伤，有一种非常明显的虚无。

通常的说法认为，佛教是在东汉永平十年传入中国的，可是很多人认为早在秦朝的时候佛教就已经到了中国，只是还没有合适的土壤接受它，因为佛教讲的苦、空不太被接受。每天都在劳动的人，是不会产生虚无思想的，可是文人思想出来的时候，人们很快就接受了佛教，因为佛教碰触到的刚好是生命本质的悲哀。无论是贵族，还是平民，最后都要面临生命的死亡。他不是哀伤生活里没有吃的或穿的，而是哀伤生命里的生老病死。在《饮马长城窟行》或者《陌上桑》里，生活比生命重要，可是《古诗十九首》背后的人都是养尊处优的。

《行行重行行》：思念与离别

生命本质的哀伤和生活里的东西是非常不同的。你跑去问一个正在种田的农夫：“你快乐不快乐？”他一定笑你，他根本没有这个问题的困扰。农夫的快乐不快乐，是很现实很具体的东西，而文人的哀伤是没有来由的。所以，西汉和东汉在文学上出现了非常明显的不同。《古诗十九首》的调子是乐府诗中几乎看不到的。

看这首《行行重行行》：

行行重行行，与君生别离。
相去万余里，各在天一涯。
道路阻且长，会面安可知？
胡马依北风，越鸟巢南枝。
相去日已远，衣带日已缓。
浮云蔽白日，游子不顾反。
思君令人老，岁月忽已晚。
弃捐勿复道，努力加餐饭！

这首诗把事件抽掉了，直接引导到哀伤的调子上去。《诗经》里有“道阻且长”，这里是“道路阻且长”，从原来的四个字变成五个字，后来变成七个字，其实是同一个模式在变化。《诗经》的很多规格被汉乐府继承，又被三国诗歌继承，后来被唐诗继承，文学本身的传统一直在延续。“会面安可知？”路这么多阻碍，又这么长，哪一天才能够见面？乐府诗里，见面的问题很少谈。可是在文人的诗歌中，他的愿望会直接写出来。

“胡马依北风，越鸟巢南枝。”南方来的鸟永远把巢安在南面的树枝上，胡马即使在南方，也还是恋着北方的故土，这是自然现象。这两句很不像文人的话，《古诗十九首》中有些句子还是民间的，但就像《陌上桑》或者《饮马长城窟行》一样经过了文人加工。前面几句都是心情，这两句是现象的描述。如果这种句子很多，大概这个作品就是比较民间化的东西。

“相去日已远，衣带日已缓。”这两句非常文人化。离别很久了，老是不能见面，吃不下饭，睡不着觉，人越来越瘦，也很憔悴，所以“衣带日已缓”。宋词里有“衣带渐宽终不悔”，就是“衣带日缓”的意思，民间很少会有这种句子。古代文人和贵族的衣服上有带钩，腰围是用革带的孔来算的，但民间拿布带或者草绳绑一绑就不错了。“缓”表示革带的洞越来越往后，文人的哀伤和悲凉出来了。

“浮云蔽白日，游子不顾反。”这句非常漂亮，写流浪者的漂泊，对唐诗影响很大，“浮云游子意，落日故人情”也是用浮云讲一个人的漂泊。

很明显，文人已经对诗歌的形式做了非常精练的处理。“思君令人老”，这是《古诗十九首》里我最喜欢的句子，这种形容非常特殊，当然也很文人。你会感到岁月的无奈，一个人对另外一个人的思念可以从青春一直持续到老年，可以“令人老”。可是《上邪》不是这样，主人公发那么重的誓，可是两个人都不老，民间很少用到这种词。衣带渐宽、令人老，其中都掺杂了文人的自怜和自恋。他会在镜子里看自己，民间那时就算有镜子也没有时间一直照，每天的农活都忙得要死。文人离开了劳动生产，在悠闲中开始有了对自己的凝视。这个时候感伤的情感会出来，也许可以叫作“闲愁”。文学里有很多诗是因为闲愁写出来的，它有感人的部分。《古诗十九首》的创作背景和汉乐府绝对不一样，汉乐府是从民间采集来的民歌，《古诗十九首》是文人假借民歌写出来的。也就是说汉乐府有集体创作的部分，《古诗十九首》是个人创作，只有个人才会对生命的感伤表示无奈。

“岁月忽已晚”，这是知识分子的典型特征，对于岁月、年龄有一种感伤，是对时间的感叹，非常抽象，不是生活里的人能感受到的。

东汉已经回不到西汉的民间背景，社会上出现了文人阶层。文人数量并不是很多，可是变成了主导。他们是创造文化的人，民间的情感就被忽略了，可是民间还有自己的表达方式。陈凯歌的电影《黄土地》讲述了知识分子在陕西采集民歌的故事，采集民歌的人说："老大爷，你唱一个歌吧。"对方就很生气："不喜不悲的唱什么歌？！"他的意思是要在生命里很悲哀或很快乐的时候才会唱歌，哪有没事乱唱歌的，其实是对采集民歌这件事有点反感。可是文人会把诗歌写作变成专业，专门出现了一种叫"诗人"的人，那是很麻烦的，他每天都要写诗。

可是人真的每天都可以写诗吗？当然不见得。生命中特别忧伤、喜悦的事情才要变成诗，可是因为要创造，你可能要做作才能作出诗来。专业的文人出现了，这跟没有专业文人参与的民歌，是两种截然不同的东西。

从这个变化过程中，我们可以看到从民间个性到文人个性的转接，今天如果一个人确定是诗人，他是不是碰到什么事情都要写诗？这个时候，形式可能就变成了更重要的内容，而不是《饮马长城窟行》或者《上邪》，它是在事件里面发生诗，而不是要故意去制造一首伟大的诗。《红楼梦》也是如此，它是作者经历了家族从繁华到幻灭后写就的一部伟大的文学作品。——难道写《红楼梦》是为了让家族败落吗？

如果一个人说我是艺术家，我要画画，我要写诗，我需要很多材料，那地震就是材料，很多人的死亡就是材料，这个时候你会发现文学本身的吊诡。《古诗十九首》里发生的问题，值得我们今天再谈。民间是自然的，产生歌曲也是自然的。可是当写诗变成一个专业的时候，它就产生了一些矛盾。幸好《古诗十九首》常常会把民歌的东西再拿出来用，在"思君令人老，岁月忽已晚"的哀伤和绝望里，忽然用民间的东西把它救回来了。

"弃捐勿复道，努力加餐饭！"一个文人哀伤到没有办法的时候，说："我们不再谈前面这种哀愁了，我们好好吃饭吧。"没有办法解决的时候，还是努力加餐饭，生命的哀伤又回到了生活的现实。"加餐饭"是汉乐府里的句子，你不能总是耽溺在生命的哀伤和忧郁中。《古诗十九首》是在这两个东西中摇摆，最后能够解决的问题常常就是"努力加餐饭"，还是回来好好地看生命的现实，哀伤才会得到缓解。

《西北有高楼》：看不见的佳人

大家可以看到《古诗十九首》的情感和文人之间的关系，我们称之为“文人忧思”。《西北有高楼》是最明显的一首：

西北有高楼，上与浮云齐。
交疏结绮窗，阿阁三重阶。
上有弦歌声，音响一何悲！
谁能为此曲？无乃杞梁妻。
清商随风发，中曲正徘徊。
一弹再三叹，慷慨有馀哀。
不惜歌者苦，但伤知音稀。
愿为双鸿鹄，奋翅起高飞。

这个人不种田，也不劳动，他可以一整天都听人家弹琴。他的描述很好玩：“西北有高楼，上与浮云齐。”这是一个大远景，有一点文人的夸张。然后开始描写高楼的窗户多么漂亮，这在当时一定是贵族和士绅阶层，窗户才会有雕花，称作“绮窗”，“交疏结绮窗”，是描写镂刻的雕花交错的样子。有窗户，可是没有看到人，这首诗最迷人处就在这里，那个人一直没有出现过，可能是一个女子，可是从来不知道她长什么样子，所以楼下这个男子就开始幻想了。

“阿阁三重阶”是讲台阶，因为女孩子多半住在比较高的地方。他是一个路过的人，听到女子在弹琴，被琴声感动，可是始终没有见到人，只是产生了情感上的幻想，这是很文人的方式。文人常常觉得没有看到的才是最美的，因为他幻想的部分能够被满足。

文人在经营文学的时候，技法比较复杂。他怎么去形容这个女孩美，你都会觉得不够。就像我们最怕《红楼梦》变成电影，你会失望：“啊，林黛玉就是这个样子？”想象全部幻灭，所以凡是碰经典文学的导演都非常倒霉。最近我看过的最痛苦的电影是《追忆逝水年华》，因为小说太好看了，所以当它变成电影的时候，你总是失望。文学有很大的想象空间，当想象空间不存在的时候，就是文学的幻灭。

这里刚好利用了一个美学规则：把最主要的东西隐藏起来，只出现声音。“上有弦歌声”，楼上有歌声传下来，“音响一何悲！”大概是这个过路人的主观判断，音乐到底悲不悲，我们并不知道。如果音乐是悲哀的，幻想就多了一层，英雄救美的情结就会出来，觉得这个女子一定是孤独寂寞的。“谁能为此曲，无乃杞梁妻。”这里做了典故的叙述，然后回到“清商随风发”，提到它音调的变化，“中曲正徘徊”，又提到“一弹再三叹”，不只是弹琴，还有歌声，有长长的叹息。

文人描述了音乐，可是这个女子始终没有出来，因为不出来，所以更迷人。到“慷慨有馀哀”时，这个人开始幻想了。下面四句是高度的幻想。

“不惜歌者苦，但伤知音稀。”他已经把自己设定成女子的知音，其实两个人根本就不认识。女子唱出了这么多肺腑之言，可他是她唯一的知音。文人在这里经由幻想，把自己的生命和一个有缘分的生命结合在一起。这两句有非常明显的对仗，很多人并不记得这首诗的全部，但会把这两句拿出来用。我们都很喜欢这两句，大学毕业送照片的时候常常在背面写“不惜歌者苦，但伤知音稀”。那个年龄特别喜欢用这种诗句，因为青少年很苦闷，常常会用这种东西去呼唤友谊、情感。

这两句真是非常有文人特色的想法。“知音”的典故来自钟子期和俞伯牙。俞伯牙弹琴别人都听不懂，只有樵夫钟子期听得懂，知道何时在说高山，何时在说流水。钟子期死后，俞伯牙把琴摔碎，说：“从此再没有人懂我的琴了。”但是，民间歌手陈达很少会说谁走了，他就把琴摔碎，他还会一直唱下去。知音是文人的哀伤，因为文人有洁癖，会觉得这个世界上只有那个人值得我爱，可是民间不是这样的。文人通过比较精致的教育，慢慢精练出一种细密的东西，有一种精神洁癖。

结尾部分回到了民间："愿为双鸿鹄，奋翅起高飞。"这还是一个希望。我一直相信民歌对文人有非常大的影响，再哀伤，到结尾的时候总是要回到生命还是有希望的这个态度上来。文人和民间的创作最后总要大团圆，这从逻辑上有时候根本讲不通。从开头一直看下来，会觉得生命多么没有希望，但是最后两句忽然告诉你说要有希望。"愿为双鸿鹄"，意思是真希望我和你都是天鹅，可以"奋翅起高飞"。

两个人还没有见面，可是结论就已经出来了。事实是什么并不重要，既然是"不惜歌者苦，但伤知音稀"，他已经在精神里完成了自己，其实这里是最没有现实性的。我常常开玩笑说，没准儿那个女孩真出来，他就"哇"一声吓得往回走了。我的意思是说，写诗只是当下那个时刻的真实，等到下一个时刻出现，会有另外一种真实，他会去写另外一首诗，他的每一个时刻都是真实的，两个时刻并不矛盾。就像贾宝玉总是在向不同的女孩发誓，每次都是真的，你每次都被他感动。有一天林黛玉就说：把你所有的发誓加起来，你嘴上都要长疮了。他已经完全忘了自己之前的誓言。文人的情感经验总是在抽象世界里完成，与现实的界限并不十分清晰，他现在写"愿为双鸿鹄"，只是精神上的完成，但他认为自己在现实里也完成了，其实并没有。台湾很多女作家的创作很有趣，她一直在幻想一份情感，但那份情感只能在作品里完成，现实中并不存在。

《行行重行行》和《西北有高楼》是《古诗十九首》里我很喜欢的，它们很简单，只是讲述人与人的思念和离别，《古诗十九首》最大的主题就是这个，但是不知道离别的原因。生命里有各种不同情形的离别，用我自己的诗句说："人跟人之间只有生离与死别，并没有第三种结局。"看看你与父亲，与母亲，与妻子，与丈夫，与孩子，所有的结局都只有两种，一个是生离，一个是死别。这样的句子，我写完自己也吓一跳，是很文人的想法，一直想到终极处，但是民间的歌曲不会推到终极处。像《上邪》

发那么重的誓，也没有推到终点；文人反而会一下就碰到终点，那时就会产生很大的虚无感，因为他们所讲的都是生命中最本质的东西。

《涉江采芙蓉》：同心而离居，忧伤以终老

《涉江采芙蓉》一诗带有一种平和，可以作为文人诗歌的典型。它把离开、思念这样的情感用最平和的方法写出来，我高中时最喜欢的是这首诗，而不是《上邪》那种激情，也不是忧伤，它游离于激情与忧伤中间，用大自然去讲一些比喻。

涉江采芙蓉，兰泽多芳草。
采之欲遗谁？所思在远道。
还顾望旧乡，长路漫浩浩。
同心而离居，忧伤以终老。

芙蓉就是荷花，渡江去采荷花，作者从这样的画面入手。“涉江采芙蓉，兰泽多芳草。”这两句很像《楚辞》，《楚辞》里非常喜欢用芙蓉、兰花这些江南植物表达情感。汉代文学很有趣的一点是，汉乐府或《古诗十九首》都受《诗经》的影响，可是对汉代贵族文学影响最大的是《楚辞》。司马相如写的赋，基本上是从《楚辞》系统里演化出来的。刘邦写“大风起兮云飞扬”，其中的“兮”字就来自《楚辞》系统。《楚辞》的传统变成了官方的正统，民间才是《诗经》的传统，这两个传统一直在互动。

“采之欲遗谁？所思在远道。”花是生命的象征，把花摘下来以后，很想送给一个人，可是忽然发现没有人可以给。“所思在远道”，那个你想送的人、你思念的人，在很远的地方，送不出去。采一朵花想要送人，才忽然觉得那个人不在身边，用最简单平实的方法，把感情表达出来，这种感情不浓烈，只是有一点淡淡的忧伤，这个时候文人的感伤就出来了：“还

顾望旧乡，长路漫浩浩。”似乎是一个离家的男子，回头去看一看故乡的方向，想着如果要回去把这朵花送给思念的人，这路有多远！这样的句子也是非常接近《楚辞》的。《离骚》中的“路漫漫”，就是屈原对遥不可及的东西的形容。

这首诗的句型基本上还是从《诗经》和《楚辞》变来的。《诗经》擅长“二加二等于四”的规格，比如“关关雎鸠，在河之洲”。《楚辞》擅长“三”的规格。汉朝以后，完成了“五”的形式，变成“青青河畔草，绵绵思远道”。到《古诗十九首》时，五言诗已经完全稳定。东汉时出现的七言诗，打破了五言诗的格局。因为一个形式使用太久，人们会觉得很呆板，就要产生变化。后来的“白话文运动”的动因也很明显，就是因为古文太繁、太呆。

最后两句：“同心而离居，忧伤以终老。”两个人彼此的意愿都是一样的，可是竟然分住在这么遥不可及的两个地方。“忧伤以终老”，一直怀抱着忧伤到老，这又是文人的情怀。《饮马长城窟行》里的那个女子，她的哀伤比这个人还要重，可是她没有直接讲“哀伤”，但这里直接用“忧伤以终老”，对于岁月的消逝，特别有感受。

这种情感表达和佛教的思想进入有关系，对于生命不可超越的无奈开始有了悲哀。两个人是不是见面，这是可以改变的，可是所有的生命都要衰老，这是谁也改变不了的。

《庭中有奇树》：含蓄的情意

庭中有奇树，绿叶发华滋。
攀条折其荣，将以遗所思。
馨香盈怀袖，路远莫致之。
此物何足贵？但感别经时。

《庭中有奇树》和《涉江采芙蓉》很像，只是《涉江采芙蓉》是在野外环境中，《庭中有奇树》是坐在家里的玄想。“绿叶发华滋”，叶子长得很茂盛。“攀条折其荣”，觉得漂亮，就折了一枝下来，“荣”是花朵。“将以遗所思”，要把漂亮的树枝送给所思念的人——人在看到美好的东西时，最想和他所爱的人分享。“馨香盈怀袖”，花的香味留在了袖子上，可是“路远莫致之”，与思念的人之间相隔这么远，美好的东西没有办法传达。“馨香盈怀袖”是满的，可“路远莫致之”是送不出去，形成了对比。下面两句常常被引用：“此物何足贵？但感别经时。”这个东西本来没有多珍贵，不过就是院子里一棵树上长的东西，但因为别离太久了，传达的是一种绵长的思念。

情感这么平淡，这么平稳、古典，但是又和民间的质朴不同，因为文人是比较注重修饰的，内心的澎湃和热烈，会被他变得完美化，变得含蓄，变成一个淡淡的有余韵的情感供人品味，使形式和内容都变得恰到好处。

我有一段时间很喜欢江蕙的歌，觉得她能代表台湾民间那种毁灭的热情。她所有的歌里都是热情，但是到最后都要彼此毁灭。她的声音也刚好适合表达这种东西。有一段时间，她自己的情感和她的艺术创作结合在了一起，那种强烈是非常民间的个性。喜欢归喜欢，但我怎么唱都不对，因为我不是她。那种灼热的激情，说明她在民间摸爬滚打过，但我与她不同。这是为什么文人不可能写出《上邪》的原因，那种刚烈决绝的表达只能让文人们欣赏感动。文人能够写得最好的东西恐怕就是《庭中有奇树》，他们受过很好的教育，能很好地平衡情感与理智，才会有如此平稳的表达。当他讲到“馨香盈怀袖，路远莫致之”的时候，其中有很多爱意的传达是含蓄的。这种表达我们称之为“文人忧思”，是文人对生命里无法排遣的、无可奈何的东西的淡淡感伤。

我在美术史中讲过王羲之，他的信里常常会有“奈何奈何”，为什么写那么多“奈何”？因为他面对的大多是没有办法解决的问题，比如姨母死亡了，这是没有办法的事，生命最后必然要走到这条路上去。所以他在终结点开始与老庄、佛教慢慢结合，产生了巨大的虚无感。魏晋南北朝时期，汉代开国时那种流氓气息慢慢消失了，那时其实有些江湖气，你要他忧伤，他也不太会，他一开口就是“大风起兮云飞扬”。

从西汉到东汉，美学的调子经历了一个慢慢改变的过程。就像江蕙那样的声音在台湾会慢慢消失，因为文化不同了，有些东西一定会被别的东西替代。但她是二十世纪八十年代台湾的代表歌手。《古诗十九首》在东汉一定要出来，因为社会结构变了。新的社会结构使这些人创作了符合自己文学风格的诗歌，可以用新的方法来讲出自己的心事。

《迢迢牵牛星》：一水间的哀伤

迢迢牵牛星，皎皎河汉女。
纤纤擢素手，札札弄机杼。
终日不成章，泣涕零如雨。
河汉清且浅，相去复几许？
盈盈一水间，脉脉不得语。

这首《迢迢牵牛星》是以对整个中国文学都产生过很大影响的牛郎织女的神话故事为题材的。牛郎织女的故事里有一种农业伦理，织女最后被罚回天庭，是因为他们荒废了耕织，所以每年只在七夕时见一次，平常可以安安稳稳地男耕女织。

在这则神话里，爱情不是最重要的，没有人拿爱情当饭吃的，男耕女织才是重要的，这是典型的汉族的伦理。台湾其实有一部分已经与这种农业伦理脱离了，比如比较富裕又经过了近二三十年工商业化的南部地区。当我在北部旅行的时候，特别能感觉到汉诗的动人，因为社会背景还和以前一样。

许地山写过一篇小说叫《春桃》，后来拍成了电影，是刘晓庆演的。

我在大学的时候偷偷读过，因为当时是禁书。小说里写一对乡下的男女结婚，忽然胡子来抓壮丁，男人被抓去，新婚夫妇两人就失散了。小说的主线就跟着这个“春桃”走，她流浪到了北京，但是没有户口，没办法过日子，就跟一个捡垃圾的叫花子同居。

那个时候，这样的他们没有什么婚姻不婚姻的，就是两个人搭在一起过比较容易，有房子，住在大杂院里。每天就去劳动，春桃也跟着去捡垃圾，卖破烂。忽然有一天有人喊春桃的名字，她吓了一跳，因为那是她的小名，没有人知道。她回头看到一个没有腿的人，就像一个肉球一样，在地上爬。“肉球”从怀里掏出一个红色的喜帖，原来这个人就是她当年失散的丈夫。

被抓了壮丁以后，他就一直在逃、在打听，因为他要找春桃，后来没了腿，他还是到处找春桃。春桃愣在那里，这是刚和她结婚就失散的男人，该怎么面对他？故事的最后，他们三个人住在了一起。大杂院里的人嘲笑他们，小孩编歌骂他们，说一个女人和两个男人住在一起，是个悲剧的结尾。可是许地山讲过一段话，他说自己从英国回到中国以后，发现没有办法再写他在英国读到的那些美丽故事，那种罗密欧与朱丽叶的故事，不会发生在当时的中国。

我举这个例子是说，在汉族伦理里，爱情根本不重要。这三个人最后住在一起，根本不是因为爱情，而是因为贫穷，因为灾难，因为一种荒谬的生命现象，他们必须互相照顾。如果电影里的春桃忽然说“我爱你”，你就会觉得好奇怪，他们的生活里没有这种语言。农业伦理中有的是朴素，当我们讲牛郎织女的故事的时候，好像是一个美丽的爱情故事，其实最后说的是男耕女织的伦常，只是后来被文人夸张、幻想而写成很多诗。

七夕只是一天而已，当所有的喜鹊散掉后，他们就要回到各自的本分里男耕女织。可是这首诗是文人创作的，只有文人才会借助牛郎织女的伦理去讲浪漫故事。我觉得这首诗是浪漫的，是因为它夸张了七夕那天的伟大。小时候我母亲给我讲这个故事的时候，是说他们因为男的不种田，女的不织布，最后受到惩罚了，她讲的并不是爱情故事。

“迢迢牵牛星，皎皎河汉女”，开始先讲牛郎和织女这两颗星。再转向织女的手怎么编织：“纤纤擢素手，札札弄机杼。”“终日不成章，泣涕零如雨”，“章”是花纹的意思，这个女子的手那么美，可是一整天也编不出一个花纹，因为“泣涕零如雨”，她一直在哭，哭的原因是“河汉清且浅”，天河这么清这么浅，“相去复几许？”，相互之间的距离并没有那么远，可是“盈盈一水间，脉脉不得语”，两个人之间却不能说话。

这绝对是文人的情感，如果是民间，直接就跨过天河去约会了，绝不会沉浸在“盈盈一水间”的哀伤里。可是文人对于现实生命是无力的，没有能力改变，就只能接受现实。就像曹植最伟大的一篇文章《洛神赋》，描绘的是一个根本不能完成的爱情幻想。很多文人是没有行动力的，只能幻想，停留在最美的语言里。

我常和朋友开玩笑，说《聊斋志异》最好玩，每天晚上都出来一个美女，还会做夜宵，还会铺床叠被，可最好的是黎明时分就不见了，如果黎明还在就麻烦了。文人所幻想出来的爱情其实常常是他现实中所惧怕的，他会幻想非常美、纯精神的东西。在《聊斋志异》里，那些赶考的男子多无聊，每天要读那些书，晚上就幻想出一大堆女鬼和狐仙的故事来。如果从心理学来看，这些故事非常有趣，十八九岁要进京赶考的男孩子，有这么多夜间来陪伴他的美丽女子，可是天一亮就都不见了。

在文人开始创作《古诗十九首》以后，产生了一种忧伤，这来源于他们行动力的萎缩，或者说是想象力的增强，他们不愿意在现实中去完成想象。后来看到唐诗宋词，好多爱情诗都是在写不可触及的东西，李商隐最美的句子都是这样，比如“红楼隔雨相望冷”，红色的楼房里面住了一个漂亮的女孩子，隔着雨相望，但触碰不到。文人的情感就这样慢慢地与民间情感拉开距离，变成一种内心的东西，它是纯精神的，来源于对生命本质的参透。

《驱车上东门》：不如饮美酒，被服纨与素

驱车上东门，遥望郭北墓。
白杨何萧萧，松柏夹广路。
下有陈死人，杳杳即长暮。
潜寐黄泉下，千载永不寤。
浩浩阴阳移，年命如朝露。
人生忽如寄，寿无金石固。
万岁更相迭，圣贤莫能度。
服食求神仙，多为药所误。
不如饮美酒，被服纨与素。

东汉时期对生命的虚无感，在春秋战国以前非常少。孔子对于生命的态度是不会悲观的，他讲“生生”，说的是生命就是要生长，是很现实的生命哲学。而老子和庄子虽然看到了死亡，可是他们是达观的，要超越死亡。可是读一下这首《驱车上东门》，你就会发现佛教来了。死亡变成生命里最不可超越的虚无。诗里讲坟墓，讲到人对死亡的感觉，民间的诗歌很少谈这个。民间很少唱歌唱到坟墓去，可是文人会散步到墓园，“驱车上东门，遥望郭北墓。白杨何萧萧，松柏夹广路”。古代坟墓旁都种白杨，如果大家有机会到陕西的茂陵（即汉武帝的陵墓）去，就能看到两边全是白杨，树叶被风一吹，感觉确实有点凄凉。

前面四句是对坟墓的描述，然后开始书写死亡事件。“下有陈死人”，“陈”有旧的意思，死了很久的人，“杳杳即长暮”，他们如果还有意识的话，就是在度过一个又一个漫长的黄昏。这是非常奇特的文人描述，用黄昏来形容一个死去的生命。今天如果去汉唐的古墓群，还是能找到这种感觉，尤其在黄昏时特别荒凉。东汉很多诗人会在墓地中感伤。

开国的时候很少有感伤。比如刘邦，和他一起打天下的那帮人都是楚

地的，家族的坟墓都在楚地。刘邦跑到长安去做皇帝，一切都是新的，欣欣向荣的。可是后来贵族会在长安或者洛阳看到很多祖先的坟墓，这个时候历史感就出来了，就会产生悲凉感。开国时与汉末之所以有这么大的不同，是因为本来就是两种非常不同的环境，一个开创基业，另一个则累积了太多的历史记忆。

“潜寐黄泉下，千载永不寤。”诗人开始代替墓里的死人讲话。如果在黄泉底下的这个人已经死掉一千年了，这一千年中，他会不会领悟到什么东西？这有一点像庄子的东西。庄子曾说他走到古战场，看到一个死去几百年的人的骷髅，晚上他把骷髅头当作枕头，睡在那里，骷髅在晚上复活，在梦里和他对话。他说，几百上千年的历史，不过一念之间。庄子的妻子死后，他“鼓盆而歌”。有人说：“你太太死掉，你也不哭一哭表示悲哀，为什么还敲着盆唱歌？”他说：“生命本来就不存在，是气组成了我们的肉身，死亡不过是肉身又回到大自然，又变成了气，一切只是形式的转换，有什么好悲哀的。”庄子讲的是达观，他觉得死亡是应该被超越的。

可是这首诗里又希望死亡可以是一种领悟，因为活着的时候不容易有领悟。他提到时间：“浩浩阴阳移，年命如朝露。”昼与夜是阴阳的转换，人几十年的生命在大自然当中相当于早上的露水，太阳一出来就要干掉，生命就是这么短促、卑微。西汉以前，中国人的思想中很少存在这种东西，东汉会出现，与佛教的传入有很大关系。东汉时，佛经已经被翻译过来，对生老病死之苦、他生之空幻都有描述，这对中国的思想史产生了巨大的影响。“人生忽如寄，寿无金石固。”人生只是短暂寄托在这个世间，有一天还要回去。就像我们去火车站，把行李寄托在一个行李箱中，迟早是要拿走的，寿命是没有办法像金属和石头那么坚固的。

“万岁更相迭，圣贤莫能度。”时间总是不断推移，连最聪明的圣贤都对岁月无能为力。所以儒家垮了，因为儒家就是圣贤，过去孔子认为圣贤是可以超越时间的。这里对生死有了不同的看法：“服食求神仙，多为药所误。”唯一的方法就是相信道士的讲法，吃长生不老药，可是所有“服食求神仙”的人吃的药都有问题，那种药都是丹砂，含铅量非常大，很多人吃了反而早死。这是说就连老庄道家也没有办法，道家就是求丹、炼丹。最后他引发出短暂的享乐主义：“不如饮美酒，被服纨与素。”有一点得及时行乐、得过且过的意思，既然生命是一个巨大的虚无，那就不如活好当下。

注意，享乐主义和虚无主义是一体的。追求生命的享乐，常常是因为本质上有一种虚无，像人在情感最哀伤的时候，会一直吃东西，因为这会变成另外一种满足。东汉时期的这种虚无感，直接影响了魏晋时期的文学。

第五讲

魏晋文学：多元时代的归宿

《短歌行》：孤独的诗人，孤独的霸主

三国两晋南北朝，从曹丕建立魏国开始，之后进入司马氏篡位建立的西晋，“永嘉之乱”后在南方建立东晋，此后又有一个南北朝时期，共三百多年时间。这三百多年在文化上与汉朝最大的不同，就是文人阶层的活跃。曹操、曹丕、曹植和陶渊明，他们都是文人。可是前面从《诗经》、《楚辞》，一直到汉乐府，文人的个性没有那么明显，屈原身上有一点文人的个性，可是基本上还是一个贵族。

文人阶层的出现，其实从东汉已经出现端倪。东汉时期土地兼并，士族出现，都是文人出现的先兆。文人阶层起来以后，对整个中国美学都产生了影响。一个农夫也会有对美的欣赏，他看到日出，日落，会有一种感怀，可是这种欣赏与文人不同。这一部分我们先讲三曹、竹林七贤等人，陶渊明我们会另开一题来讲。

我们从曹操的这首《短歌行》开始：

对酒当歌，人生几何？譬如朝露，去日苦多。
慨当以慷，忧思难忘。何以解忧？唯有杜康。
青青子衿，悠悠我心。但为君故，沉吟至今。
呦呦鹿鸣，食野之苹。我有嘉宾，鼓瑟吹笙。
明明如月，何时可掇？忧从中来，不可断绝。
越陌度阡，枉用相存。契阔谈讌，心念旧恩。

月明星稀，乌鹊南飞。绕树三匝，何枝可依？

山不厌高，海不厌深。周公吐哺，天下归心。

我选这一首，是因为可以借此发现曹操的性格多么复杂。如果今天看有关曹操的戏剧，你会看到一个大白脸，阴险狡诈，充满心机，总是不相信别人。

台湾这几年常常演一出京剧：《曹操与杨修》。杨修是一个很有才华的知识分子，这出戏写的是他向曹操进谏、被曹操陷害的一系列故事。这是从杨修这样一个受伤害的文人的角度来看曹操，可是大家不要忘记，曹操身上也有非常强烈的文人个性，我将他定位为魏晋时期的第一个诗人。他的个性介于诗人和霸主之间，他对美是非常敏感的。

他既能欣赏到世界的美，也能感觉到自己的孤独。可是另一方面，他又是霸主，霸主是要争夺权力的。让我们最惊讶的是，这两个角色，竟然毫无冲突地融合在曹操身上。不知道是不是因为这种复杂性，使后来的人对曹操这个角色感到费解。但是自从《三国演义》出来以后，曹操就被塑造成了一个充满心机的人。比如他和陈宫去吕伯奢家借宿，忽闻庄后有磨刀之声，仔细一听，只听厨房的人说："捆起来杀，怎么样？"曹操就把那家人全杀了，后来才知道人家是要杀猪来款待他的。这当然只是小说，可是小说里延续了曹操个性上的多变。

搞政治的人一般都很冷酷，可是曹操却非常热情。他热情的时候，你很容易相信他，觉得他是一个诗人，可是过一会儿他就忽然变成了霸主，可以冷酷无情地对人。

曹操出身卑微，可他最后使得各方英雄都去为他服务，为他效劳。这也是因为他身上有一种特殊的魅力，至于这种魅力到底是什么却很难解释。我认为曹操是集真性情与政治冷酷于一身的人，这两种东西在他身上都有极致的体现，所以我把《短歌行》作为魏晋时代美学最重要的开端。

当他讲"对酒当歌，人生几何"时，一开场就是对生命无常的感慨，人生这么短，那就好好喝酒吧。一个人会写这样的诗，你会觉得他很虚无，只是想要好好去享受生活，根本不会去当霸主。但他的每一个部分都是真的，这是曹操的厉害之处。他在唱这首歌的时候，全都是真感情。“譬如朝露”，生命就像清晨树叶上的露水，太阳一出来它就干了。所以“去日苦多”，很快就要结束了。

如果以每四句作为一组来看，每一组都在变调。我把它分成了八组，八个不同的变调。在这八个变调中，你可以看到生命情境的复杂转换。我们回头看自己的人生，会不会觉得其实也是很复杂的？有时候忧郁，有时候虚无，第一天觉得拼命挣钱并无意义，可是第二天又会和同事计较升迁的问题，这些部分在我们身上都有。

他身上这两种气质都特别强大：一个极其孤独的诗人与一个极其孤独的霸主。如果曹操没有机会从事政治，他就是一个很好的诗人。可是一旦从事政治，在那样的环境里，没有人不阴险狡诈。你打开《三国演义》，哪个人不是和曹操一样？只是曹操在与他们斗智斗勇的过程中被凸显出来了，他更懂得怎么先下手为强。汉朝的时候，因为有很稳定的农业，人们可以只思考符合伦理的角色，可是三国以后天下大乱，曹操在人性的解放方面是一个很值得讨论的人。

原来个人的性情是不能解放的，你只能是符合伦理的角色，“君君，臣臣，父父，子子”。曹操是第一个打破君臣、父子这种定位的人，当他“挟天子以令诸侯”的时候，他就是乱世一枭雄，那是典型的对君臣伦理的挑战。当他广招天下有才无德者时，就是反抗了伦理道德。

东汉的时候，因为举孝廉制度的推行，社会上出现了很多虚伪的“道德”。后来出现的竹林七贤，他们的个性就是反对虚伪的“道德”的。竹林七贤之一的阮籍，在母亲去世的时候，人家要看他哭灵，可他在人前就是不哭，等到宾客散尽时却吐血了。他当然爱他的母亲，但在他看来，那是他自己的事情，为什么要表演给别人看？当时社会的道德已经虚伪化，曹操提出“招天下有才无德者”，是对整个社会所做的大胆揭发。他是剑走偏锋的人，就那样直接犀利地说："不要再装假了，有道德的你们去别的地方吧，我这边要建立政权，有才华的人都来吧。"这是曹操的厉害之处，他太懂政治的本质，那时大家明明都在争权夺利，却都不明讲，曹操大胆明白地讲出来了。

历史记载常常有很强的愚民性，目的是让大家都乖乖的。可是汉朝的人不见得乖乖的，西汉刚开国时就斗争不断，可是老百姓很乖，因为整个教育体系里有伦理观：君臣父子。曹操却打破了这种伦理，他懂得美，极爱美，对后来的文人影响很大，可是他又极懂权力与残酷。

很多人看完《曹操与杨修》后，都觉得自己是杨修。可大家有没有想过，曹操这时也许在旁边冷笑着说："你为什么一定要做杨修？"文人其实已经被伦理定位了，你是一个文人，就好好做别人的幕僚，一辈子好好为你相信的那个"君"服务。可是曹操觉得，我为什么不能自己出来干一番事业？文人很早就被界定为永远的被动角色，曹操也是文人，和杨修并没有什么差别，只是他知道在那个争权夺利的时代必须争取主动。

这首《短歌行》延续了东汉以来文人的虚无感，也表现了《古诗十九首》里对生命无常的无奈。曹操是一个太监的养子，这使他在稳定的贵族社会里不太有稳定感、确定感。他认为生命非常无奈，好像朝露一样，一下就没有了。

第二段有更大的颓废感："慨当以慷，忧思难忘。何以解忧，惟有杜康。"生命里的忧愁是本质，人活着不快乐是必然的。在这个必然的不快乐里，惟有"杜康"（一种酒）可以稍微化解自己的忧愁。这是非常颓废的思想。

之前都是在讲苦、忧，可是从"青青子衿"开始，忽然看到美的东西了。"青青子衿"就是穿着一件青色长衫，其实是在讲一个漂亮的人，"悠悠我心"，是他所向往、所爱的。一个极度虚无的人，因为爱，忽然有了一种深层的缠绵、眷恋。最美的句子是"但为君故，沉吟至今"，没有任何理由，就是为了你，"但为君故"是情诗里最美的四个字。后面大家读到他儿子曹植写一个女人的美，用了好多形容词。可是这个老爸真厉害，只用“但为君故”几个字，他的情感里有一种真实。我们的逻辑通常是“因为什么，所以什么”，总有一个原因，有一个结论。可是曹操“但为君故”的“故”，把原因和结果放在了一起。曹操在诗人领域、爱情领域、政治领域都是高手，既很会玩手腕，很有计谋，又能在情感领域里一清如水。

曹操写诗时，处处都是真性情，前面还讲“去日苦多”，现在忽然“但为君故”。生命忽然变得快乐起来，不再虚无。只是因为这个人，他就可以写诗，可以创作。因为一个自己所爱的对象，诗马上转成了华丽的场面，转成了积极正面的人生态度。

“呦呦鹿鸣，食野之苹。我有嘉宾，鼓瑟吹笙。”这四句是《诗经》的句子。前两句的场景有点像日本奈良的东大寺，有鹿在吃野地上的草。一个本质虚无的诗人，可以号召天下，一呼百应，这些嘉宾都是很有才华的文人，他们全部投在曹操门下。这一段又有了生命的华美，是在尽情地享受生命。

接下来又回到了对自然的描绘：“明明如月，何时可掇？忧从中来，不可断绝。”看到月亮的圆和缺，忧愁的情绪又起来了。他在本质上还是认为生命是没有意义的，可是他要创造出生命的意义，这本是互相矛盾的。可是曹操是一个创作者，是一个诗人，在他笔下，这种矛盾就没有那么明显了。在战争中，他下了马就写诗，“上马横槊，下马赋诗”就是讲曹操。他霸主的个性与诗人的个性一直在交错。刚刚“鼓瑟吹笙”，应该很开心，可是一看到明月，马上联想到我何时才可以把月光留住，又忍不住开始忧愁，这完全是诗人的个性。身边这些有才华的人都像月光一样明亮，可我什么时候才可以把你变成我的一部分？

三国的时候，大家都在打天下，读到“明明如月，何时可掇”时，每个人都觉得自己是明月。如果曹操处处都让人觉得他在搞政治，大家一定会害怕他，防范他，但他也懂得什么叫才华，所以这些文人才会投靠于他，跟他成为知己，可是有一天他忽然觉得你不是知己的时候，你根本来不及反应。

我们每个人身上其实都有这部分，只是大多数起伏不那么明显，影响不大。而曹操这个人是大幅度起伏的，当他觉得生命虚无时，我们很想安慰他，告诉他生命没有那么虚无，他就会利用你的安慰了。其实当时的文人都跑到曹操门下，有很大一部分原因是他的虚无感很迷人。在那个天下大乱的年代，每个人都会有一种无常感，可是没有一个人的虚无感比曹操更彻底。

“忧从中来，不可断绝。”曹操每天上朝的时候，一方面在搞政治斗争，一方面随时都说真是不想干了，生命怎么这么无聊。这是很厉害的，这样就会让别人没有防范意识。只是我不认为这是计谋，因为他的每一面都是真的。作为一个太监的养子，他没有大的政治背景支撑，一直没有什么东西可以依靠，他的不快乐和缺乏安全感，让他在虚无中更加小心。

“越陌度阡，枉用相存。契阔谈讌，心念旧恩。”穿过一片一片的田地，为了找一个人，找一个知己。本来很遥远、很陌生的人，因为彼此可以谈心，就成了知己。这一段其实非常政治化，曹操因此而感召了不少当时有能力、有才华的人，比如杨修读到这句可能马上就会跑去，他会觉得这是一个爱才的人。文人也不会随便被人家用，什么样的人会被什么样的人用。你想杨修是何等人物，他那么有智慧，有才华。曹操的确也懂他们，因为他本身也是有才华的。当一个稳定的伦理崩溃之后，大家都希望看到生命中最美的品质。曹操身上这个美的品质，就变成了像吸铁石一样的东西，把真正有才的文人全部吸过来了。这四句其实是政治方面的有力号召。

“月明星稀，乌鹊南飞。绕树三匝，何枝可依？”这可能是曹操最有名的句子。“月明星稀”，回到大自然里，“乌鹊南飞”，绕着树飞了好久，没有找到可以停下来的地方。表面上是在讲大自然，其实讲的是生命的无所依靠，又出现了虚无感和孤独感。很多人都奇怪，他怎么会在去征战的路上写出这种苍凉的句子。

当时，曹操既拥有权力，又不断取得胜利，可是他永远被一种巨大的无常感和虚无感笼罩着。这种混合，形成了曹操身上不可替代的魅力。其实无论是《三国演义》，还是各种戏剧，都对曹操存在着误解，都觉得他太令人费解，干脆简单地把他变成了一个纯粹作假的人，而把他真性情的部分拿掉。

这也与宋朝人对曹操的定位有关。大家可以翻一下唐史，唐太宗同时代的人在赞颂太宗时，用了一个说法："神武同于魏祖。""魏祖"就是曹操，表明当时人非常敬佩曹操。可是宋朝以后曹操的形象就慢慢地变了，因为他挟持天子，名不正则言不顺，宋代非常忌讳这种违背伦理的人，所以宋朝人改变了两个历史人物的形象，一个是曹操，另一个就是武则天。

这两个人物在唐代的历史中都是被歌颂的，唐代承认物竞天择的规则，所以歌颂武则天和曹操。宋朝以后的历史，尤其是《资治通鉴》中，有一个定位，即伦理是不可以随便改换、逾越的，所以曹操和武则天的形象变得越来越糟糕，很多坏的东西都被加到了他们身上。后来《三国演义》一出来，曹操就再也翻不了身。

历史上的曹操和文学作品中的曹操是不同的。如果用西方的世界观来给曹操拍一部电影，诗人和霸主两种身份所构成的复杂性，加上他极懂得美这方面，拍出来一定会很好看，可惜我们后来的历史将曹操的形象窄化了。从美学的角度看，曹操的被窄化是件非常可惜的事。我们现在只有通过他的文字，才能感觉到这种有趣的复杂。最复杂的就在"月明星稀，乌鹊南飞。绕树三匝，何枝可依？"这几句，是对生命无常的彻悟。

可是接下来的笔锋马上又转了。"山不厌高，海不厌深"，完全像皇帝庆寿时讲的话。"周公吐哺"，据说周公在治理天下的时候，常常有人来问他事情，他吃着饭就要把口中的食物吐出来，因为要去回答问题。这是在讲周公勤于政事，到了这里，曹操就完全是周公了。一般能写出"月明星稀"这样诗句的诗人，似乎是写不出"天下归心"的，前者很孤独，后者很有政治上的想法。可是曹操两者兼有，他的有趣也在这里。

魏晋社会的伦理架构已经开始松动、瓦解，当时文人最大的特殊性在于开始去思考人活着的意义到底是什么，而不再是接受别人给予的意义。这一时期，曹操是一种个性，陶渊明何尝不是。陶渊明的《桃花源记》，就是要走出社会的伦理，他在背叛社会，曹操也一样在背叛。曹子建的《洛神赋》写自己爱上一个水上的女神，也是背叛伦理，因为这个女神是以他嫂嫂为原型的。日本的文学史家经常称中国魏晋时期为“唯美时代”，是说这个时代特别重视美。美和伦理不同，可是在此以前，所有的文学都必须在道德的旗帜下发展，合于道德的，才合于美。魏晋时期，美开始有了独立的地位。像曹子建的《洛神赋》，就在洛神身上寄托了女性纯粹的美，里面可能还有一点点道德的部分，但至少美的部分比较多了。

这一时期的文学对日本，乃至整个亚洲都有影响。像王羲之、陶渊明等人的生活方式，对日本影响非常大。日本的武士道精神，甚至包括僧侣，都带有魏晋文人的个性。日本的枯山水与文人的生活品位和审美观有很大关系。这一时期对美的看重，标志着文化的一个新阶段。

伦理道德和审美是两个很不同的领域，可是彼此之间又有错综复杂的部分。这两个领域在曹操身上是最明显的，在他的两个儿子身上，也能明显看到这两个部分。其实后来真正篡位的是曹丕。当一个人还有争的欲望的时候，就是还不够虚无。曹操其实是有能力篡位的，但他到最后也没有，直到曹丕篡位后，才追封他为魏太祖。他去世之前一直自称丞相，就是不要皇帝的位置，可见曹操这个人真的很特别。

不同生命经验的对话

曹丕的诗非常感伤。奇怪，明明是一个篡位的皇帝，可是写出的诗却感伤到极点。而曹植明明是一个被打击、被流放的角色，可是他的文学反而拥有很华丽的美学。

曹操、曹丕、曹植的个性都很复杂，内心都有非常多的纠结。曹植的文学比曹丕华丽，同时也表现出对现世的更大热情。他写到侠士、剑客、洛神，都是对美的执着，可他在现实中却是一个被流放的角色。

历史上第一次建立人的风范是在春秋战国时期，《史记》最早总结了这个时期的人的故事，屈原、荆轲，全是《史记》留下来的。第二次就是三国，一个时代可以创造出这么多具有个性的人物。今天大家还在看《三国演义》，是因为这些人这么有趣。曹操有趣，刘备也有趣，他身上也有种复杂性，动不动就哭，其实也暗藏着好多心机。你一看到他哭就不知道该怎么办，就会同情他，很少有哪个帝王这么爱哭。还有诸葛孔明，他本是卧龙岗上一个隐士，他却对天下大事了如指掌。刘备三次去拜访他，最后他终于出山了。如果你要讲心机，这是最大的心机。在舞台上，你觉得诸葛亮简直是完美的，他永远都不争，可是他所有东西都得到了。他会用很多计，最了不起的一个就是“空城计”。司马懿大军在前面，但是诸葛亮的城里没有兵，他束手无策，就安排大开城门，自己在城楼上弹琴，身边只有两个琴童。可司马懿就是不敢进来，他不相信人守在一座空城时可以这么安宁。司马懿心思缜密，他努力地听诸葛亮的琴声有没有发抖，如果发抖就表示里面是空城。可是琴声这么安宁，他不敢进去。诸葛亮把国家大事安排得像下棋一样，他的手指当然是安宁的。人与人之间斗智斗勇，并不一定完全预知结局，就是试一下看，就像演戏一样。

我们喜欢故事里的张飞，因为张飞是个一点儿都不会演戏的人，他更真。三国有趣的地方在于每个人都有自己的个性，如果你一定要说喜欢谁，不喜欢谁，你就很难读透三国。我常常跟朋友开玩笑说，我最辛苦的时候是做系主任的时候，要开很多会，开到很烦很烦，同样的事情要讲好多次。那个时候我就开始用《红楼梦》中的方法去看身边的人，忽然觉得好有趣。好小说的厉害，就在于它能把每个人的性情都囊括在里面，然后你开始真心爱每一个人，因为你知道他就是那样的个性，你不可能让他改变。薛宝钗一定是大大方方的，而林黛玉一定是哭哭啼啼的。

文学的重要在于它提供了多种美的欣赏角度。文学不是结论，而是一个过程，当我们在阅读的时候，不应该下结论说曹操是好人还是坏人，这是一个远离文学的问题。我们通过文学上的曹操，了解了自己，了解了身边很多人，你就会有一个新的欣赏角度。我觉得台湾急切地需要建立教育里的欣赏角度，不是是非题和选择题，没有答案。带孩子去看一朵花，去看月夜，这不是答案，而是会对他产生长久影响的东西。他会欣赏春天的花朵，也会欣赏冬天的枯叶，这都是对生命的欣赏。我在法国读书的时候，很感谢他们的教育中有欣赏的部分。很多课程就是带着孩子们去接触自然，接触一块石头，去讨论石头的美和花的美。其实我国宋朝也有这样的文化传统。石头的美是花不能替代的，花的美是石头不能替代的，所以有一天他会知道，人的生命不管是石头的状态还是花的状态，都是好的。

我中学时代读《三国演义》，读到后来爸爸不准我读，因为学校功课因此搞得一塌糊涂。年纪大了我就和他讲，功课很好是一种好，功课不好也是一种好。《三国演义》打开了我的世界，让我着迷于这些有趣的人，不同的人。每个人都有完成自我的方式，这个方式绝对是别人无法取代的，所以就没有输赢。从狭隘的角度看，曹丕赢了，曹植输了，因为曹丕做了皇帝，娶了甄妃，可是曹植写了《洛神赋》，他真的失恋了，真的失去了这个女人吗？从另外一个角度讲，他比娶到这个女子更幸福。如果从狭隘的角度看，这样不是很阿Q吗？你没有得到你还欣赏？可是把嫉妒转成羡慕，就是真正的美学态度。

魏晋时代已经有了对生命的欣赏。所有征战的三国英雄，他们是敌人，可是也彼此欣赏。我相信诸葛亮一定很欣赏司马懿，司马懿也很欣赏诸葛亮。输赢之间其实只是一个有趣的游戏，其实所有的结局都一样，那就是死亡，这是生命的本质。

俄国在十九世纪时出现了一个“虚无主义”流派，屠格涅夫的小说被称为“虚无主义”，但这并不是我们在世俗里讲的虚无。世俗里的虚无，是说这个人什么事都不做，可是美学上讲的虚无，是说他认识到了生命的本质，但这并不影响他参与生活的积极性。比如佛经里讲“色即是空”，如果大家读过《般若波罗蜜多心经》，就会知道他讲的并不是“色即是空，空即是色，色不异空，空不异色”，而是说眼睛看到的叫色，耳朵听到的叫声，鼻子闻到的叫香，舌头尝到的叫味，皮肤感觉到的叫触，所有我们感官感觉到的世界都是空的，有一天它们都会不复存在，因为物质的东西会形成，会持续，可是也会坏，会空，即“成住坏空”。可是佛经又讲“空即是色”，是说你虽然认识到生命本质是空的，最后什么都没有，可是现在都是存在的，现在你眼睛看到的、耳朵听见的、鼻子闻到的、嘴巴里感觉到的、身体触碰到的，都是存在的。人要从虚无当中感觉到这些感官的重要。这不刚好是曹操的美学吗？一部分感觉到“忧思难忘”，色即是空；可是还有一部分是“天下归心”，空即是色。

儒家的生命哲学是比较一元化的，佛教的善与恶却并不是儒家讲的好与坏，其实是两种力量。巴厘岛的寺庙里有善神和恶神，两个都是神，他们认为善是一种力量，恶也是一种力量。恶并没有坏的意思，善和恶可能更像一个创造的力量和一个破坏的力量。如果没有破坏，也就不会有创造，印度原始宗教其实是在讲创造和破坏，这个部分是儒家所没有的。儒家只看到创造的部分，压抑了破坏的部分。可是老庄的哲学和《易经》的哲学里却有两方面的东西，阴与阳并没有好坏，它们只是互动关系。

三国以后，佛教思想和老庄思想发展起来，使得人性有了解放。儒家关心谁是好人，谁是坏人，可是佛教从没有任何美化人的价值判断。

我们今天都喜欢捐款布施，这是一个大功德。但大家不要忘记，达摩在见梁武帝的时候，梁武帝说我本身是皇帝，可曾三次舍身同泰寺，而且捐助了很多庙宇，功德很大，达摩都说“无有功德”。这是真正的原始佛教。原始佛教认为，本来就是空的，你要什么功德。今天台湾的佛教非常儒家化，反而是在曹操的诗里，我们看到了佛教最早传进来的“空”的概念，那种虚无、忧伤，可是他又与儒家的思想混合，产生了多重的矛盾。任何一个生命都是复杂的，我们身上都有基督教、古希腊的东西，这与你是不是基督徒无关，因为那个文化已经进来了。你看过耶稣被钉在十字架上这个图像，赎罪牺牲的概念就会在你身上产生影响。

曹操写这首诗的时代，是一座座庙宇正在开始兴建的时代，是一部部佛经已经被翻译的时代。这对整个中国的思潮产生了巨大冲击，那种对生命本质的思考，构成了诗人写诗、画家画画、书法家写字的重要源头。

王羲之也是虚无的。他在天下丧乱之极的时代，写出来的字里有一种很强的悲剧性。儒家文化有个毛病，永远把人界定在现实世界里，要你做一个成功的角色。在一个相信“君君，臣臣，父父，子子”的世界里，没有个人。可是当人要做一个孝顺父母、忠于族群的角色时，内心又活着一个想要背离的角色，人的信仰与背离，是两个同样大的力量。

魏晋时期的很多人都有这种特性，他会从生命的角度去思考。陶渊明为什么写《归去来兮辞》？因为他在做官，可是又想退隐，其实本质上是两个“我”之间的斗争。他要没做过官就不会写《归去来兮辞》。我们今天可能误解了陶渊明，认为他是隐士，但其实他是参与过官场、很了解政治的人，所以才对归隐有这么大的向往。注意一下，谁在读《桃花源记》？谁在读《归去来兮辞》？全是中国古代的文人，全是那些做官做得不快乐的人。每天都跟自己说“归去来兮”，可是真正回去的没几个。赵孟𫖯做到了一品官，可是他也有另外一个世界，也写《归去来兮辞》。他赢了现世，赢了政治，可是输掉了美学，所以他要弥补那个部分。

凡是能够把自然、隐士、心灵的美学修得很好的人，其实常常是在政治里混得很深的人。真正的隐士就隐了，没必要去写东西，因为他已经用行为完成了隐居的理想。苏东坡也是，他从来没有隐居过，只是一直被贬谪而已，可是贬谪的时候也还是在做官。他被流放，复出，又被流放，又复出，起起伏伏，对退隐的特别向往，总想有一天脱离政治，可是直到六十四岁去世时还在其中。当他从海南岛被召回时，还是很高兴。他每次被流放时都觉得这是最后一次，再也不要被召回了，可是每次被召回时又会很开心，最后死在回京城的路上。

显然，归隐和入世构成了中国文人世界里一种非常奇特的纠缠，如果用这个来解释曹操，他也一直在不断地放下和复出。这种人懂得什么叫作下野，也懂得怎么去玩，本身就分裂成了两个部分，在进退之间游刃有余。从文学的角度看，这是一个精彩的时代，文学和美术都一定是从人的解放开始的。

台湾曾经展出过“巴黎画派”的八十一张画作，共由十二个画家完成，很多是我们过去所不熟悉的。在整理他们作品的时候，你就能明白巴黎之所以在二十世纪初就形成了一个了不起的画派，吸引毕加索、马蒂斯这些人都去，是因为它给这些人提供了解放的可能。当时有一个女画家罗兰桑，她的父亲是贵族后裔，也是议员，她是父亲和婚外的女人生的私生女，一直不被承认。可是她又觉得自己是贵族，就画很美很美的画。香奈儿本来是一个乡下女孩子，可是二十几岁就成名了。她刚开始只是设计帽子，巴黎那个时候刚好特别讲究时尚，香奈儿一下子就发了大财，后来又开始设计时装，她设计的时装多用蓝色、白色，比如白色的套装滚蓝色的边，模特剪短短的头发，强调女性的中性化、知性化。这之前女性大多是娇滴滴地靠在男人身上，现在女性出来做职业妇女了，所以都流行那种套装。香奈儿的成名，就是因为有一个女性要解放的大背景。她成名以后，就找罗兰桑给她画像，因为罗兰桑很有名。罗兰桑把她画得美得不得了，画中有小鸟飞下来，又有小鹿抱在怀里，很娇媚。结果香奈儿气得不得了，说我不要这样的像，把画退了回去，两个人因此吵架。罗兰桑就说，香奈儿虽然现在很有名，是时装界的大腕，可是毕竟还是一个乡下来的小女人。那是一个有趣的时代，因为每个人有自己的个性。今天我们看这张画，你会觉得香奈儿有她的地位，罗兰桑也有她的地位，彼此并不冲突，并不能因为她们吵架，这幅画被退货，就判定哪一个人好，哪一个人不好，两人各有各的特点。罗兰桑强调的是女人就应该很娇媚，应该受宠爱，可是香奈儿则觉得女人应该有自己的独立性，有自己的思考和判断能力，这种不同的对话，体现那个时代的精彩。

三国时代的精彩是对话特别多，各种不同的生命经验在三国产生了有趣的对话关系，很迷人。他们每个人都是历史上不可替代的符号，我们身上可能都有他们的东西，无法不用好坏来判别。这是只有三国才能提供给我们的丰富。

篡位者的心灵故乡

刘邦留下了“大风起兮云飞扬，威加海内兮归故乡，安得猛士兮守四方”这种大气的诗句，开场就是一个开国之君的气魄。可是来看曹丕的一首《杂诗》：

漫漫秋夜长，烈烈北风凉。
展转不能寐，披衣起彷徨。
彷徨忽已久，白露沾我裳。
俯视清水波，仰看明月光。
天汉回西流，三五正纵横。
草虫鸣何悲，孤雁独南翔。
郁郁多悲思，绵绵思故乡。
愿飞安得翼，欲济河无梁。
向风长叹息，断绝我中肠。

这完全是《古诗十九首》的调子，晚上睡不着觉，披着衣服起来到处走，那种心里的茫然，完全不像个帝王。他心里有这么多的忧伤、迷惑、茫然。曹氏家族有非常强烈的诗人气质，曹丕内心那种本质上的忧伤和他的父亲非常像。“彷徨忽已久，白露沾我裳。”因为睡不着觉，在花园中走来走去，时间长了，衣服都被露水打湿了。“俯视清水波，仰看明月光。”去看一看水池的水波，看一看月亮，这大概是现在的政治圈里的人不会做的事情。曹丕获得皇帝位置的过程非常复杂，可是他回到家里，就会写这样的诗句，这是很迷人的。

三国人物的有趣，是因为他们都非常复杂，身上有如此爱美的部分，晚上睡不着觉会起来看月光、看水波，能把自己从险恶的政治环境中解放出来，恢复其作为一个人的部分。人的部分，是美学中最重要的课题。我们每个人在生活中都会担任各种角色，可能是父亲，可能是母亲，可能是老师，可能是公司主管。可是一旦某个角色做久了以后，你有一天会忘掉这些角色，忽然流露出一些属于人的部分，学生可能会说这句话不像老师讲的，或者孩子认为这话不像爸爸讲的，可是那一刹那你会明白，他不只是一个主管，不只是爸爸，不只是老师，他首先是一个人。曹丕在政治和社会定位之外，有“俯视清水波，仰看明月光”的部分，这时候他回到了人这个角色本身，这个角色有很可爱的部分。文学和美学最大的贡献，就是能把人从各种固定的身份中解救出来。

比如，我们为什么会喜欢唐明皇这个角色？他是我们美学里的第一男主角。日本人也拍他的故事，迷他迷得不得了，就是因为他违反了帝王的角色，去谈了一次恋爱。这种角色是你在道德上不能接受的——皇帝爱上自己的儿媳妇，而且年龄差距那么大。在传统道德标准里，他这是不伦之恋。可是很奇怪，唐代的诗人写有关他的诗句的时候，会忘掉他的其他角色，把他还原为一个男人，那里面有一个男子对一个女子的爱。我相信我们很多人，包括我自己，也不具备这种勇气，你还是会觉得尴尬。我是学历史出身，讲到历史真实的时候，会觉得这个故事实在很糟糕，它完全可以变成一个很肮脏的故事。可他就是要这个儿媳妇，先让她出家去做道士，然后再转回皇宫里来做他的妃子。我们从世俗角度很难接受，可是你读《长恨歌》的时候，会完全忘了他的角色。“在天愿作比翼鸟，在地愿为连理枝。天长地久有时尽，此恨绵绵无绝期。”我们读这些句子的时候，所有道德羁绊一笔勾销，只剩下人对人的真情。这就是文学和美学的迷人之处，它把人解放出来，还原成一个个体，而这个个体可以超越国家、家族、伦理、性别。

我们也常常感动于白蛇和许仙的爱情，但你在现实里绝对不会爱上一条蛇。可是在看戏的时候，你会落泪，会感动，会觉得那条蛇被压在雷峰塔底下是不对的。

文学和美学对人的拯救很明显，我们平常总是把自己定位成一个僵硬的角色，可是当我们面对真情的时刻，社会角色就变得不重要了。那些要在伦理和社会里完成的部分，会被文学和美学消解掉。

为什么大家都那么喜欢《白蛇传》？爱情发生的时候，连对方是不是人都不管了。如果一个生命从来没有经历过一次无怨无悔的爱情，应该是最大的遗憾，所以文学和艺术解放了很多东西。我常跟朋友开玩笑说，我们在初恋的时候，都是白蛇和许仙，可是等到做了父母，就都变成法海了。

经常有学生一把鼻涕一把眼泪地告诉我，说她爸爸妈妈怎么反对她和某个男孩子在一起。我就带她看《白蛇传》，说你现在就是白蛇，觉得自己被压在雷峰塔下好可怜，可是小心一点，三十年后你可能就是法海，因为角色一直在转换。每个人都有自己的立场，但还有一个更大的、更有超越感的立场：美学。

三国就是一个大的美学时代，因为它的立场非常多。我们在读曹操、曹丕的时候，会发现他们所有的角色都在倒错，而倒错是美学里很重要的部分，帝王不像帝王了，变得如此忧伤。“天汉回西流”，整个天河都在回转，“三五正纵横”，所有的星辰都在天上布列。夜晚失眠，起来看大自然，白天沉溺于政治斗争的帝王，忽然在这个时候恢复了人的本性，恢复了对大自然的感情。倒错是种弥补，使人能拥有丰富、完满的人性。

在曹丕看“天汉回西流，三五正纵横”的时候，可能有一个农夫因为要去田里工作而早起，也看到了“天汉回西流，三五正纵横”，只是他写不出这样的诗。可是在对美的欣赏这一点上，帝王和农民其实是没有差别的。

“草虫鸣何悲，孤雁独南翔。”这里的草虫和孤雁，都是讲自己生命里的哀伤和孤独。“郁郁多悲思”，生命里有这么多忧郁和悲愁，“绵绵思故乡”，久久回想着故乡的种种。他大概还记得曾经和弟弟曹植骑着竹马一起玩，一起打闹，可现在是君臣关系，兄弟二人要争夺一位女性，争夺皇位。

所有人都曾经天真过，文学就是为这份天真留存的最后一片净土。一个老师或者父亲与孩子最接近的时刻，是因为你忽然想起，其实你自己也有过童年或者当学生的时候。一个学生因为恋爱谈得一塌糊涂而哭哭啼啼，我就会想到自己那时候也没有好到哪里去，这时彼此一定会有很好的沟通。

大家一定觉得不可理解，一个篡位的皇帝怎么会这么优柔寡断，这么感伤？按照弗洛伊德的心理学说，白天完成的我，跟晚上完成的我，刚好是两个相反的我。白天一切不能满足的部分，会在梦里满足。弗洛伊德也指出，艺术创作也是生命的弥补，所以艺术并不是我们平常的形象，而是反常的。在艺术里表达的部分，刚好是我们在现实中无法完成的部分。苏东坡越不能退隐，越要去写退隐的诗，真正退隐的人可能就不会再写这类诗了。

“愿飞安得翼，欲济河无梁。”想要飞，可是连翅膀都没有，想要过河，连桥梁都没有，生命竟然如此悲哀。“向风长叹息，断绝我中肠。”这样的结局，连曹操的复杂性都没有，他就是一味地呈现人的孤独和虚无，可是这个人在白天是会篡位的。

三国的时候，五言诗的结构已经非常稳定，譬如曹丕的另一首《杂诗》：

西北有浮云，亭亭如车盖。
惜哉时不遇，适与飘风会。
吹我东南行，行行至吴会。
吴会非我乡，安得久留滞。
弃置勿复陈，客子常畏人。

从一朵自西北边飘来的云开始描述，说云像车的盖子。它和“飘风”

会在一起，就往东南去，“行行至吴会”。可是吴郡和会稽郡并不是故乡，也不可能停留很久。“弃置勿复陈”，这些东西形成困扰，他很想不去管它们。《圣经》有一个浪子的传说，其实浪子是一个很特别的象征，没有稳定的居处，不断经历生命的各种孤独感和冒险感。曹丕讲的“客子”就是“浪子”的意思。

这种说法可能与《文选》里的注解不一样。大家都认为这首诗是描写曹丕想念自己的故乡，但我觉得这个故乡不是地理上的，而是心灵上的故乡，是对生命无常的感悟，心里有一种无主性，就像陶渊明的“人生无根蒂，飘如陌上尘”。

我自己也有很深的体会。我出生在福建长乐，一岁来到台湾。有一段时间，我对故乡一点记忆都没有。等到某一年回去的时候，我才发现我诗里所写的乡愁其实是一个莫须有的东西，它并不是一个固定的地点、事件，只是心灵的一种状态。

“乡愁”是觉得自己所在之处都不是故乡，因为你有更大的归宿，那个地方我们可能还不知道。曹操和曹丕的诗一直有一种很强的流浪感，它和世俗里的漂泊不一样。他们已经是帝王，现实中有很大的稳定感，可是他讲的故乡，是心灵上莫须有的归宿。

三国时期的文学和汉代文学最大的不同在于，汉代有一块土地在脚下，但这块土地在三国时不见了，那土地就是心灵的认同和归宿。如果生命是无常的，故乡的意义又是什么？脚下的土地又有什么意义？就像苏东坡讲的“人生如逆旅”，他到每个地方，都觉得身在异乡。

波德莱尔的《巴黎的忧郁》里讲过一个人，看到父亲也陌生，看到母亲也陌生，看到身边所有的人都觉得陌生，这其实不是异乡人，而是陌生者，他觉得自己根本不属于这个世界，但他也不知道自己属于哪里。人家问他的家乡在哪里？他说我没有家乡。你属于哪里？他说我不属于哪里。父亲是谁？他说不确定父亲是谁。所有的东西都不确定，其实就是心灵的乡愁，是生命本质的虚幻，是有一天你忽然觉得最亲密的人也很陌生，是那种彻底的荒凉。

三国的时候会出现这种虚无思想，与佛教的传入有很大关系。儒家非常强调亲情，可是佛教认为生命是一个孤立的个体，这种忧郁在曹丕的诗里非常明显。曹植的诗比较华丽，带有很多贵族气息，可是曹丕的诗中却有一种很强的流浪感和虚无感，可见三国时代人的两极性。

《白马篇》：捐躯赴国难，视死忽如归

曹操一度非常溺爱曹植，想要立他为世子，所以曹植的诗里有一种“骄纵”。来看一下曹植的《白马篇》：

白马饰金羁，连翩西北驰。
借问谁家子，幽并游侠儿。
少小去乡邑，扬声沙漠垂。
宿昔秉良弓，楛矢何参差。
控弦破左的，右发摧月支。
仰手接飞猱，俯身散马蹄。
狡捷过猴猿，勇剽若豹螭。
边城多警急，虏骑数迁移。
羽檄从北来，厉马登高堤。
长驱蹈匈奴，左顾陵鲜卑。
弃身锋刃端，性命安可怀？
父母且不顾，何言子与妻！
名编壮士籍，不得中顾私。
捐躯赴国难，视死忽如归！

唐诗里有很多这种诗，比如我们称李白的诗为“贵游文学”，就有点

类似这种。“白马饰金羁”，连白马身上的配件都是黄金的，一开始就是贵族，诗里有华丽的贵族气。“……连翩西北驰。借问谁家子？幽并游侠儿。”原来是幽州和并州的游侠。曹植的诗形成了中国的游侠文学，这也是流浪，可是和曹丕的流浪不一样。曹丕的流浪有一种孤独感和忧愁感，曹植的流浪却是一种冒险的快乐，有点儿像李白《少年行》的感觉，李白的“银鞍白马度春风”也是在讲一个贵族少年在春天里游玩的景象。

曹植身上有一种被宠爱、溺爱的贵族气，这可能也变成他后来没有获取权力的原因，其实华贵是很容易堕落、耽溺的。曹丕和曹操都有一种不稳定感，这种不稳定感，反倒使他们对世事有一种谨慎。

但是曹植身上有明显的贵游文学气质，“白马饰金羁”，“羁”是绑住马鞍的部分，就是笼头一类的东西，全部用黄金装饰。“少小去乡邑，扬声沙漠垂。”很小就离开家乡了，前一句和曹丕离开故乡的忧愁一样，可是下面一句是“扬声沙漠垂”，在大漠中建立了名声，因为他是游侠，这个部分曹丕没有，曹丕很少有大气度、很快乐、很昂扬的东西，大多都是哀愁的。两个诗人的风格截然不同。

这一家真是很不得了，曹操、曹丕、曹植父子三个人，形成三种不同的诗风，三个人的个性也不同。其实曹丕和曹植的东西都是从曹操那里获得的。曹操这个人很丰富，有对华贵的追求，又有忧思的成分。父亲对两个孩子的影响很明显，可是两个孩子的个性迥然不同。“宿昔秉良弓，楛矢何参差。”游侠手上不管白天晚上总是拿着一把良弓，“楛矢”是用楛木做箭杆的箭。

下面这一段很精彩，进入到一种电影的蒙太奇手法里，叙述一个游侠在马上射击的速度感。我说蒙太奇，是因为这里有一种快速连接的感觉。“控弦破左的，右发摧月支”，左边打到靶心，右边也打到了靶心，“仰手接飞猱”，往上伸手射中敏捷的猿猴，“俯身散马蹄”，然后趴下身子来去射马蹄箭靶。“狡捷过猴猿，勇剽若豹螭。”这前后六句是对左右上下四个动作全方位的描写，把四个毫不相干的动作连接在一起，从而产生一种清晰的速度感。

“蒙太奇”这个词我在美术课上常常提到，它在法语里的意思是把两个不相关的东西嫁接在一起。我们的广告词常常使用蒙太奇手法，可是我们对于蒙太奇不见得很了解。当它用在文学和艺术上时，会产生一种速度感。最早的蒙太奇出现在艾森斯坦的电影里，一边是马蹄的快速奔跑特写，一边拍一个人要被杀死了，拍着那个马蹄，再拍那个人被杀死前的挣扎，就这样一直来回跳，观众就会因此产生紧张感，因为这个马蹄与这个人会不会被杀有关，这就叫作蒙太奇。如今的电影里常常看到这种手法，可是在早期的文学中，比如曹植这首诗里就已经用到了。

诗很像电影，因为它有很多连接的方式，像“枯藤老树昏鸦，小桥流水人家，古道西风瘦马”就是用九个不连贯的东西来构成蒙太奇。如果我是导演，我就需要拍枯藤、老树、乌鸦等九个画面，构成一种心境。卓别林有一部电影叫《寻子遇仙记》。一个小孩长大后，卓别林把他叫来说：“今天我们要走哪一条路，你知道吗？”小孩说：“知道。”这是一个画面。接下来是卓别林把一个玻璃工人的玻璃架在背上，背对着镜头。下一个镜头，那个小孩拿着石头把玻璃打破。第四个镜头是一个女人走出来，看到玻璃被打破了，一个玻璃工人说：“修玻璃，修玻璃。”大家就笑起来了。当然这是一部默片，上面是想象一下众人的对话。这部电影就是用蒙太奇的方法，把不同场景拉在一起，产生戏剧效果。蒙太奇只是一个客观技法，能产生你想要的各种效果：紧张、宁静、喜悦。

从“白马饰金羁”，到“控弦破左的，右发摧月支”，速度感加快。如果念这首诗，前面可能会比较缓和，到了这四句速度就会加快，将阅读带入一种视觉现场。因为那四个句子的蒙太奇手法已经完成，这个人身手矫健，既可以左，可以右，又可以上，可以下，再讲这个“狡捷过猴猿”的结论，就显得合理了。如果去掉这四句，直接得出结论，就没有力量，因为没有了过程。

曹植在《诗品》当中被列为上品，他是个好诗人，在叙述过程中有很多技法，能把你带入现场。相比起来，曹丕的诗就是保守的，是从汉乐府延续下来的，没有那么大的创造性。

在单纯的文学创作方面，曹植的才华明显比他哥哥曹丕高。我想曹操也看得出来，可是曹操也要考虑，诗歌才华这么高，是不是适合做人主？这是很复杂的问题。这两兄弟从小就在斗争，斗争的主题是人主的位置，也在比文学才华。在这方面，哥哥是个受压迫者，他永远都觉得自己输给了弟弟。民间流传七步诗就可以证明这个哥哥真是很惨。

从心理学上来讲，哥哥所受压抑很大，但我们通常只看到曹植的压抑。我为什么那么推广欣赏论？因为才华不被欣赏，嫉妒不能转成羡慕，真的非常不幸。曹丕因为弟弟的才华而从小受到压迫，这也在某种程度上造成他个性上的阴狠。有没有注意到，曹丕身边有“建安七子”，他们是非常精彩的一批文人。曹丕本身文采也极好，他对别人都欣赏，就是对自己的弟弟没办法欣赏。

我们总觉得苏东坡一直受打击，频频被流放，可是我们没有想过，他能写出那么好的诗，令身边多少人嫉妒得要死？其实生命是共同创造的过程，美而不让别人受伤害，是很重要的一件事，是很大的包容。能够让所有的嫉妒都变成羡慕和欣赏，是人生非常重要的一种学习。台湾目前刚好处在这种阶段，个体生命都解放了，可是在这个过程里，每个人都不服别人。那怎样才能做到既自我完成，又让别人羡慕和欣赏？这是我们正在面对的，必须经历的非常重要的文化阶段。

曹丕也不见得做得很好，他还是要去嫉恨弟弟。事实上，我也不太清楚如果我有一个这样的弟弟自己将会怎样对待他。你看曹植的诗都觉得发亮，其实影响李白最深的一个人就是曹植。他的诗里有一种光线，不知道该怎么形容，他的诗有一种别人无法企及的光亮，如果说别人是木头，那他真的就是黄金和珠宝。

其实曹丕和曹植也可能彼此欣赏，因为兄弟俩都爱文学，都有才华。可是他们的才华又这么不同，所以彼此间又有一种抗争的力量，这其实是非常值得体会的一种矛盾。但我们不能用世俗、狭窄的眼光来看待这件事，我一直很怕看诗文的注解，因为注解会把这个东西定型。其实，这两兄弟之间一直在比，这可能也是他们的父亲造成的。曹操要他们在各方面比：权力、智慧、文采，甚至爱情。在比的过程中，他们俩都有很强的表现力，大家一味地认为曹植输了，是弱者，其实不一定。他在诗上是强者，他的诗锋芒毕露，曹丕的诗则比较木讷、敦厚。而在政治上，曹植反而是弱者，是受伤的角色，因为在政治上他们俩和自己的文学完全是两个路子。

大家读曹植的诗，可以感受到他的力量。“边城多警急，虏骑数迁移。羽檄从北来，厉马登高堤。”曹操很大的一个贡献是把领土往北边拓展了。隋唐以后，文化与北方的胡族融合，当中有曹魏很大贡献。曹操在赤壁之战中受到阻碍后，没有再往南走，而把精力放在了北方，拿下了半个朝鲜半岛，又一直打到了今天的新疆地区。曹植因为从小就跟着父亲去打仗，所以才会写“羽檄从北来”，描述的是告急的书信频频传来。

“虏骑数迁移”，“虏骑”是指匈奴，被打败以后，只能往北逃。其实唐代的边塞诗人也是从曹植这里继承了传统。整个魏国将攻击目标转移到北方以后，开拓出了新的边疆文化，一种与胡族文化来往、交融的文化。

假设当时曹操所有的精力都放在南方，我想三国的历史可能很快就结束了。所以赤壁之战未必是坏事，对于曹操来讲，他明白了自己以后的重心在北方，而占有南方是迟早的事，所以他在赤壁之战后把大部分的力量都转到了北方，这就产生了“虏骑数迁移”、“羽檄从北来”这些句子。“厉马登高堤”，“长驱蹈匈奴”，这是汉武帝以后又一次汉族与游牧民族之间的大争战，曹操使北方的边界大体稳定。

三国虽然是分裂局面，但这个分裂只是在内部。对外来讲，曹魏不断往北方打，蜀汉不断往西南打，孙吴不断往马来半岛打，从整体而言，这个时期反而是个汉族的大扩张时期。中国历史上有个很奇怪的现象，每次看上去最弱的时候，总是扩张最激烈的时期，三国时期内部是分裂的，边陲地区却在拓展。

蜀国的诸葛亮七擒孟获，抓了又放，放了又抓，搞得对方糊里糊涂，直到最后心悦诚服。这其实是汉族的一种政治炫耀。诸葛亮的目的就是要稳定西南边疆，如果后方不稳定，他每次出征都会有后顾之忧。曹操对北方也是一样，发展非常快，因此也让曹植的诗里出现了塞外的美学。

汉诗里很少见到“长驱蹈匈奴”这种句子，虽然汉武帝时也曾北伐匈奴。《史记·李将军列传》里能读到一些，可是对文学影响不大。第一次在诗里写出这种句子的就是曹植，这直接影响到了唐朝的边塞诗。汉族属于农业社会，大家都稳定在土地上，文学也比较抒情、温柔，没有什么开拓性和冒险精神。曹植经历过开疆拓土的冒险之后创作的作品，形成了唐代边塞诗的源头。

曹植的影响太大，在文学史上被反复提及。“长驱蹈匈奴，左顾陵鲜卑。弃身锋刃端，性命安可怀。父母且不顾，何言子与妻！”佛教文化和老庄文化兴起的时候，儒家文化也有机会被提出来单独思考。父母、妻子都是儒家文化里最重要的部分，可是游侠是背叛儒家文化的，他们把生命放在锋刃之端。我非常喜欢这个“弃身锋刃端”，就是把人的生命放在刀锋的边缘。当生命被放在刀锋边缘的时候，人就会有一种冒险精神，这与农业文化中的安分稳定很不一样。“弃身锋刃端”是典型的三国美学，“性命安可怀”，是说连生命都变得不再重要，父母、妻子就更不用说了。

如何把个人从群体当中解放出来，这是中国传统文化中的一个很大的难题。中国人群体的力量太大了，与古希腊的个人主义非常不同。我们讨论一切问题都需要从群体的角度出发，任何人对任何事情的看法、态度往往也是群体的。个人一旦离开群体就是背离，就是大逆不道。所以中国文化的典型特征就是不具冒险性，人一定要躲在群体中，才有安全感，可是西方的文化却特别鼓励个人的孤独。

三国时期利用游侠这种角色，开始把个人从群体中分离，变得孤独，而这种孤独，是把生命放在冒险的边缘，父母和妻子都可以不顾，这对于儒家伦理而言当然是非常大的叛逆。从曹植到李白，是中国文学史上的一个很重要的阶段，此时出现了孤独的个人，这是对个人精神的解放。我们很少在李白的诗里看到爸爸、妈妈、妻子、孩子，都是“花间一壶酒，独酌无相亲”；而杜甫的诗里总是妻子、孩子，他又重新回到农业文明里。

当然他们的诗没有好坏之分，只是文化根基不同。中国历来就群体性太强，所以需要一点个人的释放，很多文学都是对个人的解放。譬如《红楼梦》，林黛玉、贾宝玉都是背离群体的。贾宝玉的父亲让他考试做官，他坚持不去。林黛玉一开始就父母双亡，孤独地进入一个群体，而她对群体一直持批判态度。她十三岁进入贾府，贾府上上下下三百人都是亲戚，可是她从一个孤独者的角度来看这个家族，她是唯一不鼓励贾宝玉进入这个群体的人，所以他们才会成为知己。薛宝钗却总是劝贾宝玉读书，理由是大家都这样，你不能和大家不一样。

“名编壮士籍，不得中顾私。”曹植很有趣，他在这里认为这个“我”是属于侠士、侠客、壮士这个族群的，而不属于儒家的族群。儒家是要照顾亲族关系的，但他却从亲族关系中解放出来，反而把群体当成私，因为眷顾父母、妻子会变得没有更大的生命情怀。“捐躯赴国难，视死忽如归。”这个结尾其实有一点转回到了儒家，为了国家，把生命捐献出去。“视死忽如归”，恐怕这才是本质，把死亡当成人真正的最后归宿。

“视死忽如归”是很迷人的句子。过去“视死如归”都被用在为国家赴难的忠臣身上，可是视死如归就是把死亡当成归宿，它和为国捐躯是两个不同的意思。曹植的“视死如归”与曹操的“去日苦多”，本质上完全一样。“视死忽如归”，看待死亡如同归宿，这样的句子里蕴含着一种豪迈、悲壮的美。可是曹植这样讲的时候，表达的是对生命本质的态度，从中可见曹植的悲壮、华丽，以及个人的解放、任性和骄纵。

《名都篇》：青春像花开一样

再来看一下这首《名都篇》：

名都多妖女，京洛出少年。
宝剑直千金，被服丽且鲜。
斗鸡东郊道，走马长楸间。
驰骋未能半，双兔过我前。
揽弓捷鸣镝，长驱上南山。
左挽因右发，一纵两禽连。
余巧未及展，仰手接飞鸢。
观者咸称善，众工归我妍。
归来宴平乐，美酒斗十千。
脍鲤臇胎鰕，寒鳖炙熊蹯。
鸣俦啸匹侣，列坐竟长筵。
连翩击鞠壤，巧捷惟万端。
白日西南驰，光景不可攀。
云散还城邑，清晨复来还。

这一篇直接用文字和词汇来形容华美。“名都多妖女”，他竟敢直接用“妖”这样的字眼，我们现在都不太敢用，觉得很另类。曹植的诗从来就不是现在正常的状况，而是远离正常伦理的。“妖”就是年轻漂亮，就是朝气蓬勃。曹植的诗中有一种很强的青春感，一点也不老态龙钟。“京洛出少年”——我们后来的文化大多是歌颂老年，京剧中的主角常常是白发苍苍的老生，少年在舞台上常常不美，总是那种会躲到女人背后的类型，比如王金龙、陈世美，都不是很正面的形象；但曹植和李白的诗里有中国的游侠传统，有对青春的歌颂，青春像花开一样，有一种灿烂的美。

可是宋朝以后很长一段时间里，这种传统消失了，对少年的歌颂就变得非常少，因为追求安定，追求中年以后的稳重圆融，而少掉了少年的青春之美。人可能都要历经沧桑，才能形成对生命的美的体会，曹植的诗有一种对青春美的眷恋。“宝剑直千金，被服丽且鲜。”这两句充满贵族气，色彩华丽而鲜艳，这是汉诗中没有的，汉诗绝不敢这么夸张。过去一定是强调道德的，可是这里强调华美。一个社会在动荡不安或者即将革命的时候，这种句子就会出来。

“斗鸡东郊道，走马长楸间。”斗鸡、走马都是少年、妖女们的休闲活动，对西洋美术史比较熟悉的朋友可能会因此联想到希腊精神。希腊精神有一种对强健体能的崇拜，这种强健在中国的宋代以后极度没落。可是三国魏晋时期有，它能刺激出一种生命里的激情，从体能上把人的精神扩展到很阳刚的状态。

曹植常常被误会，因为写了《洛神赋》，大家觉得他似乎整天都在谈情说爱，把他界定为很阴柔的诗人。我却认为曹植的诗非常阳刚，他的个性里有很多开朗的东西，绝对是纨绔子弟。“纨绔子弟”现在已经带有贬义，可是在古代，曹植和李白就是那种整天穿着丝绸骑马出去玩的纨绔子弟，他们是贵族里的精英。你可以批判他们，可是他们身上又带有一种豪迈之气，那种阔绰、开朗。可以说，没有曹植就没有李白，李白的豪气全部来自曹植。

“驰骋未能半，双兔过我前。揽弓捷鸣镝，长驱上南山。”这里又开始用电影的蒙太奇手法。他在墓道的树边赛马，跑了一半的时候，忽然看到两只兔子。“揽弓捷鸣镝”，马上就拿起弓，响箭快速地射出去。曹植的诗中有很多关于声音和关于速度之类的感官上的东西。

“揽弓捷鸣镝，长驱上南山。”追兔子追到了南山上。“左挽因右发，一纵两禽连。”这里面全是在讲速度，有一种对生命的征服，这些对后来的唐诗产生了很大影响。我一再强调，在一个稳定的农业社会里，不会出现这样的诗，稳定的农业时代一定是“青青河畔草，绵绵思远道”之类很平和的诗，因为那种社会里的生命不会有大起伏，可是贵游文学和游侠文学里就会出现冒险和冲撞力。当然，这里没有好坏之别，二者都是应运而生。

有才气的人似乎都出在三国，这些人如果活在汉代，就必须安分，因为在农业文化里，才气会让大家不安定。四百年的汉朝没有出现什么竹林七贤，一到三国时就都出来了。从美学上讲，乱世是释放才能的极好机会。在一个一切制度都很稳定的时代，大家就安安稳稳的了。魏晋美学并不是文学的主流，汉唐美学才是主流，可是魏晋美学会引发一种另类思考，会让这个民族在木讷的时候有些变化，让我们感觉到一些新鲜的味道。所以三国的动荡其实是人性的一种完成，“一纵两禽连”其实并不是在讲抓兔子本身，而是指对生命潜能的激发。

“余巧未及展，仰手接飞鸢。”好精彩！这是典型魏晋美学的句子，把旺盛的生命力扩展出来。我们都有余巧，有很多的潜能，只是在一个稳定的社会里没有机会施展，稳定会把你的潜能从一百变成五十，甚至三十。如果用到五十或者八十，就会变成叛离。可是在曹植的诗里，生命里那些发亮的潜能得到了前所未有的鼓励。表面上是在写打猎，其实是在讲生命的某种状态。

“仰手接飞鸢”，用手接住从天上掉下来的鹞鹰。“观者咸称善，众工归我妍。”旁边人开始呼叫、赞美。“归来宴平乐，美酒斗十千。”回来以后就招呼大家一起喝酒玩乐。李白的《将进酒》里也全是这种东西，可见李白从曹植这里偷了多少东西。曹植的文学对唐代文学影响非常深远。“美酒斗十千“，非常感官化。接下来，他要告诉你菜怎么做，鲤鱼怎么烩，鲐鱼有多么嫩，鳖和熊掌是怎么料理的，用蒙太奇的手法，鲤鱼、鲐鱼、鳖、熊掌，四盘菜出来，仿佛都能从字里行间感觉到香味。一个好诗人会直接把你带到现场，绝对不是第三人称的客观叙述。我们好像跟他一起去抓了兔子，一起感觉到鸟从天上掉到手里的快乐，现在又一起喝酒，一起吃这些美味佳肴。

“鸣俦啸匹侣，列坐竟长筵。连翩击鞠壤，巧捷惟万端。”大家已经觉得快乐得不得了，这么好的一个宴会，都是好朋友。可是还没有完，大家忽然想到一个主意，说我们来踢球。鞠是一种用皮革做的球，实心。蹴鞠是当时贵族很重要的游戏，有很多技巧，可以用身体的各个部位去接触球，会带来身体上的各种变化。

“连翩击鞠壤”，踢球、击壤，“连翩”是形容身体像鸟一样在飞。“巧捷惟万端”，是说身体变化万端，很像我们现在看的世界杯。这里其实有一种西方精神，古希腊的运动就与个人生命解放有关，这是我们非常不熟悉的，因为我们后来的文化里越来越少这个东西。等到《红楼梦》的时候，所有青少年就都已经不运动了。

曹植的诗中有一种开拓精神，初唐延续了他的这种精神。曹操身上也有这种精神，所以人们会说唐太宗“神武同于魏祖”。他有一种大精神，不计较篡位不篡位，其实政治斗争很可怕，可是大家也不在乎，老百姓会觉得你杀你哥哥关我什么事。百姓要的是国家好，能开疆拓土。

可是唐代的史官和宋代完全不一样，宋代的史官很在意伦理和道德上的角色。一个规矩越来越多的文化，到最后就少了创造力。创造力太强的文化，就会很野，很残酷。唐太宗和武则天都够残酷，可是他们都有创造力。这有点像佛教所讲，创造和破坏本来就是同一个东西。在大历史中，这一段时间是野的，下一段时间就会文雅，历史会调整。如果大家觉得从曹植到唐代这段时间越来越野，越来越残酷，那不用太担心，因为宋以后就努力地规矩了，社会最后会在自由和秩序之间找到平衡。宋朝人不是骂李白说“白昼杀人，不以为非”吗？那是因为李白写过“笑尽一杯酒，杀人都市中”的诗句。我们读李白的诗觉得很豪迈，可是被杀的人当然不觉得豪迈。唐朝是从游侠的角度来看，宋朝是从被杀者的角度来看的，所以宋朝人不喜欢李白，这就是平衡。美学是需要不断平衡的，再好的文学都不可能永远不变。魏晋的东西是在平衡汉代，因为四百年间一直太稳定了。

“白日西南驰，光景不可攀。”夕阳下山，生命里最美好的东西毕竟留不住。魏晋时期那种对生命的虚无感又来了，不管多快乐，吃再好的鳖，踢再好的足球，到最后还是发现，唯一无法超越的东西是死亡。李白有一句诗“长绳难系日”，用再长的绳子，都没有办法把太阳拉住，死亡是他们最大的悲哀。

“云散还城邑，清晨复来还。”曹丕的哀伤是一路到底的，但曹植在本质上是乐观的。乐观的人，在政治上常常会失败，因为他比较天真，很直接。曹植的个性里有一种直率、阳刚，有对生命的爱和眷恋，我特别不认同人们说他阴柔。

《洛神赋》：作为独立个体的女性之美

一个男子用这么长篇幅的文字来写一个女子，一般人就认为他如此耽溺于女性，肯定是阴柔的。在儒家的伦理里，女性的任务就是传宗接代，她不代表别的角色，当时人从来不用“性爱”这样的字眼，而是叫“敦伦”，因为就是完成伦理。男性的爱情有时候会转移到别的地方去，而不是妻子。他可以纳妾，可以有很多歌伎，可以转移，就是不会在妻子身上。

如果我们明白当时的女性只是被界定在这样的角色里时，就会知道《洛神赋》的重要。它是男子用美学的态度来对待女性，完全不是伦理，曹植把这个角色转化为一个神，因为她不可能在现实里存在。

南宋以后为什么会出现白蛇这样的女性？因为这种女性在现实里是不存在的。当时男人恋爱的对象大多是神、仙、妖，要不然就是狐狸。比如《聊斋志异》中，男性和鬼恋爱，和狐狸恋爱，其实都是他们现实中爱情愿望受到阻碍的结果。儒家伦理把两性关系界定在这样的状况里，就会有一部分没法满足。

赵孟頫手书过一部《洛神赋》。赵孟頫是一个幸福的人，在我们的传统伦理之下，很少有男性像他这样幸福。他的夫人管道升刚好是他的爱人，也画画、写诗，常和赵孟頫以诗相对，“你侬我侬”就是他夫人写的。他一生的政治也很顺利。从他书写的《洛神赋》，能感觉到一个男性对女性的那份爱。因为他和夫人管道升之间真的是爱情关系，一直到年纪很大时，都有爱情。就像李清照与赵明诚，也是爱情的关系。

我想这是我们文化中非常需要找回的东西。过去丈夫和妻子的关系被定位为伦理，如果只是伦理，他们之间几十年相处，会变成非常可怕的关系。所以男性会在文学的世界里背离出去，向往一个虚幻的世界，不管是狐、妖、鬼，他都要，他太渴望找到一份可以眷恋，可以忧伤，可以依靠，也可以感觉到体温的爱情。可是在伦理的关系里，这些都无法存在，有的只是请安、敦伦。所以，《洛神赋》非常重要。大画家顾恺之后来将它画成了画，但失传了，现在能看到的是摹本。中国文人一哀伤的时候就会以洛神为主题画画。在这个文化中，男性的性需求有太多机会可以解决，可是他的爱却是空虚的，他始终没有办法真正好好爱一个人，可以这么久地去端详一个女子的美，去形容这种美。男性和女性都很欠缺这个部分。

明白了这一切，再去读《洛神赋》，大家就可以了解到，曹植将自己对上述情感的一种向往，变成了一篇美丽的文字。

这篇文章为什么这么重要？这幅画为什么这么重要？因为在此之前，男性对女性的爱情完全是被堵塞的，《洛神赋》就是在文学和美术上，给大家一个出路。你可以想象过去那些可怜的男人读这篇文章时的满足感，他可以这样去欣赏一个“肩如削成，腰如约素”的女性，回到家里，为什么就不能用同样的方法去欣赏太太？因为一旦被定位为伦理以后，他就不会去欣赏她。这篇文章与道德毫无关系，“凌波微步”、“罗袜生尘”、“惊鸿一瞥”，全部都是欣赏。为什么顾恺之这么想画这张画？因为文字的描述太美，而且将女性的美变得独立了。

黄初三年，余朝京师，还济洛川。古人有言：“斯水之神，名曰宓妃。”感宋玉对楚王神女之事，遂作斯赋。其辞曰：

余从京域，言归东藩。背伊阙，越轘辕，经通谷，陵景山。日既西倾，车殆马烦。尔乃税驾乎蘅皋，秣驷乎芝田，容与乎阳林，流眄乎洛川。于是精移神骇，忽焉思散。俯则未察，仰以殊观，睹一丽人，于岩之畔。乃援御者而告之曰："尔有觌于彼者乎？彼何人斯？若此之艳也！"御者对曰："臣闻河洛之神，名曰宓妃。然则君王所见，无乃是乎？其状若何？臣愿闻之。"

余告之曰："其形也，翩若惊鸿，婉若游龙，荣曜秋菊，华茂春松。髣髴兮若轻云之蔽月，飘飖兮若流风之回雪。远而望之，皎若太阳升朝霞；迫而察之，灼若芙蕖出渌波。秾纤得衷，修短合度。肩若削成，腰如约素。延颈秀项，皓质呈露。芳泽无加，铅华弗御。云髻峨峨，修眉联娟。丹唇外朗，皓齿内鲜，明眸善睐，靥辅承权，瓌姿艳逸，仪静体闲。柔情绰态，媚于语言。奇服旷世，骨像应图。披罗衣之璀粲兮，珥瑶碧之华琚。戴金翠之首饰，缀明珠以耀躯。践远游之文履，曳雾绡之轻裾。微幽兰之芳蔼兮，步踟蹰于山隅。于是忽焉纵体，以遨以嬉。左倚采旄，右荫桂旗。攘皓腕于神浒兮，采湍濑之玄芝。余情悦其淑美兮，心振荡而不怡。无良媒以接欢兮，托微波而通辞。愿诚素之先达兮，解玉佩以要之。嗟佳人之信修兮，羌习礼而明诗。抗琼珶以和予兮，指潜渊而为期。执眷眷之款实兮，惧斯灵之我欺。感交甫之弃言兮，怅犹豫而狐疑。收和颜而静志兮，申礼防以自持。于是洛灵感焉，徙倚彷徨，神光离合，乍阴乍阳。竦轻躯以鹤立，若将飞而未翔。践椒涂之郁烈，步蘅薄而流芳。超长吟以永慕兮，声哀厉而弥长。

尔乃众灵杂遝，命俦啸侣，或戏清流，或翔神渚，或采明珠，或拾翠羽。从南湘之二妃，携汉滨之游女。叹匏瓜之无匹兮，咏牵牛之独处。扬轻袿之猗靡兮，翳修袖以延伫。体迅飞凫，飘忽若神，凌波微步，罗袜生尘。动无常则，若危若安。进止难期，若往若还。转眄流精，光润玉颜。含辞未吐，气若幽兰。华容婀娜，令我忘餐。于是屏翳收风，川后静波。冯夷鸣鼓，女娲清歌。腾文鱼以警乘，鸣玉鸾以偕逝。六龙俨其齐首，载云车之容裔。鲸鲵踊而夹毂，水禽翔而为卫。于是越北沚，过南冈，纡素领，回清阳，动朱唇以徐言，陈交接之大纲。

恨人神之道殊兮，怨盛年之莫当。抗罗袂以掩涕兮，泪流襟之浪浪。悼良会之永绝兮，哀一逝而异乡。无微情以效爱兮，献江南之明珰。虽潜处于太阴，长寄心于君王。忽不悟其所舍，怅神宵而蔽光。于是背下陵高，足往神留，遗情想像，顾望怀愁。冀灵体之复形，御轻舟而上溯。浮长川而忘返，思绵绵而增慕。夜耿耿而不寐，沾繁霜而至曙。命仆夫而就驾，吾将归乎东路。揽騑辔以抗策，怅盘桓而不能去。

古希腊女性的美一直和雕刻联系在一起，今天还可以在卢浮宫看到《米罗的维纳斯》，让人可以如此直接地感觉到女性身体的美。可是中国的传统文化中完全没有这部分，唯一的可能是通过文学来描述身体。可是和古希腊比起来，还是不那么直接。文学的满足变成很大很大的渴望和向往，然后又有画家画出来，但基本上还属于精神层面美。

中国文人在女性身上得到的美，长期以来都是精神与性灵的美，不像古希腊那样。古希腊是非常直接的肉体美，让你感觉到这是一个身体，感觉到这个身体的骨骼、肌肉，甚至体温。橘园美术馆曾来台湾办展，你可以看到雷诺阿和毕加索是怎样处理女性身体的，他们特别直接。可是顾恺之的画则非常注重精神，因为曹植写《洛神赋》的时候，一开始就把这个女性定位于精神状态，是神，根本不存在于现实里。所以她的肉体不是最重要的，虽然其中也有对肉体的描述，但大部分都是“神光离和”，一直在那边闪烁、飘忽，让你看不清楚，捉摸不定。

中国人的两性之爱很复杂，很大一部分是在调情。这个调情并不是世俗意义上的调情，而是精神上的调情，因为怕真正相遇就幻灭了。《洛神赋》这么长，全部是精神上仿佛听到了，又好像没有听到，看到了，又好像没有看到。她一会儿在水面上，一会儿又跑到云端。所以顾恺之这张画也画得非常超现实，这个女子忽而在水面，忽而在云端，不是人可以追踪的，而是人们向往的那种不确定。恋爱的迷人也在这里，如果一个人总是在你面前，你大概也挺烦的。就因为这种飘忽不定，构成了极度的缠绵。

《红楼梦》很大胆。其中写到贾宝玉有一次在梦里跑到太虚幻境，天上的警幻仙姑来迎接他，说他是天下第一淫人。贾宝玉吓了一大跳，全身发抖，说我才十几岁，根本不知“淫”这一回事。这绝对是儒家的观点。警幻仙姑说，天下那种淫都不算淫，那只是皮肉之滥淫，几分钟的快感，我说的“淫”是意淫，是精神上的追求和向往。《洛神赋》表达的就是这种情感，但还是不敢用“淫”字，可是曹雪芹就直接用了，就是精神上的交会。肉体上的亲密非常短暂，也很粗糙，曹雪芹是一个好的文学家，他能够透视我们这个民族里层的一些东西。

赵孟頫和管道升一起写诗，一起弹唱，一起画画、聊天，其实他们之间是精神恋爱。如果肉体的恋爱缺少了精神的部分，就会变得非常粗俗。台湾目前也很需要向精神层面过渡，而不是几分钟买一个槟榔都觉得有性爱在里面。其实情感可以有另外一种包装。文化本来就是一种包装，它能把人类最原始的东西，慢慢地用不同方式修饰到更能体会到人的意义和价值。人的问题如果像动物一样，以交媾来解决就可以了，可是人毕竟不是动物，还是要追求精神层面上的满足。

曹植用了这么长一篇文章来写洛神，可是通篇没有事件，全都是描述对象本身。他的观察与欣赏要专注到一定程度，这个东西才会出来。有的注解说，他可能并没有爱自己的嫂嫂，但我觉得这不太可能。他如果从来没有这样专注地欣赏过女性，绝对写不出这篇文章。他所有的描述都集中在女性的服装、化妆、五官上，可见他对女性有过非常细腻的观察。他对女性身体的细腻描述，是在他以前的文学中完全没有过的，但是曹植全都注意到了，比如走路的姿态、像雾一样飘起来的衣裙，全是细节描述。这篇文章可能是中国情书的最早范本，记得上中学的时候，我们大家还在抄“惊鸿一瞥”之类的词，就是你看到一个东西，忽然又不见了，那个东西变成你记忆里最长久、最不能忘掉的美。

确定和不确定的状态是很不同的，婚姻会比较确定，恋爱是很不确定的，可是在确定的婚姻中，如果能保有一个长期的不确定，婚姻就会有另外一种丰富度。婚姻最怕完全确定，一旦变得无论如何都跑不掉，那就够可怕的。我有很多朋友的婚姻发生问题，我就说那是因为你们太确定了，太确定以后，会觉得对方一点都不在意自己。婚姻中的两个人都对我讲，恋爱时他是什么样子，现在完全变了。因为确定以后就觉得无所谓，其实他们没有意识到生命中的每一分每一秒都是有所谓的。

《洛神赋》是对两性关系的提醒，告诉我们要随时保持对美的欣赏，一点点服饰，一点点动作，一点点声音，一点点笑容，都是被记忆的，也是被认真看待的，这就是我们今天一直在讲的美和欣赏的重要性。

“黄初三年，余朝京师，还济洛川。”曹植到京城拜见做皇帝的哥哥，回来的时候经过洛水。古人说：“斯水之神，名曰宓妃。”这个地方有一个神叫宓妃，有人认为就是甄后，所以他“感宋玉对楚王神女之事，遂作斯赋”。

下面是他讲的话：“余从京域，言归东藩。背伊阙，越轘辕，经通谷，陵景山。”全是漫漫长途的疲倦感。到了“日既西倾，”太阳西斜，“车殆马烦”，车马都累得不得了。我们生命的状况常常是这个样子，每天上班、打卡，整得自己疲倦不堪，因为生命变成重复，只是为了到达某个目的地，完全看不见过程的美好。所以“尔乃税驾乎蘅皋，秣驷乎芝田”，让车子停下来休息一下，让马可以吃一点草。“容与乎阳林，流眄乎洛川。”“流眄”是眼睛顾盼，如水波般流动。这篇赋不只是对一个女性的爱恋，也是对自己生命的爱恋。在生命疲倦时，要尽量找到属于自己本原的部分，所以很重要的转折在于“容与乎阳林，流眄乎洛川”，这是休息的开始。

“精移神骇，忽焉思散”，平常我们的精神会专注，可是这个时候他的精神忽然开始涣散。涣散很重要，当一个人做所有事情都有目的性时，精神移动了，就有了另外的发展。我觉得这八个字特别重要，生命处在放松状态，不再那么追求目的性。“俯则未察，仰以殊观”，我们平常仰观宇宙、俯察地理，但这个时候他什么都不看了，就像一个空的容器，什么东西都让它进来，风吹过来就让它吹，它自己会发出声音。这一段是曹植对心灵放松所做的非常恰切的形容。

“睹一丽人，于岩之畔”，一定是在这种时候，美丽的生命才会出现，平常就算出现在你面前你也看不见。这个出场非常惊人，一个作家如何形容一个美丽女子的出场，千百年来都是件大事，“睹一丽人，于岩之畔”很精彩。“乃援御者而告之”，曹植问帮他驾车的人，说你们有没有看到这个人，怎么这么漂亮。所有的臣子都看不见，只是讲“臣闻河洛之神，名曰宓妃”，你看到的大概就是她吧，我们看不见，你可不可以形容给我们看？接下来，曹植就讲了后面的东西。

美只有他看得见，其他人看不见。这个现象非常有趣，完全像一个神话，在漫漫生命的旅途中，你如何去等待那个美丽时刻的出现。而且，这种时候你非常孤独，因为旁边的人都看不见，你没有办法证明，大部分人都不相信你真的看到了。

我们的传统文化教育很少鼓励人的非理性，可是在审美、艺术领域中的非理性非常珍贵。我们通常都有很多理性的思考与执着，忽然冒出来一个理性之外的空间或时间，是生命里非常重要的时刻。不管是从整个的中国文化史来看，还是从曹植自己的生命形态来看，《洛神赋》表达的都是一种超越、出轨的状态，使我们可以从另一个角度来理解它。

平时，学校和家庭都不鼓励大家越轨，一旦被鼓励出轨就没意义了。所有的美，都是生命的某种超越。白蛇永远被喜爱，法海永远被憎恨，可是无论多被憎恨，你都没有办法把他拿掉，因为在现实社会里，他是必须存在的角色。好的文学和戏剧，就是要有一些意外。我的意思是说，大部分的时间，我们是站在白蛇的立场去憎恨法海的，可是我们自己所扮演的角色，其实常常是法海。正因为如此，在文学里我们才会有被打开而豁然开朗的感觉。所以文学并不是让我们把某些角色拿掉，真正的美学里是没有坏人的，这些角色同时存在于这个世界上，产生一种特殊的张力，这正是文学的支点。

很多人问我什么叫作美，这个问题很难回答。可是我有一个很深的感触，只有在美学领域里，才可以让在现实里被憎恨的人可以被欣赏。美学的领域非常特殊。比如创作《白蛇传》这个故事的作者可能很爱白蛇，因为很爱，他才能够把白蛇写得非常好。可是如果他完全从白蛇的角度考虑，法海的角色就写不好。你看一部小说时，如果这个作家特别爱哪一个人，而努力把他写到最好，这个角色常常因此被毁掉。美的创造需要有疏离。曹雪芹的伟大在于，他创造了一百多个人物，对每一个人物他都有关心，但同时他又都是疏离的，你搞不清楚他到底更爱哪一个。

在现实里一定要选择，所以很辛苦，文学里你可以不选择。大家读一下《洛神赋》，就会发现作者把自然里的所有状态，全部放在一个女子身上来写。曹植让我们经过对某个个人的眷恋，扩大到对世界上所有事物的欣赏。

比如他说“其形也，翩若惊鸿，婉若游龙”，这是用大自然中的鸟和游动的蛇一类的动物来形容她身体的美，所以下一次看到“惊鸿”和“游龙”时，我们就会欣赏了。美是可以互通的，我们往往因为特别眷爱一个对象，而能扩展到对不同事物的欣赏。

“荣曜秋菊，华茂春松”，秋天的菊和春天的松，都可以成为美的欣赏对象。我一再强调美是可以互通的，美可以从音乐里得到，可以从文学里得到，也可以从美术、戏剧里得到。恋爱真的很重要，当你那么深地去爱一个对象而讲不出理由的时候，就是“但为君故”的时候，你就会用一切大自然的东西去形容他，那时候你看到的生命就会扩展、丰富。

惊鸿、游龙、秋菊、春松，本来与这个人毫无关系，可是因为对一个女子的眷爱，这些事物都变得有意义了。大家读下去可能隐约会感觉到曹植根本不只是形容一个女子，是在形容整个大自然，或者形容一个生命。像秋天的菊花那样发亮，像春天的松树那样青翠。

“髣髴兮若轻云之蔽月”，好像淡淡的云遮蔽了月亮，其实是在形容一种光线非常不确定的感觉，所以用“髣髴”来形容“若轻云之蔽月”。“飘飖兮若流风之回雪”，好像回旋的风把雪吹起来。作者用了大自然的各种季节，包括各种植物的景象，你会发现生命的美其实可以扩大。

我们在教育里常常忽略恋爱对一个孩子成长的重要性。其实一个孩子会因为恋爱关心外部世界，由此而使他的生命变得丰富起来。我们通常认为恋爱就是两个人黏在一起，其实不是。恋爱能使生命扩大，扩大到可以去欣赏整个大自然的美。一份好的情感，会维持很久，因为彼此可以不断地进步、学习、扩大。如果只是挤在一堆，很快就会腻，因为扩展不开。如果只是一种美，也很快就会厌烦，不会产生这么复杂的感觉。所以曹植一定有一次很惊人的恋爱，这个恋爱使他的生命变得开阔、丰富。他因为这样一个可以欣赏又不能接近的女子，而去看花，看月亮，看云，看各种事物，生命从而得以扩大。所以恋爱要成就的不是对方，而是自己，自己在恋爱中得到丰富和成长。我们可以用这样的角度来看《洛神赋》：生命的爱与美是混合在一起的。

下面开始用不同的距离感。“远而望之，皎若太阳升朝霞”，远远看起来好像旭日东升，淡淡的颜色在发生变化；“迫而察之，灼若芙蕖出渌波”，走近去看的时候，她鲜艳的颜色好像碧水中的荷花。诗人用了很大的风景和很小的荷花，来形容一个女子，表示生命既可以远观，也可以近看。所以《洛神赋》读起来很有趣，他教我们怎么去审美。我们出去写生，如果是从山顶俯瞰整个辽阔的平野，是一个远观的大格局，譬如范宽的《溪山行旅图》。可是也可以近观一朵花，像荷兰的写实主义一般细致。

宋代画坛同时出现了大山水和小花鸟，欣赏的态度会使人的生命兼具两种审美，大小都得看到，既能欣赏纤细的美，也能欣赏辽阔、壮大的美。《洛神赋》到最后让我们感觉到美的不矛盾性。现实中所有东西都是矛盾对立的，富贵就不贫贱，贫贱就不富贵，可是在美的领域里，一切都会统一，有的只是差异而已，壮大和纤细都可以是美，高贵和卑微也都可以是美。你会对帝王的威仪有一种羡慕，也会对路边的乞丐有一种怜惜。在审美领域里，这些都是不冲突的。很多人认为美是永恒的，因为任何状态都是美，能超越现实中的分别。

下面大概是中国男性文人第一次对女性的身体做具体的形容，“秾纤得衷”，“秾”是非常鲜艳、浓密、丰硕的意思，“纤”是纤细的意思。壮观和纤细都是美，“秾纤得衷，修短合度”，一切都刚刚好。讲美讲到这种地步就是没话可讲了，就是刚刚好，到底什么叫刚刚好，其实没有标准。当美变成客观存在的时候，常常会很矛盾。比如“大大的眼睛、红红的嘴”，眼睛很大，嘴唇很红，其实都可以是很可怕的程度。可是当美到了“修短合度”、刚刚好的时候，就根本没有办法形容，因为它是一种精神状态，不一定是客观状态。

古希腊的美常常希望把生命变成客观状态，做雕像的时候，头和身体的比例是一比七或者一比八，都会计算出来的。可是中国人一直不相信客观可以成为美，客观和主观的调配才是美。别人可能觉得太胖或太瘦，太白或太黑，可是对于你来讲，她就是刚刚好，就是你没法解释的“但为君故”。

世俗生活中的美常常有客观的标准，或者是有某种流行趋势。我在日本看到男孩子都把眉毛修得很细，刚开始觉得好可怕，像鬼一样，后来我的学生带我去看柏原崇的照片，那是他们的偶像，原来柏原崇就把眉毛修得很细，他们觉得那是美，是时尚。可是这种客观的美，和我们所讲的精神的美是不同的。在精神领域的美里，客观的部分不重要，甚至会被转化，当他讲“秾纤得衷，修短合度”的时候，意思就是说已经不再去计较了。这是一种活泼的生命状态，你不能给她定型。当别人要你形容她是什么样子的时候，你会发现美常常是不可言传的。

很多人觉得《洛神赋》是需要学习的情书范本，可是它是无法学的，因为它是抽象的。我记得中学的时候，很多同学把它抄来抄去，最后变成一个很怪的东西。大家可以回想一下自己初恋时最眷爱的美，想要形容还真做不到。

大家也许可以从顾恺之的画里看到什么叫作“肩若削成，腰如约素”。以前国文老师给我们讲这个，老是讲不清楚。我们觉得肩膀这样削下来怎么会好看，可是你看顾恺之画的时候可以感觉出来。魏晋时期流行修长的身体，佛教传入以后，印度人的身形比较丰满，到唐代时就流行那种两耳垂肩、下巴很宽、比较胖的体形。魏晋时期美的身体都是直线的，所以顾恺之在画的时候，有一点把她拉长了。肩膀有一点柔弱的感觉，身体有一点往下垂，尤其是衣服，因为丝织品的衣服有很多拖着的飘带，这使得她肉体的部分被服装的线条所包裹，所以“腰如约素”。“素”就是没有染色的丝，这里意思是说，她的腰好像没有骨骼，没有肌肉，只是一块丝布在那里绑住。

顾恺之的画里没有实质存在的肌肉和骨骼，有的只是衣服的纹理。这与古希腊的美学非常不一样，你注意一下《米罗的维纳斯》，几乎全部是肉体的美，可是唐宋观音像全部是线条的美，中国古代的画家不会处理肉体的。

“延颈秀项，皓质呈露”，各位也可以在顾恺之的画里去感受“延颈秀项”，也可以去看一下日本的古典电影，因为女性的头发往上梳以后，最美的是脖子上的线条。日本的电影很懂得从什么角度才能拍出修长的脖子，这与西方非常不同：西方的美可能是在胸部，东方的美重点可能在颈部，也可能在足踝，这些部分在日本的电影里都明显保留了。小林正树以前的古典电影总是拍颈部，头部有一点往前倾，眼皮有一点往下垂，要不然就是特写女性的足踝，这一切构成东方女性的美，比较含蓄、内敛。

古希腊的女性美更多偏重生理特征，东方则比较注重精神的部分，需要你去感受脖子的美。我记得小时候，女性流行穿高领旗袍，其中就有人们对于脖子的美的强调。

“皓质呈露”，“皓”是白的意思。如果你到日本京都的祇园去走一走，会在街上看到很多艺伎。日本的艺伎必须会做诗，会斟酒，会唱戏，会玩猜谜。她们有专门的服装，非常漂亮。有一位第一天出来陪人喝酒的艺伎，穿着漂亮的衣服，很安静地坐着，粉一直扑到脖子上，并延续到颈背部。扑粉时，用纸剪一个图案，用这个图案沾粉扑出妆面上的花纹。花纹下面的皮肤就偏黄色或咖啡色，上面很白，我当时就想到这句“皓质呈露”。曹植就是在讲女性的妆容，如果不借助画面，今天读起来会比较难想象。“芳泽无加”，古代讲究用香料来熏衣服，他说不必再加什么香味，因为她身上已经足够了。“铅华弗御”，古代女子的粉是用铅磨出来的，和画画用的铅白是同一个东西。胭脂涂在嘴唇上，也是画画的东西，都是矿物颜料。不需要洒香水，也不需要扑粉，“皓质呈露”的美已经够了。

“修眉联娟”是说眉毛修长，魏晋时期都喜欢用纤细和修长来形容女性。“丹唇外朗”讲嘴唇的润，“皓齿内鲜”讲牙齿的美，“明眸善睐”讲眼睛流动的美。“善睐”是说她懂得用眼睛与人家说话，用眼神与人接触和交流。“靥辅承权”是说颧骨下面有两个酒窝。

春秋战国以来，从儒家到老庄，所有的经典里都没有对人身体的直接描述。可是《洛神赋》很多在讲身体，比如眼睛、嘴唇、牙齿、眉毛、脖子，所以就显得异常珍贵。西方讲身体的非常多，《荷马史诗》里全是对海伦身体的形容。可是在儒家文化传统里，觉得描写身体就是罪恶。所以，曹植是在用一种另类的方式描写洛神。

“瓌姿艳逸，仪静体闲”，“逸”是飘动的意思，“静闲”是形容身体的姿态。“柔情绰态，媚于语言”，身体的姿态比语言还要招人喜爱，因为写到这里，洛神还一直没有开口讲话。曹植用这样的方法，其实也说明创作者在这个时刻感觉到的语言的无力，单用语言根本没有办法形容她的美。

“奇服旷世，骨像应图”，南朝的谢赫曾经编过绘画的六法，其中之一就是骨法用笔，“骨像应图”是说洛神简直就像画的一样。可是当你看到一幅画，觉得画得很好的时候又会说“像真的一样”，这就是美学上的互动。

注意一下，魏晋时期多四六骈文，可是“延颈秀项，皓质呈露。芳泽无加，铅华弗御。云髻峨峨，修眉联娟。丹唇外朗，皓齿内鲜，明眸善睐，靥辅承权”一路下来，全是四个字的句式。《诗经》是四个字的规格，有平衡感、稳定感，可感觉稍有点呆板。当它需要发生变化的时候，就有了《楚辞》中的“兮”。《洛神赋》里一连串的四个字之后，出现了“披罗衣之璀粲兮，珥瑶碧之华琚”的句式，开始形容洛神衣服的灿烂。

“珥瑶碧之华琚”，“珥”本义是耳环，这里用作动词，是佩戴的意思，“瑶碧”是美玉，身上佩戴的饰物。“戴金翠之首饰，缀明珠以耀躯。”描写从身体扩大到洛神的衣服和身上的饰物，比如金银翡翠，比如珍珠。

“践远游之文履”，“文”是花纹的意思，“履”是鞋子，鞋子上有很漂亮的花纹。“曳雾绡之轻裾”，“绡”是一种很薄的丝，洛神拖着长长的、像一阵雾一样的“绡”。一般“绡”是用在里边做衬裙的，可是最下边会露在外面，拖得长长的。顾恺之的画里就有“曳雾绡之轻裾”的形象。我们写情书写到这么长，大概已经不知道该用什么话来形容了。我常常考我的学生，用《洛神赋》这样的长度，来给你的恋爱对象写一封情书，来描述她的形态，我发现他们写两三句就没有词了。曹植在《洛神赋》里，几乎把各个部位的美都讲到了。

接下来是动作。“微幽兰之芳蔼兮，步踟蹰于山隅。”这里开始讲步伐，讲人走动带来的裙摆飘动。她在山边徘徊，周身是兰花芳草的香气。“余情悦其淑美兮，心振荡而不怡。”到现在为止，全部在讲女性本身，这时，作者忽然又意识到自己的存在了，可是却掉进了儒家文化的伦理中，说“无良媒以接欢兮”。在儒家文化里，两性的接触需要“媒”，媒是公证或者公信的力量，直到今天我们相亲还要有媒人。他觉得没有很好的媒介来和她取得联系，发生关系，所以只好“托微波而通辞”。因为洛神是在水上走的，就拜托水波来传达他的心意。这两句又把伦理转成了自然，在伦理社会的世界，我们要托良媒，可是在自然的世界，我可以借助于水波把自己的意思传达出去。

曹植一直在思考伦理与个人的关系。个人能够从伦理当中解放，很大一部分原因在于他回归了自然。“托微波而通辞”非常漂亮，但他和洛神之间一直隔着水波。“愿诚素之先达兮，解玉佩以要之。”中国古代有一个习惯，碰到最心爱的人，会把身上的玉佩解下来送给对方，算是一个邀请，一个发誓，一种信约。

可是曹植毕竟活在伦理社会当中，我们在这里也看到他身上道德性的东西。他相信这个女孩子很有教养，她也读诗，所以他很怕“托微波以通辞”造成一种无媒状况下的两性关系，这是伦理社会所不能容忍的。其实我们的社会今天也仍然如此，觉得两个人在一起一定要有大家的公证。上一次毕加索的画来台湾展览，陆蓉之老师写了个儿童版的解说词，提到曾与毕加索同居的女性都有谁谁谁，有小朋友的父母就写信骂她说：“怎么可以说同居？”“同居”其实是一个中性词，可是在我们的社会里，同居含有贬义，就因为它是婚姻以外的东西。我和陆老师开玩笑说：“你应该写‘室友’。”我们的婚姻是要在众目睽睽之下完成的，非常怕私下的东西。这里也透露了曹植一旦意识到“我”的时候，也非常紧张“无良媒”这件事，有点儿遗憾。又讲这个女子是读诗的、有教养的，这与他前面描绘的身体的美是不同的。“抗琼珶以和予兮，指潜渊而为期。”他们两个之间互相爱慕，洛神手持美玉与曹植应答，指着深深的流水许下期待。

“执眷眷之款实兮”，他这么认真，“惧斯灵之我欺”，他很害怕洛神骗他，其实曹植的内心恐惧来自他的情感解放。一般认为这篇赋是因为他爱上自己的嫂嫂而写的，因为那份感情是不可能发展的，所以他有恐惧。两个人之间存在对彼此才华的欣赏和相爱的可能，但是在伦理上却不被允许，所以他才会说“惧斯灵之我欺”。其实他自己也明白，这份感情根本不可能在现实世界中发展，只有在文学、美学或是梦里才能发展。

“感交甫之弃言兮，怅犹豫而狐疑。”这是他的彷徨，其实是失恋的状态。喜悦与悲伤加起来才叫恋爱，所以每当有人告诉我说他失恋了，我会说“恭喜恭喜”，因为如果没有恋爱的喜悦，就不会有恋爱的哀伤，这两种情感是一体的。

诗写至此，作者呈现出很大的犹疑、徘徊，觉得一切都不确定。尽管什么事都没有发生，可是他已经觉得自己的追求受到很大阻碍，也担心对方在骗自己。恋爱里的人有时会觉得对方在骗自己，大家都沉溺在被骗的恐惧里，一旦这样，情感就进入一种紧张、猜测的状态，用“狐疑”来形容非常精彩。狐狸是非常警觉、非常敏感的动物，听到一点声音就会紧张，曹植用这个词来形容情感上的变化。“收和颜而静志兮，申礼防以自持。”礼教出来了，男女之间应该有所防范，应该收敛。

在爱情中我们都有这种体会：情感很热烈，可同时又害怕，紧张，退缩，觉得有礼教在。曹植完全没有任何隐讳地写出了他爱的状态、恐惧的状态、猜测的状态。下面一段忽然转到第三人称，“于是洛灵感焉”。就在他要开始收敛的时候，对方感觉到了，所以下面一段描述非常神秘。“洛灵感焉，徙倚彷徨”，徘徊，犹豫，迷惘，“神光离合，乍阴乍阳”，好像洛神也一时被他的爱感动，不晓得该怎么办。“神光离合”完全用光线来形容爱情里的喜悦、忧伤，好像初春的天气，若阴若阳。这是用很抽象的方法在讲恋爱的状态。

“竦轻躯以鹤立，若将飞而未翔。”刚才还在讲洛神的牙齿、嘴唇，让人觉得她是一个很具体的人。可是现在她好像要飞起来，忽然变成神了。洛神一直在肉体与精神之间游离，让人不太确定这个女性到底是肉体的存在还是精神的存在。“践椒涂之郁烈，步蘅薄而流芳。超长吟以永慕兮，声哀厉而弥长。”这里开始形容她走过的草地，她留下的香味，她悠远的歌声中蕴含的凄厉和哀伤。这个时候，洛神已经走了，可是却留下了声音和气味，“郁烈”、“流芳”是讲香味，“哀厉”、“弥长”是讲声音，有一种凄厉的感伤。

顾恺之的洛神画得非常好，他画了两个洛神，一个在水中，一个在天上。很多人读《洛神赋》都觉得这一段非常漂亮，洛神忽然飞起来，忽然把肉体上的美转换成了精神上的美。恋爱当中，常常是喜悦与哀伤并存。你最思念一个人的时候，搞不清楚是她在你面前的时候，还是不在的时候。有时候你去翻日记，里面写的都是对方不在的时候。这四句就是“不在”

的状态，“郁烈”、“流芳”、“永慕”，“永慕”当然是不在了，声音却还留在那里。也许曹植碰到了人与人的情感描述中最核心的部分。在回忆中，你自己完成的部分，你所眷恋的部分，正是你自己对美的追求。

“众灵杂遝，命俦啸侣，或戏清流，或翔神渚，或采明珠，或拾翠羽。”洛神是主神，旁边有很多仙女。她们有的在水中玩耍，有的在沙洲上玩耍，完全营造了一个神话世界。因为洛神是神，结尾才会产生忽然发现人天永隔的哀伤，人和神原来是不可能在一起的。作者用这样一种方式，为一个非常怅惘的结尾做了铺垫。“从南湘之二妃，携汉滨之游女。”这里用了典故，“南湘之二妃”是古代舜帝的两个妃子，死后化为湘水之神，“汉滨之游女”为汉水之神，神话里面的水仙都出现了。“叹匏瓜之无匹兮，咏牵牛之独处。”匏瓜星无偶，牵牛星独处，这些都让洛神叹息。曹植忽然意识到自己是人，他没有办法进入神话世界。

前面一段他还觉得自己可以拥抱洛神，可以爱她，可是这一段，神话世界不断出现，他忽然感觉到自己和洛神之间的距离。“扬轻袿之猗靡兮，翳修袖以延伫”，还在形容洛神的身体。“体迅飞凫，飘忽若神”，说她的身体很快地飞过去，“凫”是水鸟。下面这句是很常用，“凌波微步，罗袜生尘”，踩着水波就飘过去了。“凌波微步”，这么漂亮的句子，你能从中感觉到女性身体的美，没有重量感，快速移动。

古代对于女性美的形容，有一部分就是从这里来的。后来大家不断在戏剧舞蹈上锻炼这种姿势，现在大家都能知道到什么叫“凌波微步”，什么叫“罗袜生尘”。那是一种运动中的美，现在看起来很简单，因为总是被人抄来抄去，可是第一个人看到这样的东西，想到用这四个字来形容，非常不容易，这就是文学创造。“动无常则，若危若安。进止难期，若往若还。”我最喜欢这里。“若危若安”，“若往若还”，他一直在矛盾中，不确定。美通常都能在运动规则中找到平衡。我们觉得古希腊的雕像非常美，因为它是在运动里找身体的平衡。

我讲希腊美术史的时候说，有一个扔标枪的男子的身体，他其实是在找平衡，找到后，标枪就可以非常准地扔出去，而且扔得非常远。这些人是“动无常则”的，没有规矩，可是“动无常则”就是美，就有创造性。“若危若安”是在讲身体的一个非常奇特的行动。一般人觉得危险就是危险，安定就是安定，可是不要忘记，“若危若安”意味着每一次的危险都可能是转机，没有危险的时候，转机也没有了。“若往若还”，好像要往前走又回来了。大家可以去看一下张继青的演出，在要下场时，你看到他进去了，觉得戏要完了，可是他走到门边，又会回过头来再唱一句，这就是“若往若还”。

曹植的文章很特别，到最后你可以扩大开来，觉得他不是在形容恋爱和女子的美，他其实在讲美学，在讲美学的平衡。“动无常则，若危若安。进止难期，若往若还”，这些都是美学里的原则。如果你恋爱时碰到一个这样的人，那对方真的是高手。在情感中，因为关心、专注，你会特别在意对方到底要干什么，这也变成两个人之间最有趣的部分。如果一切都在预料当中，肯定没有那么迷人，迷人之处在于有很多意外。

“转眄流精，光润玉颜”，又讲到眼睛的流动，洛神在用眼睛来传达精神。“含辞未吐，气若幽兰”，嘴巴好像要张开讲话，可是并没有讲出来，但口中的气息却如兰花般芳香。曹植的厉害就在这里，我们现在还使用一个成语形容女孩子的美——吐气如兰，如果没有《洛神赋》，肯定会少掉很多描写女性的美的成语。

之前的“丹唇外朗”是口嘴唇的肉体部分，这里也讲口唇，却是精神性的描绘，已经变成了“气若幽兰”。“华容婀娜，令我忘餐。”太美了，美到我连饭都不想吃了。“于是屏翳收风，川后静波。”这不完全是自然的变化，这其实是赋的节奏变化，水上忽然没有波了，风收起来了，这风不是大自然的风，是洛神带出来的风。

“冯夷鸣鼓，女娲清歌。”冯夷和女娲都是古代神话里的人。“腾文鱼以警乘，鸣玉鸾以偕逝。”洛神要坐神的车子走了，她的车子是有翅的文鱼来拉的。“六龙俨其齐首，载云车之容裔。”这是在讲洛神乘着车子离开的情形。因为她是河的主神，像皇后一样，所以整个仪仗队很漂亮。“鲸鲵踊而夹毂，水禽翔而为卫。”所有的鸟、鱼，都来做她的护卫。“于是越北沚，过南冈，纡素领，回清阳”，三个字一组，变成了短节奏，前面有“背伊阙，越轘辕，经通谷，陵景山”，现在又回到速度感里。曹植一直善于运用蒙太奇手法。“动朱唇以徐言，陈交接之大纲。”洛神缓缓地讲述了交接来往的纲要，但结局却是“恨人神之道殊兮”。人神殊途，留下一个最大的怅惘，非常悲哀。“抗罗袂以掩涕兮”，用袖子盖着脸哭，“泪流襟之浪浪”，这两句的情景大家很熟，失恋时一定会这样子。眼泪流在衣服上，止也止不住。“悼良会之永绝兮，哀一逝而异乡。”这样一次有缘的会面，再也不会有了，这一别，从此就是天各一方。“无微情以效爱兮，献江南之明珰。虽潜处于太阴，长寄心于君王。忽不悟其所舍，怅神宵而蔽光。于是背下陵高，足往神留，遗情想像，顾望怀愁。”从这些字眼里，我们可以感觉到，当“足往神留”的时候，洛神的肉体已经走了，可是精神还留在这里。在这样一个感情体验中，曹植真正经历了从肉体体验到精神体验的转化。

我在前边讲过，我们关于情感的回忆中，很多是不存在的状况，当我们眷恋存在的部分的时候，对一份感情来讲并不合适。其实我们眷恋的是不存在的时刻，那时只有思念、爱慕、等待、渴望，才能将情感变成另外一种完成。读完这样一篇文章，回过头来就会思考，在永恒的怅惘中，怎样才能再一次提高自我。其中讲的与我们一般失恋的感受是相通的，可是又有一种从肉体到精神的升华与领悟。

“遗情想像，顾望怀愁。”余情难了，我们永远会盼望、期待，怀着很深的忧愁。“冀灵体之复形，御轻舟而上溯。”洛神还会再出现吧？所以就在洛水上去行船，逆流而上到处寻找，就是“衣带渐宽终不悔”。这样的愿望，会促使你不断地寻找与等待，“浮长川而忘返，思绵绵而增慕。”在长河中一直找，不想回家，思念越来越多，爱慕越来越多。“夜耿耿而不寐”，心绪不安，睡不着觉。“沾繁霜而至曙”，彻夜未眠地流连在河边，衣服都已经被露水打湿了。“命仆夫而就驾，吾将归乎东路。”最后不得已，只能叫仆人把马车驾好，继续往东走。前面说他要“归东藩”，本来是在回家的路上，半路碰到洛神，才停留下来。“揽騑辔以抗策，怅盘桓而不能去。”即使决定要回到常态，但还是有这么大的眷恋，一直徘徊在那里舍不得走。

《洛神赋》是曹植的一次出轨，这次出轨最后演变成在美学上鼓励其他人给自己一点出轨的可能。后来的赵孟頫，还有其他文人，不时书写这篇文章，喜爱这篇文章，可是出轨的机会并不多。但出轨的满足感却在阅读这样一篇美丽的文章时完成了，这就是文学和艺术的贡献。精神的出轨是另外一种出轨，它用美学的形式，释放了很多渴望、爱慕。

《洛神赋》为什么在中国文学史中扮演了这么重要的角色？是因为它让人有精神的向往和提升，这在现实世界里越来越没有可能，所以阅读者会在“神光离合，乍阴乍阳”中得到一种满足。这可能是一种不切实际的幻想，可是在完成生命的丰富性方面非常重要。皮肉的瞬间快感与精神上绵长的思念是不同的，这也是为什么康德一直认为肉体上的感觉只是快感，不叫美感。他认为美感是精神性的回忆，快感是身体上的刺激，快感是短暂的刺激，美感是深厚的满足。在快感太强的社会，美感没有机会呈现。人们没有耐心去把情感变成回忆，变成美学，都是短暂的、刺激性的东西。所以《洛神赋》出来以后，对于整个民族文化和爱情的引导，都显得很重要的。

竹林七贤与文人的自我完成

魏晋时期，社会里文人阶层活跃。我们今天很难给“文人”定位。文人也许是一个形象，他既不是贵族，也不是平民，没有贵族那么多威仪、财富和权力，又不是农民这种淳朴的劳动阶级。他介于两者之间，是游离态的，往上走可以去做贵族，可是退下来却不太可能变成劳动阶级。文人在中国社会里扮演了一种很奇特的角色，像诸葛亮这样一个人，他影响了天下很多事物，可他归根结底就是一个文人。

最早的文人角色的形成和竹林七贤有很大关系。人物大家很熟悉，比如王戎、山涛。南京的墓葬里出土过东晋时期的砖，砖上刻着竹林七贤的像，你可以从中看到当时文人的衣服、形貌。他们是七个好朋友，经常一起作诗唱歌，最多的时候是喝酒。他们当时吃一种叫作“五石散”的东西，能够使人亢奋。以世俗伦理来看，他们是些奇怪的人物，可是他们有一种特殊的自我完成。坐在竹林里，手上拿一个抓背的如意，靠在一个小板凳上，长衫下摆撩起来，露着腿，很自在。这种感觉有点像六合夜市上的老伯伯，很放松。可是《历代帝王图》里不会有这种姿势。竹林七贤是一个文化的异类，标举人的随意自在。

“七贤”其实是七种不同的生命典范。山涛就是要去做官，你看他头上戴着青巾，穿比较正式的服装，喝酒的时候也比较端正，左手拿着酒杯，右手轻轻拉着衣袖，小手指翘起来，这是做官的感觉。嵇康曾经写过一封信——《与山巨源绝交书》，要与山涛绝交。可是，嵇康与山涛绝交，并不表示山涛就不好，只是两个人对生命的诉求不同。山涛觉得时代没那这么坏，就去做官，想办法进行改革。竹林七贤每个人的个性都不同，美是必须自我完成的，不同的个性，就以不同的方式来完成。竹林七贤个性不同，可最关键的是他们彼此欣赏。

魏晋时代的了不起，在于第一次让人性解放，人对生命有了不同的诠释，各自留下让我们感动的部分。比如我身边有老师在台湾“白色恐怖”期间坐过七年牢，可是也有龙应台这样的朋友去做官，其实是很不同的生命完成。多一点对人的欣赏，对生命的欣赏，比随意的轻慢要好得多。

竹林七贤里最为大家所熟知的是阮籍和嵇康。阮籍坐在竹林里长啸——魏晋的人都喜欢到山里面去大叫，叫声变成一种歌声，非常悲壮。刘伶叫人带一把锄头随行，别人问他为什么，他说“死便埋我”，意思是我在哪里死去，就在哪里把我埋了。魏晋的人总有这种生命的无常感，死是必然的，不必有恐惧。陶渊明的诗里有“纵浪大化中，不喜亦不惧”，讲的也是这个。可这些人又有所坚持，比如阮籍，常常走到没有路可走，就穷途而哭。

嵇康是那个时代的俊男，也是有名的音乐家，《广陵散》是他擅长弹奏的曲子。当时的画家喜欢画他的像，顾恺之也画过他，说“手挥五弦易，目送归鸿难”。意思是画他弹琴不难，可是画他的眼睛看着鸿雁越飞越远非常难，因为眼睛里有人的精神活动。嵇康后来娶了长乐亭主，可是他痛恨政治，对政治斗争厌烦到了极点。他不喜欢的人，都不用黑眼珠看，而是以“白眼对之”，所以很多人就去皇帝那里讲他的坏话。

这样一个人，最后当然要被抓了。罪状上说：“上不臣天子，下不事王侯。轻时傲世，不为物用，无益于今，有败于俗。”这样的人活着很不易，因为他不尊敬大家觉得应该尊敬的人。嵇康得罪权臣，犯下死罪，但他临刑前留下了一个非常美的故事。他在刑场上弹琴，夕阳在天，人影在地，三千太学生为他求情而未获准，他说：“《广陵散》于今绝矣！”当时他的两个小孩都很小，哭哭啼啼的。他说：“不要怕，将来山涛会把你们养大。”

竹林七贤是七个胸怀坦荡的人物，他们用各自的方式去完成自己。这才是魏晋时期的人品、风格。山涛去做官，嵇康拒绝他的举荐，写信与他绝交，可是当嵇康被杀以后，保护他儿女的又是山涛。

再看阮籍，很多人都说他是最早的嬉皮士，美国在“嬉皮士运动”的时候，翻译了大量竹林七贤的故事和诗文，并以竹林七贤作为他们的典范，喝酒，吸大麻，写诗，厌恨所有的虚伪和政治。可是竹林七贤有不少是贵族出身，阮籍家里是几代的大官，嵇康娶了长乐亭主，都是上层，但他们看到政治的肮脏，不愿意同流合污。

“七贤”中的另外三个是向秀、刘伶、阮咸。向秀是一个读书人，每天都在思考老子讲什么，庄子讲什么，然后靠在树上就睡着了。这个人不像阮籍那么悲壮，也不像嵇康那么痛苦。他写了一篇很有名的文章《思旧赋》，在里面怀念老朋友。他有一种木讷、敦厚，和社会的冲突没那么大，他活着是为了给历史做见证，《思旧赋》让我们看到嵇康的死亡之美。

魏晋时代，每一个人都在自我完成，都是别人不可取代的，有的颓废，有的放纵，有的悲壮，有的端庄，有的去做官，有的当酒鬼，可是这些人缺一不可。

书画中的魏晋风度

《洛神赋图》是一幅长卷，进行故事化的叙述。其中有曹植，他跟着仆从翻山越岭、车怠马乏以后，忽然看到一个丽人在河边。顾恺之在局部画了几棵柳树，风正在吹拂着柳条。这部分应该就是“神光离合，乍阴乍阳”，因为我们看到两个洛神，一个在水面飘，一个飞到了空中。这里忽然变成神话，画了非常多飘动的衣服纹路，带出洛神的神话性。后面的树木和山非常抽象。树和人的比例，山和人的比例，都用了超现实的方法，带我们进入神话世界。

画家读了《洛神赋》以后，如何把抽象的文字变成具体的绘画？而且连山脉和水波都好像在动。譬如山的光线，顾恺之做了一点明暗对比，想要把“乍阴乍阳”那种不确定的飘忽感传达出来。这部分最超现实，两个洛神同时出现，其实也在讲速度。

顾恺之的画中最精彩的部分，是对树和山的处理，他画了很优美的自然风景。空间也用得极好，表现人物在动。飘带飞起来，有种速度感，这是曹植和洛神最接近的一段，他已经开始怀疑，他希望她能够有所表达。这一段好像是要发生些什么，他要“托微波以通辞”，然后“洛灵感焉”。洛神回过头来，这是她第一次与他直接发生关系，好像要表达什么，可是最后只留下了无尽的怅惘。神话世界把她接走了，所以虽然她的面容还在看这里，身体已经开始消失了。

再来看王羲之的字。王羲之的书法很多是给朋友的信，信里面一直有一个主题：死亡。在《姨母帖》里，姨母去世了，他“哀痛摧剥，情不自胜。奈何、奈何！”魏晋的背后，是战争与死亡，人们有一种巨大的无常感，死亡本身和对死亡的哀痛，都会变成无法超越的精神创伤。“因反惨塞，不次。”凄怆之情充塞心胸，连言语都失去了章法，只能“顿首、顿首”。

在王羲之的信里，都在讲时代的哀痛，再来看藏在日本的《丧乱帖》。“羲之顿首”的意思是“王羲之敬上”。“丧乱之极”，天下大乱到这种程度。“先墓再离荼毒”，王羲之祖籍山东，后迁浙江，山东的老家已经为胡人所掌管，祖先的坟墓被挖掉了。当时的人觉得祖坟被破坏是最痛苦的事情，“追惟酷甚，号慕摧绝”，想到这件事，觉得非常残酷，然后大哭，很绝望。“痛贯心肝，痛当奈何奈何！”心肝都被刺穿了的那种痛，不知如何是好。“虽即修复”，后来很快把坟墓修好了，但是“未获奔驰”，没有办法去扫墓。“……哀毒益深，奈何奈何！临纸感哽，不知何言！”写着写着信就又哭起来，不知道要讲什么了。“羲之顿首、顿首。”在一个丧乱之极的时代，整个社会伦理崩溃，人的生命没有保障，这时就产生出一种文学上的特殊性。

我在《新编传说》里写过嵇康的故事，他的故事一直很令我感动。竹林七贤这些人物，他们各自活出了生命的形态。生命本身是多重的。过去可以用简单的几句话就把一个人的一生讲完，可是到了魏晋时期，我们慢慢领悟到，任何生命，无论是帝王，还是路边的乞丐，生命都是丰富的，都可以写成一本小说，丰富的生命并不见得一定要发生什么不得了的大事。

我年轻的时候，对嵇康的生命有很多向往，那种悲壮、浪漫，对于体制和腐败生命的不屑一顾，给我很大的震动。我必须承认，在那个年龄，我不太懂山涛，对山涛的生命是比较晚才了解的。一个社会是非常多元的，竹林七贤这七个人，每个人都有不同的贡献。七贤刚好是七种不同的生命形态，也让我们第一次感觉到中国文化当中开始出现了对生命的多元观察。在孔子的时代，他不希望人做“贤”，而是做“圣”。“圣”是生命的完美，“贤”毕竟有一部分没有完成。魏晋时代，大家都不是“圣”，生命中都有缺点，可是在缺点中，也感觉到自己生命存在的意义和价值。

我比较关心的是，魏晋以后，中国出现了对竹林七贤的推崇，用“七”代替了原来单一的“圣”，再晚一点，发展出民间的八仙。这是非常重要的过程，很少看到某种宗教里会出现八个怪里怪气的人。何仙姑拿着一朵荷花，铁拐李是瘸腿，汉钟离挺着一个大肚子，吕洞宾是一个道士……七贤、八仙都是对生命的多重观察。在戏剧舞台上，《八仙过海》是一出非常有名的戏。八仙要过海，各自用不同的方法，有的很滑稽，有的倒骑着驴子，可是他们都过了海。这其实是一种对生命不同形式的宽容。在魏晋时期，曹丕是一种完成，曹植也是一种完成。他们各自的生命不同，有的是在帝王权力上的完成，有的是诗人创作上的完成，都不应该用一般的输赢来做简单化的对比。宽容地来看，我们每一个人生命里都有“赢”的部分，给我们人生以快乐和意义。魏晋的重要性，魏晋文学和美学的重要性，我想也在这里。

第六讲

陶渊明：生命的出走

《饮酒》：闹市中的田园梦

陶渊明在向前一步去做官，以改善家庭物质条件，还是退后归于民间做一个农夫之间，也有矛盾，因为这种矛盾而产生了很多重要的文学作品。这些有关隐居的文学作品，未必都是陶渊明亲历隐居的体会，也有他对隐居的幻想。比如这首《饮酒》：

结庐在人境，而无车马喧。
问君何能尔？心远地自偏。
采菊东篱下，悠然见南山。
山气日夕佳，飞鸟相与还。
此中有真意，欲辨已忘言。

“结庐在人境，而无车马喧。”从这里你就知道他不见得是在隐居，他是住在有人的环境里的。可是“而无车马喧”很重要，没有被车马的喧闹嘈杂所打扰，你可以活在人间，而没有人间的烦恼。如果到了一个没有任何杂音的世界，修行其实很容易，所以我们常常讲，在人世间修行是最困难的事。

佛教进入中国以后，有了一种无常的思想。在印度，大部分就鼓励削发为僧，出家，离开尘世，找到一个净地，那就是完成自己。可是在中国，人们还有儒家的牵绊，最后就产生了一种融合的思想。他要在人间过现实的生活，仍然有“君君，臣臣，父父，子子”的牵绊，同时又保持自己孤独的部分，二者之间并不冲突。曹操身上的矛盾，到了陶渊明身上就变成了融合，“结庐在人境，而无车马喧”就是这样的意思。不必到一个湖边，或是某片山林，你可以住在六合夜市，也活得很安静，因为“心远地自偏”。“心远”，你心里所向往的东西是远的自然，在闹市中拥有寄托在远处的心灵，你所住的地方就会有一种偏僻之感、安静之感。怀抱着悠远的心情，有出世的念想，同样可以好好做一个入世的人。

佛教对整个中国文人的生命都产生了重大的影响，而陶渊明达到了一种平衡的融合。佛教与儒家文化本来是冲突的，因为佛教里有一种出世思想，可是中国的儒家又是入世的。《饮酒》这首诗很重要，是因为它刚好解答了魏晋时期的许多矛盾，比如到底是儒家的还是佛教的？“心远地自偏”是一个很好的解答。这首诗是陶渊明的诗里被大家传颂最多的，也是大家了解最多的一首。可是最有名的句子不是上面几句，而是“采菊东篱下，悠然见南山”。

家里种了很多菊花，可是在采摘菊花的时候，就已经“悠然见南山”。这其实是不同情景的连接，是蒙太奇。山水其实是活在心中这片小小的狭隘土地上的，即便在一个嘈杂的世界里，也可以保持心灵上的净土。后来的历代文人都爱画这两句诗描述的情境，所谓的心灵净土，其实是一种寄托和象征。

我常向朋友招认，说我最怕去闭关，每次一闭关心就很乱，就特别想讲话，特别想吃肉，特别想犯罪，很奇怪。那其实是很安静的时候，会有一种超脱。可是当它变成戒律的时候，你反倒想触犯它。

这是一个很有趣的矛盾，你可以在生命里为自己设定一片小小的净土，就是“采菊东篱下，悠然见南山”。我的朋友大部分都住在城市的公寓里，在小小的阳台上养一盆铁线蕨。我常警告他们说：“铁线蕨最难养。”大部分朋友最后养到只剩三根，可那是他的寄托。一个小小的盆栽，他的生命就在这里面。陶渊明的解答，帮助了中国后来的很多文人，“采菊东篱下”不难，可是“悠然见南山”这部分是要自己去培养的。

唐宋时期，陶渊明的地位越来越高，尤其是苏东坡，他受陶渊明的影响很大。唐宋文人在参加科举考试时，内心往往有一种忧伤，尤其是做官以后，他们身上文人的部分，比较真性情的、亲近自然的感觉就丢失了，但是陶渊明给了他们一点暗示，他们就用这个办法去完成真正的自己。比如在自己家里设置一个小小的庭院，假装石头是一座山，一点点青苔就是树林，其实就是把山林缩小于此。中国的山水画后来也是从这个角度发展的，可以在一张小小的手绢里面感觉到万里江山。最典型的是苏州园林，每一个园林都很小，但让你感觉到又是山，又是河，又是海，用的是象征的手法。

从“采菊东篱下，悠然见南山”里，发展出了“山气日夕佳，飞鸟相与还”。好像自然的各种变化，他都可以感受到。但那也是心灵上的山气，心灵上的飞鸟，是人类心灵的向往，可以在精神层面完成。

《形影神赠答诗》：纵浪大化中，不喜亦不惧

陶渊明把人的生命分成“形”和“影”，两部分是分开的。他做了一次很有趣的对话：“此中有真意，欲辨已忘言。”这里面有非常迷人的生命真理，想要辨识，却忘了该怎样表达。陶渊明提出了超越理性和逻辑的生命领悟。魏晋时期有很多清谈，讲生命的道理，可是所有参与辩论的人，可能都不如一个在路边采菊花的人更懂得生命的道理。因为后者是行为的实践，而前者只是思想的讨论，就好像现在我们的大学里有一大堆讨论生命的理论，但可能是最不懂生命的人提出来的。

如果你到美浓去和一个老农夫聊天，他不见得需要我们美学上的大道理，可是他很懂生活智慧。陶渊明重新回到了素朴里，回归生命本原智慧。今天我们也面临这样的问题，我们掌握了很多的信息，打开电视可以收到八十多个频道，通过网络看到全世界的东西。可是信息并不等于知识，因

为知识包含了你对事物的理解和判断，有时候信息多了，反而使你无从判断。但是知识的叠加也不等于智慧。陶渊明用了一个“忘”字，我们一直在累积知识，但当知识和人分离后，我们可能不知道该怎么生活了，而生活才是本体，所以他用了“忘”这个字。

“忘”最早是庄子提出来的。我们都觉得记忆很重要，可是庄子觉得“忘”很重要。我们觉得记忆可以应付考试，可以回答问题，可以证明你的某种地位，可是“忘”却使你做回本来的自己。当我们讲“忘我”的时候，那是更好的一种轻松状态。如果不忘，就永远被压得喘不过气来，永远只是被知识引领。

陶渊明的重要，也因为他也是中国文学史上最早的集中在作品中体现出思想性的诗人。当然以前也有，比如屈原，他的《天问》比较有思想性，问宇宙的形成：“遂古之初，谁传道之？上下未形，何有考之？”可是之后的《汉乐府》中“青青河畔草”这类诗其实是没有思想性的，只是文学的描述。陶渊明将文学与哲学结合，他的诗有很多对生命状态的讨论，可以拿他的诗做哲学命题来讨论。比如他的《形影神赠答诗》：

形赠影

天地长不没，山川无改时。草木得常理，霜露荣悴之。
谓人最灵智，独复不如兹。适见在世中，奄去靡归期。
奚觉无一人，亲识岂相思。但余平生物，举目情凄洏。
我无腾化术，必尔不复疑。愿君取吾言，得酒莫苟辞。

影答形

存生不可言，卫生每苦拙。诚愿游昆华，邈然兹道绝。
与子相遇来，未尝异悲悦。憩荫若暂乖，止日终不别。
此同既难常，黯尔俱时灭。身没名亦尽，念之五情热。
立善有遗爱，胡为不自竭？酒云能消忧，方此讵不劣！

神释

大钧无私力，万理自森著。人为三才中，岂不以我故！

与君虽异物，生而相依附。结托既喜同，安得不相语！

三皇大圣人，今复在何处？彭祖爱永年，欲留不得住。

老少同一死，贤愚无复数。日醉或能忘，将非促龄具！

立善常所欣，谁当为汝誉？甚念伤吾生，正宜委运去。

纵浪大化中，不喜亦不惧。应尽便须尽，无复独多虑。

在我们的文化里，这是第一次把人分成两部分来看，就像王尔德的童话里常常会有人和自己影子的关系，或者说两个“我”之间的关系。

比如他有一篇童话叫《渔夫和他的灵魂》。有一天，一个渔夫捕到了小美人鱼，并爱上了她。他对小美人鱼说：“我可以把你放回去，因为人鱼不能够在陆地上活，但是每个月圆之夜你都要浮出水来唱歌给我听。”小美人鱼答应了，每一次月圆夜就唱歌给他听。但是，他渐渐不满足于每个月只听一次唱歌，而是想要和她一起生活。小美人鱼说：“你不能够到海里来。”但是渔夫找到一个巫师，问他怎样才可以生活在海中。巫师让他在月圆之夜，背对月亮的方向，用一柄绿色蛇皮刀柄的小刀把自己的影子从双脚边切开。他照做了。影子就是渔夫的灵魂，将要被切开的时候，影子恳求他说：“我跟你一起这么多年了，请你不要遗弃我。”渔夫说不行，我喜欢小美人鱼，我要到海里去和她一起生活。影子从此就开始流浪，但和渔夫每年见一次面。

可早在公元四、五世纪的时候，陶渊明就已经用形影对话的方式写诗了。魏晋时代出现了多元价值，一个人自身就有很丰富的内涵，比如曹操，他身上诗人的部分会和霸主的部分展开对话。陶渊明的形、影部分也有对话。陶渊明注意到，形、影之间可以是两个我：一个是正面的我，一个是负面的我；一个是试图进入社会的我，一个是想要离开社会的我；一个是爱这个世界的我，一个是恨这个世界的我……相互可以形成对话关系。

弗洛伊德的心理学其实就是在讲这种矛盾和对话，超我、本我等问题。西方到了这么晚的时候，才开始用心理学的东西解答人的两面性，可是陶渊明很早就已经涉及了，一个肉体存在的我，一个精神存在的我，二者是矛盾的。

这种思想的产生与佛教的传入有很大关系。佛教把生命看成一种多元形态。比如在轮回中，会经常问："生我之前谁是我，死我之后我是谁？"这是非常具有哲学性的探讨：在没有我的肉体之前，我是谁？在我去世以后，我的身体火化了、不见了，那个时候我又是谁？这是对生命最终极的追问，从中你会隐约感觉到，每个人的生命不只是单一的状态，它很丰富，有很多层次。

佛教常讲轮回，讲生命中很复杂的因果关系，宇宙的万事万物之间都是有关联的。佛教里讲，一个人路过一棵树时，会忽然听到树里面有人喊他，是因为那棵树中留着他之前好几世的魂魄。这种故事会使我们的文化产生质的变化，原来觉得与自己无关的东西，可能会变得休戚相关。所以人会观察自己的影子，影子里有孤独，可是又是人最忠实的伴侣。李白一喝酒影子就出来了，他是在和影子喝酒。这种影子跟人之间的对话关系，有一种复杂的爱恋，所谓"顾影自怜"，就是看着自己的影子，进而对生命生出一种悲凉。

形影对话产生了一个颇颓废的结论："酒云能消忧。"曹操也说："何以解忧？惟有杜康。"好像酒是唯一可以使人暂时忘掉生命忧愁的事物。

《神释》非常具有思想性。《神释》结尾的部分说："纵浪大化中，不喜亦不惧。"陶渊明的诗像一个寓言，要讲一些道理。他是诗人兼哲学家，用诗在传达自己的哲学态度。"大化"就是所谓的生死。我们的一生像在海浪当中跳跃，这没什么好高兴的，也没什么好惧怕的。因为生命无常，是你自己无法掌控的，所以"应尽便须尽，无复独多虑"，该结束就要结束，不必忧愁，更准确地说是忧愁也没有用。

陶渊明的诗不是那么容易传播，就是因为其中的哲学性太强。我们读文学作品，希望得到的是感动，而不是思维上的结论。但陶渊明太关心哲学，和佛教关系很深，当时与白莲社的慧远和尚来往密切。他们两人，加上道士陆修静，留下了我们熟知的“虎溪三笑”的佳话。有一次，陶渊明和陆修静去看望慧远和尚，慧远和尚要修行，送朋友从来不过虎溪，可是那一次他们谈得很开心，说着说着就过了虎溪，三个人大笑。绘画史上也可以看到《虎溪三笑图》。

《杂诗》：及时当勉励，岁月不待人

我也挑了一首陶渊明的《杂诗》，我觉得这首是他把思想的哲学性很好地转化为文学性的作品。《杂诗》共十二首，我选了其中一首：

人生无根蒂，飘如陌上尘。
分散逐风转，此已非常身。
落地为兄弟，何必骨肉亲！
得欢当作乐，斗酒聚比邻。
盛年不重来，一日难再晨。
及时当勉励，岁月不待人。

“人生无根蒂，飘如陌上尘。”我们感觉陶渊明要讲哲学，但他用了形象的比喻，所以很明白易懂。人生好像没有根蒂，好像田陌上的灰尘一般在风中飘移，这是我们自己不能主宰的。“分散逐风转”，生命跟着风在流转，“此已非常身”，身体没有稳定的力量，已不是本来面目。这里讲到“常身”，其实是相对于佛教讲的无常而言的，指的是没有常态。儒家讲什么？儒家讲伦常，因为儒家相信伦理中有永恒性的内容。可是佛教不相信，所以出家不仅是一种仪式，本质是思想上的出家。台湾地区的佛教其实大都儒家化了，因为从佛教讲，一个人本来就不该要家庭。我们在这里看到伦常被破坏，产生无常的感觉。

“此已非常身”该怎么办呢？儒家相信人活着是有意义的，是父精母血构成了一个生命，所以要感谢父母，人活着就要报恩和忠孝。可是佛教把这个东西拿掉了，身体是无常的状态，那应该怎么办？陶渊明就一步一步进行推论。

“落地为兄弟，何必骨肉亲！”这两句完全是对儒家思想的叛离。我们所有的人生下来就是亲人，何必一定要有血缘关系？这完全是佛教思想。儒家一定是要从亲人扩展出去的，“老吾老”以后才“及人之老”，“幼吾幼”之后才“及人之幼”。其实儒家也存在自身的问题，系于伦常的亲情其实不是那么容易扩展的。“落地为兄弟，何必骨肉亲？”明显是在批判儒家的血缘观点。

我觉得这首诗是陶渊明最具代表性的一首，中间有一层一层的逻辑推演。我们只要落地就是兄弟，能够快乐就好好快乐吧，因为生命的本质是虚无的，没有意义的，所以“得欢当作乐，斗酒聚比邻”。曹操、曹植的观点明显进来了，你要会及时行乐，有一点酒就把邻居叫来一起喝了，这已经打破了家族的私有观，变成了社区性的共享。魏晋时期有一种虚无主义、享乐主义，产生了颓废思想，可是中间有平衡，它有自己发展的逻辑。

结尾又转回虚无，“落地为兄弟”的部分，和“得欢当作乐”的部分，都不会超越“盛年不重来，一日难再晨”。你最好的年龄再也不回来了，它只有一次，就像每天只有一个早晨一样。这是对于死亡的态度，认为死亡也没有什么。可是儒家会觉得，死亡之后不是有子嗣的传接吗？他可以看到儿子的荣耀、孙子的荣耀，个人的生命并不是切断了，而是延长了，从而满足某种情感。

这首诗最后回到了魏晋的虚无：“及时当勉励，岁月不待人。”陶渊明的诗是最方便拿来做格言的，我们高中毕业时写句子给人家，都是“及时当勉励，岁月不待人”，你应该好好努力，时间是不会等你的。这些很格言化的语言，既是陶渊明的成功之处，也是他的受限之处。比起李白、杜甫或者苏东坡来，陶渊明的诗普及率没有那么高，我个人觉得是因为里面讲了太多道理，而我们读文学并不愿意见到这些“指导”，比较喜欢描述性的东西。

《桃花源记》：坦荡得一如清水时，就会看到最美的东西

晋太元中，武陵人捕鱼为业。缘溪行，忘路之远近。忽逢桃花林，夹岸数百步，中无杂树，芳草鲜美，落英缤纷。渔人甚异之。复前行，欲穷其林。

林尽水源，便得一山。山有小口，仿佛若有光。便舍船，从口入。初极狭，才通人；复行数十步，豁然开朗。土地平旷，屋舍俨然，有良田美池桑竹之属；阡陌交通，鸡犬相闻。其中往来种作，男女衣著，悉如外人。黄发垂髫，并怡然自乐。

见渔人，乃大惊，问所从来。具答之。便要还家，设酒杀鸡作食。村中闻有此人，咸来问讯。自云先世避秦时乱，率妻子邑人来此绝境，不复出焉，遂与外人间隔。问今是何世，乃不知有汉，无论魏晋。此人一一为具言所闻，皆叹惋。余人各复延至其家，皆出酒食。停数日，辞去。此中人语云：“不足为外人道也。”

既出，得其船，便扶向路，处处志之。及郡下，诣太守，说如此。太守即遣人随其往，寻向所志，遂迷，不复得路。

南阳刘子骥，高尚士也，闻之，欣然规往。未果，寻病终。后遂无问津者。

嬴氏乱天纪，贤者避其世。黄绮之商山，伊人亦云逝。
往迹浸复湮，来径遂芜废。相命肆农耕，日入从所憩。
桑竹垂馀荫，菽稷随时艺。春蚕收长丝，秋熟靡王税。

荒路暧交通，鸡犬互鸣吠。俎豆犹古法，衣裳无新制。

童孺纵行歌，班白欢游诣。草荣识节和，木衰知风厉。

虽无纪历志，四时自成岁。怡然有馀乐，于何劳智慧！

奇踪隐五百，一朝敞神界。淳薄既异源，旋复还幽蔽。

借问游方士，焉测尘嚣外？愿言蹑清风，高举寻吾契。

《桃花源》是一首诗，《桃花源记》是这首诗前面的序，可是这个序比诗还长，而且比诗更有名。很多人大概都没有看过那首诗，但大多数人看过序，我们以前的教科书也只选了序，为什么？因为序没有教条，一直到今天读起来都觉得是散文中的极品。

陶渊明幻想出那样一个桃花源，用了最简单、最浅显、最自在的语言和形式，不押韵，也没有格律，带我们进入一个思想领域，而且不露痕迹，完全是讲了一个故事。

我觉得这也是我们最早、最好的短篇小说。时间是“晋太元中”，地点是武陵，人物是武陵人，职业是捕鱼。一个好的散文作者、思想家要转成好的小说家，不能一开始就是讲道理，那样别人会排斥，所以我称这篇序是纪录片的写法。最前面交代的是时间、地点、人物，完全没有作家的主观意见，全是客观的东西。可是事实上这整个故事都是虚构的，并没有这个人，也没有发生过这样的事。

这个武陵的捕鱼人“缘溪行”，因为以打鱼为生，所以就顺着溪水走，哪里有鱼就去哪里。“忘路之远近”，注意“忘”字出来了，我们去爬山也好，旅行也好，很难忘路之远近，常常会问：“我们下面去哪里？多久可以到？”可是如果你真正陶醉在风景中，就会“忘路之远近”。正因为这个人迷路了，才有下面的发现。

这有点像“精移神骇，忽焉思散”。理性世界消失了，“忘路之远近”以后，“忽逢桃花林”，所以说生命里最美好的事物常常出现在你茫然不觉的时刻，你忘掉目的性之后，才会碰到美景。这是进入山水的过程，你的感官已经被它包围，被它迷住，反而有一种新发现。

生命里最美好的时刻，常常是你把现实的东西暂时忘掉的时刻。我们平常总是要记住很多事情，电话号码、身份证号码、各种密码，那些东西慢慢构成一个假设出来的“我”，生命就被那些东西牵绊住。可是这一天，渔人“忘路之远近”，把打鱼这个现实里的职业暂时忘掉，流连在一片桃花林，这个时候才进入自己的生命世界、心灵世界。

“夹岸数百步，中无杂树”，河的两岸全部是盛开的桃花。“芳草鲜美，落英缤纷”，草地这么漂亮，满地都是落花，这是一个没有人来过的世界。“渔人甚异之”，怎么过去从没有看过这么美的景色？生命有时候是要有好奇的，不然就变成单调的重复，会有职业的疲倦感。“复前行，欲穷其林。”想往前走走看，看看这片树林的尽头是什么样子。

这一大段完全没有作者的主观意见，全部是纪录片式的描述。这是高手。你看他写诗的时候，忽然讲很多道理，写序的时候只是要引导人家去读他的诗，完全轻松、自在，没有刻意，这是散文和小说的最好写法。我看学生的作品时，会建议他们把个人意见删掉，因为他没有观察，没有描述，上来就是自己喜欢什么，不喜欢什么。而在这篇序里，全部是客观世界的景象，所以我们被吸引了。

“林尽水源，便得一山”，树林的尽头就是水的源头，水是从山里面出来的。“山有小口，仿佛若有光”，这其实是一个生命对一个未知世界进行的窥探。陶渊明的写法非常奇特，透过这一个小口，想去感知一个平常没有接触过的世界，那里面有幽微的光，吸引你进去。

《桃花源记》被翻译成多种文字，成为世界文学名篇，为什么？因为它没有任何道理，只是一个故事，但这个故事把很多世界都打开了。它很有象征性。桃花林的水源也是我们生命活水的来源，那个小口正是我们生命中要打开的洞口。只是平时我们把这个洞堵塞住了，根本不看它。

“便舍船，从口入。”这六个字非常重要。你不舍弃你的东西，就不会得到下一个东西，舍是入的开始，因为你背负的东西会限制你。陶渊明是一个非常有哲学家气质的诗人，这时候他忽然把自己的哲学转成了一个画面。

“初极狭，才通人；复行数十步，豁然开朗。”有时候我和学生讲创作，也是用这一段在讲。创作刚开始的时候，有一个非常狭窄的部分，你就是觉得通不过，甚至会回头，不到一定的程度，你就不会看到豁然开朗的部分。我想任何专业都一样，刚开始在外面的时候都很兴奋，可进去以后，有一段时间会产生难度，坚持度过以后，又豁然开朗了。

“土地平旷，屋舍俨然，有良田美池桑竹之属”，一个民间的生活景象出来了，有农民耕作的田地，还有桑树和竹林。“阡陌交通，鸡犬相闻。”田地中的小路彼此沟通着，人们往来耕种，鸡在叫，狗在叫。“男女衣著，悉如外人。黄发垂髫，并怡然自乐。”非常简单的白描，可是很活泼地把民间的生活状态和朴素情感直接传达了出来。如果我们今天到乡下去，那个场景还和这里描述的一样，是非常单纯、非常平凡的生命状态。

“见渔人，乃大惊，问所从来。具答之。便要还家，设酒杀鸡作食。”渔人讲明自己的来历以后，人们就把他邀请回家，好好款待他，有没有觉得很像我们现在的民间？我小时候走到哪里，人家就“设酒杀鸡作食”；现在每逢原住民的丰年祭，也是“设酒杀鸡作食”。“村中闻有此人，咸来问讯。”我们小时候也常常有这种情况，家里来个客人，一个村子的人都跑过来了，也会打听很多事情。

“自云先世避秦时乱，率妻子邑人来此绝境”，他们告诉这个打鱼的人说，他们好几代以前的祖先，因为秦朝的时候天下大乱，就到这个地方来避难。所谓“绝境”，是外面人不太容易到的地方。“不复出焉，遂与外人间隔。”这些人再也没有出去，他们所处的是一个农业社会，所以才能自给自足。我们今天好像没有办法这样过日子，因为我们需要好多东西，可是在桃花源里，人们自己种桑、养蚕、织布、种米，自给自足，不需要外面的东西。这是早期人类的一种单纯生活，人还可以回到很简朴的生活形式。

我有一个朋友对我说，他一定要住在便利店楼上，因为便利店里什么都有，不然就没有安全感。人和物质的关系也很有趣，人有依赖性和依靠性，觉得没有某个东西就不行。大地震来的时候，人们发现原来还是可以过很简单的生活的。有时候灾难是一种提醒，发现很多东西都不是必需的。就像伊朗导演阿巴斯的电影《生生长流》，伊朗大地震以后，人可以那么朴素、简单地活着，而且是有信仰地活着。这些例子会警醒我们：你对物质的依赖到了什么程度？

“问今是何世”，这句很有趣，住在桃花源里面的人问现在是什么朝代，他们所知道的最后的朝代叫秦，后面就不知道了。真好，我最近都不开电视，就是不想知道这些东西。“乃不知有汉，无论魏晋。”他们的时间停在了秦朝。这里好像是一个讽刺，政权所建立的朝代，也许正是老百姓要遗忘的东西。这些人不愿意再有朝代，朝代更替带来的只是战争、痛苦跟灾难。

“此人一一为具言所闻”，渔人告诉桃花源中人现在外面的情形。“皆叹惋”，里面的人都摇头叹息，觉得不可思议。这是一个有趣的对话，是一群停止在自然岁月里的人与一个生活在世俗政治中的人的对话。没有陶渊明形与影分离的观念，或许就不会有这篇文章。他假设两个不同的世界之间形成一种多元的对话。这个对话其实也有可能发生在我们自身入世的部分与出世的部分在之间。

“余人各复延至其家，皆出酒食。”其他人都邀请渔人去家里坐坐，农业社会都是这样，大家很容易就变成朋友。“停数日，辞去。此中人语云：‘不足为外人道也。’”我觉得这里非常微妙。“不足为外人道也”，你可以解释为不能提，或者是不要告诉别人，可能是害怕被打扰，也可能是说我们这么微不足道，不要让外面知道。可是作者用了白描的笔法，不加任何解释，反而显得意味深长。中国老百姓最大的愿望，就是找一个桃花源躲起来，不要有任何政治的干扰。

“既出，得其船。”渔人出来了，刚才是舍船，现在又得船，恢复了本来的职业，也恢复了他入世的角色。出来以后，“便扶向路，处处志之”。他刚刚才答应不告诉别人，这个时候就一路做记号，全部是心机对不对？他很明显是想要再回去。这个渔人的角色一直在转换，舍船的时候是一个个角色，得船的时候又是另一个角色。可是当他一直在做记号的时候，表示精神性的东西已经消失了，怎么做记号都没有用，当你那么想得到的时候，它其实早就不见了。

更糟糕的是，“及郡下，诣太守，说如此”。这文字真是简洁得不得了。渔人见了太守，就告诉他有桃花源这样一个地方——这里已经完全变得政治化。看到这段的时候，有点儿紧张，真害怕桃花源从此就完蛋了。

“太守即遣人随其往”，今天如果说台湾发现了一个地方是没有报户口的，那真是不得了。“寻向所志”，跟着他所做的记号去找，可是“遂迷，不复得路”——我最喜欢后面这一句。他做了这么多记号，怎么还会“遂迷，不复得路”？这是因为在没有心机、“忘路之远近”的时候，天机就会出来，可是一有心机，天机就不见了。

这篇文章真是有趣，层次非常丰富。我觉得它是在讲人性，人性坦荡得一清如水时，就会看到最美的东西，而当一个人有了心机，所有东西就都不见了。这个“迷”其实是迷失了。有时候回想自己的一生，会觉得所谓的迷失是因为执着，你一旦刻意要某个东西，肯定就找不回来了。

我脊椎不好，就学打坐。进行到第十天，我发觉有一种奇怪的气在体内流通，兴奋得不得了。次日赶快继续，有点等的意思，等那种感觉再来，可是再也没有来过，我师傅就骂我贪。我在创作时也知道，写诗和画画时最好的笔墨，常常来自生命完全放松的时候。

我觉得到这里结束就很好，但陶渊明又加了一个结尾，这个结尾也真是好。桃花源明明是虚构的，他要让它显得真实，就加了一个南阳刘子骥。此人是一个高士，如果太守找不到，高士可以去找吧？但是，“未果，寻病终”。高士也没有找到，最后病死了。“后遂无问津者”，从此以后再也没有人去找，“津”是渡口的意思。每次读到最后一段，我都有一种很大的悲哀。没有人再找，是没有人再相信桃花源的存在了。这个渔人最后大概会被大家当成疯子。不相信是更大的悲哀，因为你心里面连桃花源都没有了，桃花源不见得是事实的存在，可是应该是心中的乌托邦。但刘子骥之后竟没有人再相信，也没有人再去找，失去了向往，我们今天的状态就是这样。陶渊明在那样一个战争纷起的乱世，去王羲之写《丧乱帖》不远的时代，写出这样一篇文章，其实是在表达内心对桃花源的渴望。

台湾小说家黄春明从《桃花源记》衍生出了儿童剧剧本《小李子不是大骗子》。里面说这个渔人回来没有请太守去找桃花源，而是将带回来的桃花枝杆插在自己家里。过了一阵子，春雨下过，桃枝就发芽了，他在家里培育出一片桃花林。黄春明的意思很清楚：桃花源是要培育的，你与其去找桃花源，不如就在你的身边、你的脚下培育桃花源。文化的传承是非常有趣的，陶渊明绝对没有想到，一千五百年后会有个叫黄春明的作家去继续发展他的东西。

一个好的创作，它的创造力是可持续的。黄春明要告诉大家，不要找桃花源了，自己种桃花吧，把身边的事情做好，就有真正的桃花源。

《归去来兮辞》：追寻生命最自然的快乐

陶渊明在《归去来兮辞》里说他要去做官，因为做官会有一块田，田里可以种糯米，糯米可以酿酒，他是因为这个目的去做官的。

> 归去来兮，田园将芜胡不归？既自以心为形役，奚惆怅而独悲？悟已往之不谏，知来者之可追，实迷途其未远，觉今是而昨非。舟摇摇以轻飏，风飘飘而吹衣。问征夫以前路，恨晨光之熹微。
>
> 乃瞻衡宇，载欣载奔。僮仆欢迎，稚子候门。三径就荒，松菊犹存。携幼入室，有酒盈樽。引壶觞以自酌，眄庭柯以怡颜。倚南窗以寄傲，审容膝之易安。园日涉以成趣，门虽设而常关。策扶老以流憩，

时矫首而遐观。云无心以出岫，鸟倦飞而知还。景翳翳以将入，抚孤松而盘桓。

归去来兮，请息交以绝游。世与我而相违，复驾言兮焉求！悦亲戚之情话，乐琴书以消忧。农人告余以春及，将有事于西畴。或命巾车，或棹孤舟。既窈窕以寻壑，亦崎岖而经丘。木欣欣以向荣，泉涓涓而始流。善万物之得时，感吾生之行休。

已矣乎！寓形宇内复几时？曷不委心任去留，胡为遑遑欲何之？富贵非吾愿，帝乡不可期。怀良辰以孤往，或植杖而耘耔。登东皋以舒啸，临清流而赋诗。聊乘化以归尽，乐夫天命复奚疑！

夏威夷的博物馆里有一整套明代画家陈洪绶画的《归去来兮图》，全部和酒有关系。陶渊明一定在某种程度上有对生命的虚无感，需要借助酒来传达。

《归去来兮辞》对文人影响很大，苏东坡喜欢得不得了。中国的文人读书就是为了做官，做官之后又总是有一个归隐田园的梦想。这篇文章的文学描述非常好，与陶渊明过度哲学化的诗歌相比，这一篇属于叙事性比较强的。

《归去来兮辞》也有一篇序：

余家贫，耕植不足以自给。幼稚盈室，瓶无储粟，生生所资，未见其术。亲故多劝余为长吏，脱然有怀，求之靡途。会有四方之事，诸侯以惠爱为德。家叔以余贫苦，遂见用于小邑。于时风波未静，心惮远役。彭泽去家百里，公田之利，足以为酒，故便求之。及少日，眷然有归欤之情。何则？质性自然，非矫厉所得。饥冻虽切，违己交病。尝从人事，皆口腹自役。于是怅然慷慨，深愧平生之志。犹望一稔，当敛裳宵逝。寻程氏妹丧于武昌，情在骏奔，自免去职。仲秋至冬，在官八十馀日。因事顺心，命篇曰《归去来兮》。乙巳岁十一月也。

“余家贫，耕植不足以自给。”这其实有点谦虚，陶渊明出身世家，好几代都当大官，这里只是说他没有做大官，当时的人觉得这样就是贫了。“幼稚盈室”，家里有很多小孩。“瓶无储粟”，罐子里的米不是很多。“生生所资，未见其术。”这倒是讲的实话，因为文人不会种田，又缺乏求生的技能。普通的人回归劳动的能力非常强，可是文人很麻烦，他的身份到了某种程度会下不来。陶渊明或者曹植他们最大的麻烦，是变成文人以后没有办法回到劳动的层面。这个时候他讲“生生所资，未见其术”，就是他不晓得要做什么了，因为没有谋生的能力。

“亲故多劝余为长吏”，亲戚就劝他说你去做官吧，做官的话，至少就有收入了。“脱然有怀，求之靡途，会有四方之事，诸侯以惠爱为德。家叔以余贫苦，遂见用于小邑。”他出来做官了，但当时社会动荡，故“心惮远役”。从中我们可以看到他在政治中的恐惧、不安定，好像被什么东西压迫着。

“彭泽去家百里，公田之利，足以为酒。故便求之。”到彭泽做官可以有一块公田，收获的粮食足够酿酒。他为了酒，觉得可以去做这个官。“及少日，眷然有归欤之情。”后来他就想退隐了。“何则？质性自然，非矫厉所得。”他爱亲近自然。“饥冻虽切，违己交病。尝从人事，皆口腹自役。于是怅然慷慨，深愧平生之志。犹望一稔，当敛裳宵逝。”这里全部是在讲他想辞职的心理过程，心里面还有一个向往，想恢复最天然纯真的本性，而不是为了五斗米，就在这里很痛苦地服劳役。

“归去来兮，田园将芜胡不归？”是说田园快荒芜了，怎么还不回家？我常常觉得这是文人的美化，大家不要以为他回家就是去种田了，他绝对不种田，因为他不会种，顶多是雇人来种。我很多朋友常说在台北做事有多不开心，要到台中去养猪。我说你就是到了那里，也不是自己养猪。这只是文人理想化的世界。

“既自以心为形役”，又讲到影与形。陶渊明要把心解放出来。我们的精神渴望自由，可是我们的肉体却在奴役心灵。当你每天穿着正装讲一些不想讲的话，开那些不想开的会的时候，就是“心为形役”。我想《归去来兮辞》在今天仍有意义，在任何社会、任何时代，都会有心灵被捆绑的时候，怎样去追寻自己心灵的自由，恐怕不只是个归隐的问题。

“奚惆怅而独悲？”为什么总是不开心？“悟已往之不谏”，过去的就过去了。“知来者之可追”，至少以后不要再过这样不快乐的日子，还可以辞职，放弃这些东西。“实迷途其未远”，又用到“迷”这个字，生命里有一种迷惘，但其实还没有迷失太久，回头还来得及。“觉今是而昨非”，今天归隐了田园是正确的，曾经的所为。“舟遥遥以轻飏，风飘飘而吹衣。”他坐了船回家，风微微地吹过来，衣服飘扬起来。

“问征夫以前路，恨晨光之熹微。”问行人前面的路状况如何，怅恨天色只是蒙蒙亮亮，这是很诗人化的形容。

下面一段回到家里的描述是我最喜欢的。“乃瞻衡宇，载欣载奔。”这里表达的是看到自己的家的那种快乐。“僮仆欢迎，稚子候门。”从这里可以知道陶渊明家里不会有多穷。还有僮仆。“三径就荒，松菊犹存。”院中的小路荒芜了，可是松树、菊花还长得不错。“携幼入室，有酒盈樽。”拉着小孩子的手进到房中，酒已经倒好了。“引壶觞以自酌，眄庭柯以怡颜。”他开始倒酒自饮，在房间里看到庭院中的树木长得非常好，感到很开心，那是属于陶渊明的真正喜悦。这个家不是形式上的家，而是心灵的家。“倚南窗以寄傲”，靠近南边的那扇窗寄托傲然的心情。“审容膝之易安”，这不大的地方更能让人心安。倪瓒画过一幅《容膝斋图》，房子不必很大，可以容纳人盘膝坐在里面就够了。“园日涉以成趣”，每天去花园走一走，浇浇水，生活越来越有趣味。“门虽设而常关”，过去做官时迎往送来，现在不必再去应酬了。他可以静静地待在家里面，表面上看是孤单，可是这种孤单非常好。“策扶老以流憩，时矫首而遐观。”拄着手杖走走停停，不时抬头望远。“云无心以出岫，鸟倦飞而知还。”很多人都把这两句当作警句。山里面的云，因为无心，所以自然流动，是美的。鸟在外面飞久了，疲倦了，自然就会回来。一切都在自然规律当中。

“归去来兮，请息交以绝游。”息交、绝游都很难做到，尤其是陶渊明这种世家子弟，很难和外界没有牵连。这种世家非常讲究应酬，就像官场里一样。息交、绝游其实是断绝了他原有的贵族文化和官场文化里所有的关系，可是他和乡野中的老人、孩子相处得很好。“世与我而相违，复驾言兮焉求！”他慢慢远离了违背本心的部分。“悦亲戚之情话，乐琴书以消忧。”对于真正的好朋友、亲戚，他也很高兴和他们一起谈谈真性情的话，弹弹琴、看看书也可以消解很多忧愁。“农人告余以春及”，春天快要到了，附近的农民告诉他将要插秧，就要开始农忙了。“或命巾车，或棹孤舟。”有时候坐一辆小车，有时候划一只小船。

“既窈窕以寻壑，亦崎岖而经丘。”全部都是人生活在山水间的快乐。“木欣欣以向荣，泉涓涓而始流。”树木欣欣向荣地在生长，泉水缓缓地流淌。当你远离了痛苦的压抑，不再“心为形役”的时候，一切的生机就开始出现了。“善万物之得时，感吾生之行休。”最后他还是回到了自然。

“已矣乎！寓形宇内复几时？”这里又出现了魏晋时代对生命的虚无感：人的身体究竟可以在宇宙中存在多久呢？“曷不委心任去留？”为什么要去计较官场的东西，何不让自己自由，高兴去就去，不高兴去就不要去。“富贵非吾愿，帝乡不可期。”官场的富贵和权力都不是他真正希望的东西，也不指望得道成仙。“怀良辰以孤往，或植杖而耘耔。”回到农业，回到个人的孤单。“登东皋以舒啸，临清流而赋诗。”走到山上放声长啸，到河边好好吟诗。“聊乘化以归尽，乐夫天命复奚疑！”一个人追求自己生命里最快乐的自然，还需要怀疑吗？陶渊明表达的是一个人生命的自我解脱，对文人产生了非常大的影响。

《桃花源记》和《归去来兮辞》的重要性，在于今天我们还能从里面得到对生命解脱的期待与向往，这也是魏晋文学对后世的最大贡献，我们每一个人都不可能离开群体、职业，可是如果你能有一个心灵的桃花源，能有一天“忘路之远近”，其实就够了。《归去来兮辞》是说，有一天你能觉得“田园将芜胡不归”，也就够了。以我的人生阅历，大部分人只会离开几天，这是一种心灵的调剂，是生命的暂时出走。

《桃花源记》和《归去来兮辞》都在鼓励生命的出走，但不是永远的出走，而是将出走作为回来时更好的基础，远离被奴役的状态。魏晋南北朝三百多年，被认为是中国历史上最混乱、战争最多、人民最苦的时代，但那个时代也释放出了生命的各种可能性，不仅有孤独和虚无，还有真挚、纯粹的自我追求。我想这也是魏晋文学至今还有这么高的地位的原因。大家或许可以从中联想起自己的一些经历，无论是恋爱，还是“忘路之远近”，都是宝贵的、值得纪念的。

图书在版编目（CIP）数据

蒋勋说文学：从《诗经》到陶渊明 / 蒋勋著 . —修订版 . —北京：中信出版社，2014.1

ISBN 978-7-5086-4328-1

I. ①蒋… II. ①蒋… III. ①中国文学—古代文学史—研究 IV. ① I209.2

中国版本图书馆 CIP 数据核字（2013）第 261632 号

本著作物由作者蒋勋授权，在中国大陆出版、发行中文简体字版本

蒋勋说文学：从《诗经》到陶渊明

著　　者：蒋勋
策划推广：中信出版社（China CITIC Press）
出版发行：中信出版集团股份有限公司
（北京市朝阳区惠新东街甲 4 号富盛大厦 2 座　邮编　100029）
承 印 者：固安兰星球彩色印刷有限公司

开　　本：710mm × 1000mm　1/16　　印　　张：13.5　　字　　数：180 千字
版　　次：2014 年 1 月第 1 版　　印　　次：2025 年 3 月第 44 次印刷
书　　号：ISBN 978-7-5086-4328-1/I · 465
定　　价：39.80 元